Maria Rosaria Selo

L'albero di mandarini

Rizzoli

Pubblicato per

Rizzoli

da Mondadori Libri S.p.A.

ISBN 978-88-17-15642-4

Prima edizione: aprile 2021

L'albero di mandarini

Sta tutto scritto
sta tutto signato.
Chi pe' na mano
chi pe' n'ata mano…
Chello pe' cchesto
e chesto pe' chell'ato…
Sta tutto scritto
sta tutto signato.

EDUARDO DE FILIPPO, *Ca si fosse…*

Ad Anna, mia madre, padrona della storia.
Ad Andrea Zanfagna, padrone dei miei sogni.

Napoli, dicembre 1982

La morte arrivò in casa Balestrieri col freddo di dicembre. Maria se ne accorse per caso. Trovò Severina immobile nella branda ai piedi del letto.

Fece un mezzo giro e la osservò. Pareva un ramo di foglie secche che lei con gli occhi sfrondò. La luce ambrata del mattino cadeva sul lenzuolo teso sulle ginocchia ossute. Il naso aquilino sporgeva a comando sul viso bianco come il gesso. L'unico respiro, nella stanza, era il suo.

Maria teneva quella donna come un serpente in corpo. Di tutto il male subito nella vita, il suo era stato il peggiore.

C'era voluto tempo per sollevarsi dal fango, ma ora poteva raccontare di lei, della sua famiglia e del principio di tutto.

Finché era viva, temeva che tornasse a sputare veleno.

Ci aveva pensato la morte. Aveva messo un punto tra la vita di Severina e la sua.

Napoli, 22 agosto 1956

I lampioni del pontile s'accesero uno a uno, tremuli, con il lucore di un vibrato musicale. Maria li vide dalla nave. Sembravano fiammelle piegate dal vento.

A fatica si fece spazio tra un ammasso di gente smarrita e spinse con disperazione per guardare l'ultima luce sopra Castel Sant'Elmo, sul Maschio Angioino e sui vicoli alle spalle, sul porto di Napoli, sul viso infelice di suo padre. Il caldo soffocante inceneriva il respiro. Il sole dell'imbrunire sembrava una sfera d'acciaio rovente che cuoceva spalle e nuca, che tirava all'inferno.

Di fianco, sopra e sotto di lei, uomini, donne e bambini si muovevano scomposti. Parevano uccelli sfollati da un nido. Un lamento di voci carnali si impastò alla sirena che annunciava il distacco dagli ormeggi.

Un uomo prese tra le braccia una creatura, scuotendola come una bandiera al vento, per mostrarla un'ultima volta alla famiglia che restava sul pontile a guardare i propri figli che andavano via. Avevano negli occhi il tormento dell'addio e tra le mani bianchi fazzoletti. La bimba scoppiò in un pianto che umiliò quell'umanità che lasciava Napoli per sopravvivere alla miseria di una vita fetente.

Maria spinse coi gomiti per farsi spazio. Anche lei voleva vedere il fazzoletto tra le mani di suo padre. Inciampò, perse una scarpa, il fermaglio che teneva tra i capelli scivolò via. Allungò una mano, raggiunse la murata e si aggrappò. Divenne sottile, si infilò tra due sconosciuti che si agitavano, gesticolavano, urlavano. Infine scorse i suoi genitori.

Suo padre, Giovanni, tratteneva il respiro. Lo capì, anche così da lontano. La bocca tremava e il saluto era falso, infelice. Accanto a lui il viso serio e tirato di sua madre, Nunzia. Elena e Gigino, i suoi fratelli, tenevano nonno Mimì sotto il braccio. Arrivò anche zio Pasqualino, che pareva corresse nonostante si tirasse dietro la gamba offesa. Fu lui a urlare forte, le mani ai lati della bocca scandirono un imperativo: «Scrivi, Maria, scrivi!».

«Papà...» disse, ma la parola venne cancellata dal fragore delle ancore issate a bordo.

Bisognava abbreviare quell'addio. Un istante in più e Maria sarebbe scesa di corsa a terra, lasciando al passato il futuro.

Lenta la nave si staccò dalla banchina e la disperazione tra la gente crebbe. Intorno lacrime, parole smozzate, bestemmie, ma lei ascoltava solo i suoi pensieri e ogni dispiacere veniva inghiottito dalle onde. A quel tempo Maria era magra come un filo d'erba, bianca come il latte, coi capelli neri e gli occhi chiari, ancora infantili. Avvertì la roccia dentro di sé, come una forza che si ispessiva per tenere chiusa a chiave, come un gioiello, la sua bellezza intima. Aveva raccolto coraggio e paura per andare lontano, raggiungere la "Merica longa" come fosse una chimera di salvezza.

Il transatlantico *Paolo Toscanelli* scivolò sulle acque e prese il largo. Il rimorchiatore che lo trainava accolse il pilota e si staccò dal fianco. Dalla tolda, confusa tra la folla, Maria si mosse per raggiungere la stiva. Non era una nave da guerra, eppure quel posto rappresentava il luogo di una battaglia, per lei e per tutti i passeggeri che emigravano verso il Brasile. Si scusò con la donna alla quale s'era appoggiata dopo essere inciampata tra vecchie sartie e piccole griselle. Uno scarno sorriso le sfuggì, ma quella non la guardò neanche, persa com'era nei pensieri suoi. Quando raggiunse le scale dovette scendere mettendosi di fianco, con la valigia pesante che a stento riusciva a reggere. Arrivata in fondo, un marinaio le indicò il luogo che ospitava le brande. Era uno spazio cupo, enorme, senza un oblò, né un boccaporto. Un'interminabile fila di brandine, una accanto all'altra, appoggiate alle paratie, mischiate al centro, in una promiscuità di afrori che le torsero lo stomaco. Millecinquanta emigranti che si muovevano come bestie incarcerate.

Il suo posto era lontano dall'ingresso. Di fianco a lei, i letti erano stati assegnati a due giovani, due ragazze a cui batteva il cuore solo per la speranza. Quella che pareva la più piccola, piangeva. Odorava di lavanda a poco prezzo e portava un rossetto messo male, che sbordava ai lati della bocca come a un pagliaccio. Le diede un fazzoletto e sistemò la valigia. Un bambino, poco distante da loro, stava accovacciato sul pitale ed era paonazzo per lo sforzo. In un attimo l'aria divenne irrespirabile. Maria osservò le sue compagne che si torcevano per lo sturbo e prese dalla borsa un mandarino acerbo.

«Mettetevi le bucce sotto il naso» disse, «vedrete che passa prima.»

Le ragazze obbedirono in silenzio. Maria premette la buccia con le dita, poi si adagiò sul letto e chiuse gli occhi. Il buio nascose lo squallore avvilente di quel luogo e, lento, il ricordo le venne incontro. I vicoli, i colori pastello della primavera, quelli densi dell'autunno. Le voci buone, quelle cattive.

Tutto ciò che l'aveva costretta a partire, ora, le mancava.

PARTE PRIMA

Gli anni piccoli

I

Napoli, ottobre 1940

Il vico Cupa Caiafa era affogato di case. Grandi palazzi, piccole bettole e bassi aperti sul terriccio malsano della strada. Appena calava la sera, pareva che in ogni angolo nascesse un'ombra, un pericolo, e Maria procedeva con gli occhi spalancati a spelare il buio. I cani di nessuno, nascosti in qualche anfratto, abbaiavano senza posa, mentre grossi topi uscivano dalle saittelle e sgusciavano davanti ai suoi piedi. Spaventata, si schiacciava al muro aspettando che si infilassero in qualche altro buco.

La gente del vicolo diceva che i sorici venivano dal mare di Mergellina, al di là del quartiere della Torretta, ma lei non ci credeva. Maria amava quel mare che lasciava le conchiglie sulla rena e la rapiva, facendole perdere il senso del tempo. C'erano volte in cui immaginava di vedere apparire una sirena all'orizzonte, con la coda d'argento e la voce ammaliante. Parlava, sussurrava cose misteriose, creava suoni e musiche che solo lei poteva ascoltare. Le dava il respiro, il mare, quello che ora le mancava mentre cercava luce tra i panni stesi su funicelle che andavano da un edificio all'altro. Le lenzuola volavano al vento di ottobre. Sembravano bandiere di guerre perdute, vele di nave che non si stacca dal porto.

Gli occhi scesero lungo i fianchi dei palazzi e poi di nuovo a terra, sulle pozze stagnanti. Ogni passo un afrore. Piscio di gatto, latrina di basso. Il vicolo aveva come una voce, una nenia costante. Frasi mozzate, risa sguaiate, pianti sommessi. Sotto il cielo, all'abbaino, una musica di pianoforte rompeva l'aria; la melodia poi si accucciava sotto le urla stonate di Assunta Catapano, una femmina tremenda con lo sguardo cattivo, che aveva messo al mondo due bambine scornose e cinque scugnizzi senza Dio. Abitavano nel primo basso dietro la curva, i figli vivevano per strada, con le facce dell'astuzia infilata dentro agli occhi. Maria li conosceva bene, perché suo padre, Giovanni Imparato, più volte in casa s'era lamentato di quella guaglionera che s'attaccava allo sbalzo posteriore del suo tram, facendo sganciare il trolley. Ogni volta lui era costretto a scendere, riagganciava il cavo e tirava qualche mala parola, sperando che i ragazzi crescessero in fretta e diventassero uomini diversi da quello che prospettava il futuro di chi nasce e pasce sulla strada. Pure nel vicolo davano fastidio: rubacchiavano, sfottevano, non lasciavano in pace nessuno e tutti li murmuliavano. Quando non ne poteva più delle lagnanze, donna Assunta usciva in strada con le pantofole del marito ai piedi. Ne prendeva una, la tirava addosso ai figli, così, a casaccio, e urlava: «Mannaggia a chi ti è vivo!». Infine schizzava uno sguardo obliquo agli altri e si metteva a strillare con una voce piena di schifo: «L'aggio vattute, site cuntente mo'?».

Ogni sera friggeva i fravagli di triglia che i ragazzi pescavano alla rotonda Diaz con la sciabica. L'olio che usava lo si sentiva da lontano. Era lo stesso usato il giorno prima e l'altro ancora. Un fritto da poveri, anche se lei andava dicendo che i soldi li teneva e che l'olio lo cambiava. Dalle finestre cupe, Maria intravedeva pezzi del suo triste arredo. La testiera del letto tarlata, l'immagine del Volto Santo a protezione del sonno, pentole appese a vecchi ganci su mura bagnate, annerite di muffa.

Più avanti, sulla salita ripida, al primo piano dell'ultimo palazzo, s'avvertiva il profumo di lavanda e rose di Pupella.

Nessun'altra donna, nel quartiere, era bella quanto lei. Lasciava scie luminose al suo passaggio. Nel circondario non c'era maschio che non la guardasse col desiderio di penetrare nella carne sua, toccare quella distesa ambrata di velluto che lei esponeva senza pudore. Le donne la odiavano e gli uomini la amavano, chi con i soldi e chi solo con i pensieri. Maria l'aveva conosciuta nel vicolo e andava spesso a trovarla. Le piaceva stare con lei, parlarle, ascoltarla. Osservare le sue mani curate muoversi rapide tra le cose, scivolare sotto l'acqua, toccare la seta dei foulard, la rete delle calze. Pupella era gentile, come doveva esserlo una madre.

«Perché non vi siete sposata?» le aveva chiesto un giorno, così, di punto in bianco.

Pupella si era stranita, poi l'aveva guardata con rammarico.

«Mi sarebbe piaciuto... Mi piacerebbe, ma adesso non mi piglia più nessuno.» Aveva riso, sconfortata. «Mi sono arrangiata da sola, e ho dovuto scegliere tra fare la cosa giusta e quella più facile.»

Da quel giorno Maria non aveva più fatto domande. Rosicchiava quell'affetto che col tempo era divenuto prezioso e indispensabile.

Aveva nove anni, e ogni pomeriggio si avventurava nel circondario per osservare la città oltre le sue quattro mura. Con il benestare di chi la conosceva, aveva escogitato un sistema per guadagnare qualche spicciolo. Cupa Caiafa era una via poverissima, che i signori e la gente danarosa evitavano con cura. Ma la povertà acuiva l'ingegno, e Maria si era ritagliata un angolo per esporre il suo tabernacolo. Sopra un vecchio sgabello di paglia, aveva creato una cornice con le conchiglie raccolte sulla spiaggia e al centro ci aveva messo la statuetta di un'anima pezzentella in terracotta, un rosario intrecciato e una piccola croce di Gesù Cristo. Di fianco alla statuina poggiava un lumino avanzato dalla veglia pasquale. Alcune mattine, dopo la scuola, passava per la chiesa di Piedigrotta, dove padre Bernardo le lasciava prendere una decina di immagini sacre della Madonna d'o Scarpunciello. Tornava a casa per il pranzo e dopo i compiti scappava di nascosto nel vicolo per montare l'altarino, che sistemava al livello del marciapiede.

«Una preghiera per i defunti in purgatorio...» diceva ai passanti, ai quali porgeva l'immagine sacra in cambio di un piccolo obolo. Col ricavato comprava qualche caramella, oppure un biscotto. Il resto lo infilava nella cassetta dell'elemosina.

Appena il vento diventava fresco, e la campana della chiesa batteva un quarto alle otto, infilava le cose in un sacchetto e se ne tornava a casa.

La sera del 30 ottobre s'era fatto tardi, oltre l'orario consueto. Maria aveva un dolore in petto e una morsa che le stringeva la gola. Quella mattina s'era svegliata pure con qualche decimo di febbre, ma non pareva nulla di preoccupante. Svelta imboccò la salitella scalcinata che portava a casa, a Villa Santa Maria. La terra apparteneva alla chiesa di Piedigrotta. Oltre una collinetta piena di vegetazione, a ridosso del corso Vittorio Emanuele, c'erano dei gradini rosicchiati e in fondo spuntavano tre piccole abitazioni. Nelle prime due, molto curate, con un fitto giardino e un roseto intorno, vivevano le monache che insegnavano alla scuola delle Figlie della Carità. Poi c'era la casa degli Imparato.

Non era un basso come quelli di Cupa Caiafa, ma un piccolo casolare con un poco di terreno intorno, dove si coltivavano i pomodori che crescevano all'ombra di un robusto albero di mandarini. Maria adorava quell'albero come fosse una creatura sua. Per chissà quale mistero, gemmava i suoi frutti già in estate, ed erano dolcissimi. Maria li mangiava e utilizzava le bucce per profumarsi le mani, oppure accendeva il picciolo interno come uno stoppino e spandeva l'odore in tutta la casa. C'era anche un piccolo vigneto che fungeva da pergolato e riparava dall'arsura del sole. Dal mese di agosto dava uva, quella nera, che sarebbe servita soprattutto per il vino.

Giunta sulla spianata, Maria scorse il profilo stizzito di Nunzia, sua madre. Più si avvicinava e meglio la vedeva. Teneva stretta la mano tra i denti e si agitava così tanto che i capelli si muovevano come i tentacoli di una medusa.

«Fa' ampressa...» sibilò tra le labbra. Lo sguardo fermo, gli occhi una fessura. «Tieni pure un poco di febbre e te ne torni a quest'ora? Tu si' nata per farmi disperare!»

Strinse il suo braccio, la trascinò dentro casa e iniziò a spogliarla per infilarla subito a letto, scuotendola come se fosse una bambola di pezza. Maria tossì forte e guardò in un punto imprecisato della stanza, con la bocca a pippetta e gli occhi che trattenevano le lacrime.

«Devi ringraziare i santi che tieni in paradiso. Anzi, ringrazia tuo padre che ti perdona tutte cose! Io te pigliasse a schiaffi ogni minuto!»

Maria non si mosse e trattenne il respiro. Sua madre diceva che era rispunnera, che uno schiaffo se lo teneva ma una parola in bocca no, per cui rimase immobile a farsi scotoliare. Poi suo fratello Gigino scoppiò a piangere e lei rimase nel mezzo della stanza con solo le mutande slabbrate addosso. Raccolse le sue cose e si infilò il camicino da notte.

«Posso mangiare con papà, quando viene dal servizio?»

Nunzia prese in braccio il bambino e neanche la guardò.

«Mo' te ne vai a cucca'!» rispose secca.

Maria sapeva di non poter argomentare. A parte il suo malanno, c'era una guerra imminente, un pericolo costante, giorni di ansia e turbamenti. Nella popolazione viveva un'inquietudine malsana. Parole a mezza voce che passavano di bocca in bocca a significare la paura. Centinaia di volte sua madre le aveva chiesto di non rientrare tardi. Lo sapeva. Così come sapeva che Dio, se esisteva, non abitava lì. La sua casa era umile, come tante altre nel quartiere. Due piccole stanze e un cucinino. I battenti delle finestre lasciavano entrare spifferi e gelo. Dentro c'era sempre freddo e al centro della saletta veniva sistemato un braciere che restava acceso dai primi giorni autunnali fino alla primavera. Il pavimento a riggiole, spezzato in alcuni punti, scricchiolava, soprattutto di notte, per cui nessuno poteva alzarsi se non per l'urgente necessità di andare al gabinetto.

Suo padre, Giovanni, era un uomo tutto d'un pezzo, rispettoso delle regole e della famiglia, ed era anche l'unica persona che riuscisse a tenere testa a sua moglie, che aveva un carattere di ferro e la lingua impastata col fuoco. La gente del vicolo la chiamava 'a sberressa, cioè colei che comanda e non le manda a dire. Era irascibile, doveva avere sempre ragione su tutto. Si era indurita per adattarsi al quartiere e alla vita stessa, che con lei non era stata facile.

Nunzia Capece aveva iniziato presto ad arare il proprio campo di battaglia. S'era scorciata le maniche per crescere i due fratelli quando i genitori erano morti. A quattordici anni aveva imparato il mestiere di sarta e cucito le divise per i soldati della guerra, la prima, la grande. Spesso le stoffe che usava pungevano ed erano pesanti, anche solo da tenere in mano. Alle volte Maria la osservava mentre le srotolava. Lasciavano fili che si intrecciavano a creare strane trame e orditi, disegni sgraziati. Sembrava avessero vita propria, quei fili sul pavimento. Si attaccavano alle pantofole e diventavano sottilissimi, quasi polvere. Oppure cambiavano colore, invecchiavano e morivano. Come gli esseri umani.

«Di' la verità, sei stata un'altra volta a casa di Pupella?» le chiese Nunzia a bruciapelo.

Maria si voltò a guardarla mentre adagiava Gigino nella culla.

«No, mamma'.»

«Non ci devi andare» sentenziò, guardandola dritto negli occhi come a un adulto. «Pupella è una di quelle, e non mi piace che la frequenti.»

«Una di quelle che?»

«Quando ti fai grande te lo spiego. Pe' mo' devi starmi a sentire, punto e basta!»

Dal letto, sua sorella Elena scoppiò a ridere. Se la spassava quando mamma' iniziava a fare le ramanzine a Maria. Era più piccola di due anni, ma scaltra come una donna fatta. Elena aveva un modo sornione di relazionarsi, una specie di vezzo che incantava chiunque. Quando parlava si dondolava lenta, facendo muovere i codini biondi, e fissava gli altri con gli occhi celesti, spalancati come quelli di una bambola di porcellana. La malia aveva centrato il cuore di Nunzia che, pur essendo una donna pratica e poco avvezza alle smancerie, cedeva alle moine di quella figlia aggraziata. E Maria, dotata di una concretezza non comune, da sempre sapeva che quella indubbia preferenza le avrebbe reso la vita difficile. Solo suo padre la proteggeva. Era la prima a essere abbracciata appena rientrava e l'ultima a essere baciata prima che andasse a letto. Un bacio che racchiudeva conforto, sorrisi, e una tenerezza che riempiva gli abissi affettivi di sua madre.

Quando si accostò di fianco a sua sorella, stette accorta a non sfiorarla. Quel sibilare di nascosto parole incomprensibili, a denti serrati, con un livore che non poteva appartenere a una creatura piccola, eppure esisteva, quel sussurrare «Mamma vuole più bene a me, dice che tu si' terribile», avevano prodotto l'effetto della goccia perpetua sul torturato.

Maria tirò su le coperte e rimase immobile come una morta. Elena, però, sapeva che era viva.

«Fatti più in là'» le disse acida. «Mi dai fastidio!»

2

Ci fu una pioggia senza sosta la mattina del 1° novembre a Napoli. L'acqua veniva giù talmente forte da formare muraglioni in cielo e fossi in terra. Lavaroni di fango trascinavano detriti formando lunghi fiumiciattoli che scendevano rapidi a mischiarsi con la sabbia a mare. Le strade erano squassate da tuoni acuti che rimbombavano sotto la galleria di Piedigrotta, prendevano forza e sfociavano a Mergellina.

Era una mattina diversa dalle altre. A Napoli era arrivata la guerra, il primo attacco. Alle quattro del mattino i bombardieri leggeri B-29 della Royal Air Force avevano sganciato bombe sulla zona industriale e su quelle limitrofe alla stazione, distruggendo i depositi di carburante e parte dei binari dei treni. Non c'erano stati morti, ma la popolazione aveva paura. Molti ancora ricordavano la notte in cui il dirigibile tedesco LZ 104, nel marzo 1918, era arrivato sulla città. Silenzioso, invisibile, velato dalle nubi scure, aveva sganciato ordigni colpendo per errore le abitazioni. Famiglie intere con case distrutte. E morte, disperazione.

Quella mattina Maria non era andata a scuola, ma il motivo non era né la guerra né la pioggia. Stava molto male. Aveva la febbre alta con una tosse grumosa che le scoppiava in petto e lancinava il cervello. Beveva poco, mangiava a stento, non riusciva a stare né in piedi né seduta. Non bastarono i suffumigi, i canarini al limone e neanche i decotti di mela annurca a darle un aiuto. Sua madre, nonostante la scarsa disponibilità economica, fu costretta a chiamare il dottor Salerno.

L'attesa del medico mise in stato d'allerta tutta la famiglia. Nunzia aveva pulito e sistemato, preparato la sedia buona, il fazzoletto di lino bianco aperto sul comodino e il cucchiaio sopra. La piccola stanza odorosa di bucato si era popolata dei santi che Maria aveva evocato in cuor suo, affinché tutto finisse presto. L'ultima volta il dottor Salerno le aveva fatto una puntura contro il tetano, per una ferita infetta che s'era procurata cadendo dall'albero di mandarini, e aveva pianto più per il medicinale che per la caduta.

«Mamma', tengo paura...» mormorò con un filo di voce.

Nunzia la guardò fisso.

«E come mai? Tu nun tiene paura 'e niente! Stai sempre miezzo a 'na via...»

Maria ingoiò la tosse e zittì. Nunzia non si soffermava a pensare che se sua figlia disertava la casa, se perdeva tempo nei vichi tra la gente, era solo per trovare un mondo suo che fosse vivibile.

Il campanello suonò. Elena corse ad aprire con le gambette tornite e l'aria felice di stare al mondo.

Il dottore scrollò l'ombrello fuori e chiuse la porta. Appena fu entrato si tolse l'impermeabile e il cappello zuppi d'acqua, che Nunzia si affrettò ad appendere con cura.

«Dottore, è sempre lei, quella diavola scatenata! Mi dispiace, co' 'sta pioggia...»

Il medico la guardò serio, scrutando i suoi occhi cupi.

«Voi vi preoccupate di me? Non avete saputo quello che sta succedendo?»

«Cosa?»

«La guerra! Stanotte 'sti disgraziati hanno bombardato la zona della stazione.»

Nunzia non rispose, abbassò lo sguardo e si chiuse nella sua corazza, come faceva sempre con le cose che non poteva gestire o cambiare. La guerra era una di quelle. Si insidiava nel sangue, la paralizzava e le seccava il fiato facendo spuntare in lei il mutismo della paura.

Il dottor Salerno la superò e raggiunse la camera da letto.

«Non mi posso trattenere molto, si sono ammalati tutti con questo tempo. Vediamo la bambina.»

La giacca a quadretti strusciò contro il comò. La sua figura, agli occhi di Maria, sembrò gigantesca. Terrorizzata, tirò la faccia bianca da morticina fuori dalla coperta e lo fissò. Lui sedette e impugnò il cucchiaio, avvicinandoglielo al viso.

«Vediamo la gola.»

Maria tirò fuori la lingua sperando che passasse presto. Il medico agì in fretta, con gesti precisi. Guardò in fondo e sfiorò le tonsille, la bambina ebbe un conato di vomito, le scesero le lacrime e tossì forte. L'uomo le controllò il battito, auscultò la schiena, tastò l'addome e scorse con la coda dell'occhio Nunzia ed Elena, mute, che aspettavano la diagnosi. Con cura pose gli strumenti nella borsa, diede una carezza alla piccola aiutandola a sistemarsi nel letto, quindi raggiunse sua madre.

«La febbre è molto alta. Maria non sta bene, temo sia broncopolmonite.»

Nunzia non mosse un muscolo, eppure i suoi occhi furono attraversati da un lampo di dolore.

«Che devo fare? La porto in ospedale?» biascicò.

Il dottor Salerno iniziò a scrivere, alzando di tanto in tanto lo sguardo verso di lei.

«Non per il momento. Proviamo a curarla. Qui dentro si gela, accendete il braciere. Scaldate l'acqua, riempite le bottiglie e fatela stare al caldo. Vi darò un espettorante, ma dobbiamo comunque provare con un salasso.»

Elena emise un gridolino secco e disturbante, e strinse con la sua manina quella di Nunzia.

«Cos'è un salasso?» chiese.

«Le sanguette...» rispose sua madre a voce bassa.

Il labbro di Maria tremò. Sentì ancora qualche bisbiglio, il saluto del medico e poi l'uscio di casa che veniva chiuso. Nunzia comparve nella stanza, bianca come un cencio. Sorrideva appena, senza mostrare i denti. Eppure, nonostante la febbre, Maria scorse in quel gesto un amore che le fece paura. Qualcosa di doloroso scivolò nei suoi pensieri.

"Forse sto morendo..."

Quella notte Nunzia e Giovanni, accucciati accanto a Maria per farle calore, non prendevano sonno. Avevano una pena nel cuore. La bimba aveva tosse e improvvisi sopori spezzati da convulsioni. Le arrivava stentato l'odore della brillantina di suo padre, impregnato nella vecchia retina per capelli.

Nunzia avvertiva un rimorso nello stomaco, e si incolpò per non essere stata più severa di quanto già non fosse. Era convinta che quella bambina fosse fatta di ferro, e l'amore profondo che Giovannino nutriva per lei le procurava un miscuglio di strani sentimenti.

Come se avesse intuito il suo pensiero, suo marito la interrogò sottovoce: «Perché ce l'hai sempre con lei?».

La domanda cadde sul pensiero di Nunzia e quasi la fece arrossire.

«È insista Giovanni'... Fa sempre 'e capa sua.»

«Tiene nove anni. La vogliamo crescere o no? Pensi che coi figli ci vuole solo la mazza? Ti sbagli Nunziati'...»

Nunzia si accostò di più, quasi sussurrò: «Il fatto che la difendi sempre mi fa incacchiare! Quando dico una cosa, lei mi deve stare a sentire. Se poi ci vai tu e te la baci, quella se piglia 'o rito co' tutta 'a mano!».

«Parli come se non fosse figlia tua. È 'na piccerella intelligente, vivace. Se continui a giudicarla, a fare la differenza tra lei ed Elena, presto te la troverai nemica.»

Nunzia si mise a sedere e lo guardò in tralice.

«Se teneva i piedi dentro casa, mo' non stev' accussì! Ogni santo giorno se ne scappa da quella lì, Pupella, nel vicolo alla Torretta...»

«E che male c'è? Lo sanno tutti quanti che le vuole bene e se la coccola.»

«Ma tu lo sai che mestiere fa, o fai finta 'e niente?»

Giovanni la guardò fisso e rispose piccato.

«Embe', io non ti capisco. Tu ci tieni tanto a Biasina, è una cliente tua e sai pure come si guadagna da vivere. Che differenza c'è? Perché tieni tutto quest'astio nei confronti di Pupella?»

Nunzia incrociò le braccia come a sottolineare la chiusura dell'argomento. Ruminò una risposta che biascicò tra i denti.

«Perché Maria la vorrebbe come madre. Quella, con le sue moine, s'è rubata una cosa mia...»

«Ma che dici! Maria è e resterà sempre figlia tua. Ma ricordati che i figli il bene lo dovrebbero imparare a casa loro, non con gli estranei.»

«Ecco qua, mo' la fetente sono io!»

«Shhh... abbassa la voce, che chissà com'è che dorme...»

Nunzia alzò le spalle e lo guardò torva.

«Sì sì, proteggi tu, proteggi...»

La notizia della malattia corse in tutto il vicinato. In breve, casa Imparato si affollò.

Il primo ad arrivare fu il nonno paterno, don Mimì. Minuto, con radi capelli bianchi e un filo di baffi trasparenti sopra le labbra strette, si affacciò alla porta. Le mandò un bacio mettendolo in una mano e lo tirò come se fosse un sassolino. Era vedovo da anni, amava il gioco d'azzardo, aveva scavalcato con orgoglio il secolo e dava nomi d'animali a tutti: Maria era "il coccodrillo del mio cuore", perché diceva che il suo affetto se lo mangiava a morsi. Giovanni era 'o mucillo, Nunzia la tigressa, Elena 'a pitonessa e Gigino 'o suricillo. C'erano altre migliaia di specie animali tra i suoi amici, parenti e conoscenti, molti dei quali erano insetti: chi 'nu scarraffone, chi 'na pimmecia, chi 'nu tarlo e via dicendo.

Una cosa che tutti amavano di lui era la sua capacità di raccontare storie. Nelle sere fredde i bambini si sistemavano accanto al braciere, e mentre nonno Mimì bruciava ramoscelli tra le fiamme, inventava racconti del terrore. Amava la cabala del bancolotto, da lì venivano le sue storie. Diceva di non essere stradetto cioè che la fortuna lo assisteva e gli dava i numeri attraverso i sogni. Sosteneva che di notte lo visitassero i munacielli, che gli nascondevano monete sulle scale, nei tiretti e finanche nelle calze. Oppure le anime del purgatorio, che volevano una preghiera o una candela in cambio di tre o quattro numeri. Le sere con nonno Mimì assumevano l'incanto generato dall'ignoto, il mistero che può salvare dallo squallore delle cose terrene. Diceva preghiere strane, propiziatorie, per la "buona ciorta", oppure giaculatorie contro il malocchio.

«Aglio fravaglio, fattura ca' nun quaglia, / occhio, malocchio, 'o petrusino into 'o pastrocchio / 'na jastemma che vene a me, tre ne tornano a te...»

I bambini ascoltavano a bocca aperta, incantati, spesso spaventati, fino a quando la sua risata non smussava la paura.

Maria si rincuorò nel vederlo, così come lo fu a sentire le voci sommesse dei suoi cari che arrivavano dalla stanza accanto. Nella confusione della febbre, riconobbe il tono basso di zio Pasqualino e zio Ciccillo, i fratelli di sua madre. Tenevano molto a lei, più volte Maria li aveva sentiti litigare con Nunzia a causa sua. Criticavano la sua asprezza, ma lei li ascoltava per uno o due minuti e infine rispondeva: «Faciteve 'e fatti vuoste!».

Zio Pasqualino aveva una gamba offesa a causa della polio. Era un uomo buono e generoso. A causa della malattia (e anche per merito di Nunzia, che l'aveva cresciuto tra mille difficoltà e aveva riempito moduli e carte allo sfinimento) aveva preso servizio come usciere al Comune. Aiutava tutti e tutti gli volevano bene. Sorrideva sempre. Diceva che quella gamba era stata addirittura un dono, una fortuna!

Zio Franco, che tutti chiamavamo Ciccillo, era alto e magro come uno spaghetto e faceva il pasticciere da Fontana alla Torretta, per cui ogni tanto portava qualche coviglia di gelato ai nipoti. Con grande rammarico di Nunzia, nessuno dei due s'era ancora sposato.

In tutto quel bailamme, comparve anche Biasina di Sangiovanniello. Don Gaetano, il vinaio di piazza Carlo III, dove la famiglia acquistava da anni il vino sfuso di Gragnano, l'aveva fatta conoscere a Nunzia e così era diventata un'assidua e affezionata cliente.

Quando spinse la testa appena nella stanza, tutti si fecero indietro per scansarla, ma lei non si scoraggiò. Con la sua voce inconfondibile, roca e sussurrante, disse: «Mariuccia, ti ho portato l'uva bianca. Vedi di stare bene presto!».

Mostrò alla bambina un grappolo appuntato tra le dita, su cui spiccava uno smalto rosso sangue. Nunzia la tirò in cucina e biascicò qualcosa che Maria non comprese, ma sentì Biasina rispondere a voce alta: «Nunziati', nun me ne importa d'a gente, e voi 'o sapite!».

A Maria arrivò forte il suo profumo e poi sentì la porta d'ingresso che sbatteva. Se pur febbricitante, si chiese perché Biasina fosse nelle grazie di Nunzia e Pupella no. Poca la differenza tra le due, se non nella bellezza scorticante dell'una e urticante dell'altra.

La prima volta che Biasina era entrata a casa Imparato, qualche mese prima, Nunzia aveva chiuso Maria nel cucinino.

«Statti qua e non ti muovere. Mo' spiccio 'sta cliente e vengo.»

Se l'avesse lasciata libera per casa, quell'arrivo inaspettato non l'avrebbe incuriosita. Ma l'impedimento era come il miele per le mosche, sicché Maria aprì un taglio della porta e spiò.

Biasina era di spalle. Portava i capelli biondo platino chiusi in un toupet e sculettava anche se si muoveva di un passo.

Aveva un vitino da vespa, il seno piccolo e le gambe magre e dritte come stecche di legno. Da una busta sfilò tre paia di calzoni e disse: «Donna Nu', mi raccomando, trasformateli in gonne con lo spacco dietro, ché lo sapete, devo stare comoda. Se non fosse per voi dovrei buttare tutte cose. Vero è che devo venire da Sangiovanniello, ma tenete le mani precise e tanta pazienza!».

«Vi ringrazio. E poi arrotondo un poco, che non è mai abbastanza.»

Maria conosceva sua madre, non era una che abboccava solo per i soldi. Biasina le piaceva, e c'era qualcosa in quella persona che intrigava anche lei. I suoi gesti parevano forzati, come se un burattinaio tirasse i fili delle braccia tentando di renderli aggraziati. Prendeva pantaloni e maglie e li porgeva a sua madre: «Spuntate questo, a quest'altro vanno accorciate le maniche, a quello allungate la piega...».

Nunzia pareva sordomuta. Annuiva e le toglieva i capi di mano, guardandoli poi da cima a fondo. Rispondendo a una domanda inespressa, Biasina rintuzzò: «Lo so a cosa state pensando, Nunziati'. Si devono scucire pezzo pezzo, dovrei comprare cose nuove... ma io nei negozi non ci posso entrare, i soldi miei li schifano!».

«Io non penso proprio a niente. Se i negozi non li schifavano, i soldi vostri io li perdevo, perciò bene così.»

Maria si chiese cosa avesse Biasina da venire esiliata dalla gente. Allargò di un tanto lo spicchio della porta e fece strisciare lo sguardo fuori per osservare le minuzie di quel corpo che lento si spogliava. Sotto la gonna portava una sottana di seta, che sfilò. Aveva un reggiseno piccolo e un grande mutandone. I piedi parevano enormi, sproporzionati.

Maria fece le orecchie da elefante e spillò qualche parola tra loro.

«Vi credete che è facile campare così? Nun l'aggio scelta io 'sta vita. Sono un calzino rovesciato, donna Nu'...»

«Mi sembrate una brava persona, il resto non sono fatti miei.»

Biasina continuava a parlare con voce sussurrante, quasi segreta, come se non avesse fatto caso a quella risposta secca.

«Non mi piace il mestiere, ma se non faccio quello non campo…»

Maria vide che sua madre prendeva le misure di fretta, toglieva le spille che aveva tra le labbra e le appuntava sui pantaloni per definire il taglio.

Biasina fece un guaito per essere stata punta sul bacino e poi chiese, col puro intento di aprire la conversazione: «E vostro fratello Ciccillo come sta?».

«Bene, tira avanti in pasticceria» rispose Nunzia, strattonando la stoffa con prudenza per farla aderire meglio.

«È bravo, ma non tiene furbizia, perciò stateci attenta.»

Nunzia alzò un poco la testa verso i suoi occhi e disse: «Grazie Biasi', se non era per voi, mo' stava inguaiato!».

«Nooo, nun aggio fatto niente! Il padrone del club è roba mia, è stato facile toglierlo dai guai. Però Ciccillo non deve più giocare, ché in altre parti io nun ce poss arrivà!»

«Lo so. Tenete cuore, non è da tutti.»

Biasina alzò lo sguardo con fierezza. Solo il labbro di sotto le tremava un poco.

«Mi fa piacere che lo pensate. La vita non è facile per una come me.»

«Eh, lo immagino…»

«No donna Nu', non lo potete immaginare! Quando si è diversi, si è soli, e io ho iniziato a battaglia' da piccerella…»

Nunzia posò spilli e metro su di una sedia e incrociò le braccia.

«Pure io. So' rimasta orfana e con due fratelli piccoli da crescere.»

«Io tengo solo a mio padre. Anzi, tenevo, ché mo' manco mi saluta più! Quello che ho passato con lui, non l'auguro a nessuno.»

Dallo spiraglio, gli occhi di Maria luccicarono di curiosità. Non si trattenne, voleva sapere cos'era successo tra Biasina e suo padre. Tutto quello che guastava una famiglia le interessava.

Ignorando il comando di Nunzia, entrò nella stanza fingendo di cercare un fazzoletto.

«Scusatemi... non trovo la pezza per il naso.»

«Guarda in quel cassetto» fece sua madre sbrigativa.

«Chi è 'sta bella piccerella?»

«Maria, la mia prima figlia. Scusatela, è curiosa assai, mo' ci lascia subito.»

Biasina non rispose, teneva lo sguardo perso nei pensieri. Nunzia non alimentò la conversazione, ma era chiaro che la cliente voleva raccontare, fosse solo per sfogarsi un poco, mostrarle le sue ferite.

«È stato con Luigi che ho capito tutte cose. E lo capì pure mio padre.»

«Chi è Luigi?» chiese Maria, con i piedi inchiodati al pavimento e il fazzoletto in una mano.

Sua madre la guardò di taglio.

«Mari', che so' 'ste confidenze? Torna in cucina che dobbiamo lavorare!»

«Non ditele così» la addolcì Biasina, «tenevo più o meno la sua età quando si è scombinata la mia vita. Mio padre mi chiuse nel serraglio a tredici anni, e là sono rimasta fino a quando non ne compii diciotto.»

«Nel serraglio?» esclamò Maria.

Nunzia tentò di censurare la risposta e tagliò corto: «Biasi', la storia vostra io la conosco bene, inutile rimuginare. Per me, sapete il dolore cosa fa? O rende fetenti, ma fetenti assai, vendicativi, oppure si trasforma in bontà. Voi, la cattiveria non sapete neanche dove sta di casa».

Biasina scosse la testa, quindi con un mezzo sorriso prese dalla tasca un rotolo di soldi legati con l'elastico, sfilò qualche lira e gliele porse.

«Ecco qua, per il lavoro.»

«No no» fece Nunzia, allontanandoli, «quando consegno mi pagate.»

«Pigliatavilli, donna Nu', ché stiamo sotto il cielo...»

Mise i soldi sul comò, chiuse bocca, elastico e impermeabile, salutò con un gesto della mano e si avviò alla porta. Maria capì d'avere poco tempo. Sgusciò nel cucinino, aprì la finestra e scese sul ramo sporgente dell'albero di mandarini. In un attimo fu a terra e Biasina uscendo se la ritrovò davanti.

«Che c'è? Ho dimenticato qualche cosa?» chiese.

«No...» Maria esitò, poi si decise: «Vi volevo conoscere meglio».

Biasina osservò quegli occhi già adulti. Non ci volle molto a capire. Pensò che quella ragazzina sarebbe diventata una combattente fiera, se nessuno le avesse mai nascosto le verità del mondo. Fece un sospiro e si abbassò.

«Di' la verità, vuoi sapere di Luigi?» le chiese ammiccando.

«Sì. E pure tutto il resto.»

«Non ti fare idee sbagliate, però. A questo mondo non siamo tutti uguali.»

Biasina inarcò un sopracciglio. Pensò che tirare fuori un poco dei suoi crucci avrebbe fatto bene pure a lei.

«Da bambino mi chiamavo Biagio» cominciò. «Mi sentivo tutto storto perché mi piacevano i ragazzini e non le femmine. E dovevo starmi pure zitto, perché nei vicoli di piazza Carlo III o eri uomo subito, o erano mazzate. Poi un giorno a scuola arrivò Luigi...» Biasina mise sulla faccia la passione che teneva dentro al cuore, e parlò con il fiato suo più dolce. «L'amore è amore» continuò, «è un sentimento che non guarda in faccia a nessuno. A noi non ci pareva una cosa sporca come gli altri dicevano, e ci siamo voluti bene fino a quando...»

«Fino a quando?» incitò Maria, attenta a non perdere neanche una parola.

«Un pomeriggio mio padre ci trovò nascosti nel vano della

caldaia, sopra al terrazzo. Stavamo raggomitolati, stretti stretti. Le mazzate che mi diede le ricordo pure mo'! E poi mi chiuse al serraglio per farmi curare, perché disse che ero un depravato...» Si trattenne e fermò il pianto.

«Là dentro nessuno vi aiutava? Non c'era qualcuno che vi voleva bene come Luigi?»

«Il serraglio è un purgatorio in Terra» le spiegò con dolore. «Non si è vivi e neanche si è morti. Si sta da soli, ognuno per sé. Di notte mi veniva in sogno lo spettro di mia madre, m'accarezzava e mi diceva: "Io te voglio bene, sto sempre accanto a te...". Questo pensiero mi ha salvata. Uscita da quell'inferno diventai Biasina. Il corpo s'era fatto aggraziato, c'avevo pure un poco di seno che m'era cresciuto rubandomi certe pillole alla medicheria.»

«E vostro padre?»

Biasina rise con amarezza, l'acqua della pioggia bagnò la sua bocca e pure le parole, che parvero incastrarsi tra le foglie del mandarino.

«Fa finta di non conoscermi. Per lui è una vergogna troppo grande. Ma che dovevo fare? Quelli di Biagio non erano i panni miei...»

Maria la fissò seria. «A volte pure i panni miei mi stanno stretti...»

Biasina sospirò.

«Si' 'na creatura e tieni la testa pulita. Avere la famiglia è importante, non te lo dimenticare mai. Tua madre pare severa, ma è 'na brava femmena, io ci tengo assai a lei.»

Biasina si appoggiò al mandarino e a Maria parve, ma fu un attimo, che i rami tentassero d'abbracciarla, proteggerla. E allora pensò che se il suo albero faceva questo, e il cuore al tempo stesso provava tenerezza, Biasina era di certo una persona buona.

Nello stordimento della febbre, a stento Maria captò le voci di Chicchina Esposito e Anna Paternò, le due sarte amiche di sua madre, quella di Gaetano il vinaio, e anche quella della signora Orlando. Di quest'ultima, in pochi conoscevano il nome di battesimo. Tutti ne avevano un gran rispetto, ed era un privilegio averla in casa. Aveva sposato Ovidio Orlando, ingegnere celebre a Napoli, soprattutto per aver costruito la Galleria Laziale di piazza Sannazzaro. Era la madre di Omero, Orazio, Ondina e Oceania, quattro ragazzi educati, istruiti. Nomi originali, diversi da quelli che sceglieva la gente comune. La famiglia Orlando si era trasferita da palazzo Quercia, a Posillipo, al corso Vittorio Emanuele, in una splendida casa che affacciava da un lato a mare e dall'altro sulle abitazioni delle monache e sul casolare degli Imparato.

Maria e Orazio avevano la stessa età. Iniziarono col giocare affacciati ai rispettivi balconi e, dopo aver preso confidenza, si trattenevano in strada, lungo Villa Santa Maria. Nei pomeriggi freddi, Maria veniva ospitata dagli Orlando e insieme animavano le marionette di un bellissimo teatrino che l'ingegnere aveva acquistato a Roma. Certe volte Ondina, la sorella maggiore, sistemava un leggio e leggeva per loro fiabe straordinarie. Maria ascoltava, incantata dalla voce suadente e dall'ambiente lussuoso, elegante. Stanze dopo stanze, arazzi e dipinti, argenteria sui tavoli di marmo, le finestre alte, con tende di broccato. Era tutto così distante dalle sue quattro mura, ma lei non si rattristava. Viveva quel lusso e godeva della compagnia di un amico fidato, perbene, gentile.

«State tranquilla, vedrete che presto starà bene» disse la signora Orlando mentre prendeva la tazzina di caffè dalle mani callose di Nunzia.

«Speriamo Iddio!»

Nunzia si chiedeva cosa ci fosse in Maria che a lei sfuggiva. Certe volte quella figlia le pareva un'estranea, partorita per caso nel caldo di giugno. Era convinta che la bambina non accettasse la realtà che la circondava, la miseria che la avvolgeva. Fingeva, o si illudeva, d'essere qualcun'altra. Le diceva di stare coi piedi per terra, che la gente povera deve fare attenzione a non avere ambizioni o sogni che poi si infrangono procurando dolore. Ma Maria non le credeva, voleva i sogni, usciva dal ruolo e questo la mandava in bestia. Lo sforzo che faceva sua figlia per non parlare in dialetto le pareva un insulto, un distacco offensivo. «Com'è che non ti dà fastidio?» chiedeva a Giovanni, esasperata. Ma la risposta era fin troppo facile, perché anche lui era così. Suo marito aveva una classe innata. Pur non avendo studiato, nessuno poteva dire che fosse incolto. Sapeva quando tacere e quando parlare, era gentile, aveva un'andatura elegante. Anche in quell'attimo, mentre entrava in casa con il medico, guardandoli assieme, nessuno avrebbe saputo distinguere il professionista dal tranviere. E Maria era innamorata di lui. Lo imitava. Una caparbietà cieca a migliorare le premeva dentro, e nessuno le avrebbe fatto cambiare idea.

Giovanni salutò con garbo ed entrò con il dottor Salerno. Nel vedere la bambina così minuta, nel letto grande, gli si strinse il cuore. Sorrise e l'accarezzò, per darle coraggio. Maria mosse piano la testa e sfiorò con un dito quel viso buono. Sapeva cosa doveva subire, ma avrebbe stretto i denti per non deluderlo.

Il dottor Salerno si avvicinò e la aiutò a voltarsi di spalle. Le alzò la camiciola, quindi prese una boccetta e una pinza dalla borsa. Svitò il coperchio e tirò fuori delicatamente due sanguisughe molli che appoggiò sulla sua spalla, tenendole ferme affinché s'attaccassero. Maria rimase immobile, terrorizzata da quelle cose viscide, ma sperò che si portassero via il male.

Dopo una quindicina di minuti, il medico le rimosse con delicatezza, tamponando il sangue. Disinfettò, mise una piccola benda e infine si alzò guardando i suoi genitori.

«Ora deve riposare, sempre al caldo, statele vicino. Deve superare la notte. Se la febbre non cala, all'alba portatela all'ospedale Loreto.»

Giovanni annuì. Raggiunse il comò, aprì un tiretto e prese da una scatola di latta dai disegni sbiaditi i soldi che consegnò al medico, quindi gli strinse la mano con riconoscenza, sempre in silenzio, al solito suo. Mentre il dottor Salerno s'allontanava, a Maria rigirarono le sue parole nella testa. Udì anche sua madre, di là, che piangeva composta, e se ne dispiacque. L'unica forza era la mano di suo padre che le accarezzava i capelli, le scaldava la schiena, sorrideva lieve, nonostante la paura. Non poteva finire tutto lì, quel viso amato lo avrebbe voluto vedere fino all'ultimo respiro. Strinse la bottiglia calda e piombò in un sonno malato, carico di incubi.

C'era Nunzia vestita da uomo, coi baffi neri e folti, che beveva vino rosso davanti al suo letto, mentre Gigino piangeva e nessuno si occupava di lui. E poi Elena vestita come un'adulta, coi capelli sciolti e il rossetto rosso sulla bocca, che raccoglieva il lenzuolo con lei dentro e lo scrollava fuori dalla finestra, facendola cadere giù insieme alle bottiglie d'acqua calda e alle sanguette…

Il sogno fu talmente vivido che Maria si aggrappò al lenzuolo per non cadere, diede un urlo strozzato e si svegliò. Di fianco, sua madre e suo padre la guardarono spaventati.

«Che c'è, ninne'?»

Tremante, la bimba strinse la mano di suo padre e gli si accucciò accanto.

«Ti voglio bene papà, assaje!» mormorò.

Giovanni le toccò la fronte. «La sento fresca… L'è passata 'a febbre!»

Nunzia accostò le labbra e se ne accertò. Prima la guardò sollevata, poi gli occhi le si strinsero.

«Nun me fa' mettere cchiù paura! C'è l'inverno, c'è la guerra... c'è la fatica che faccio a porta' avanti tre 'e vuie!»

Maria ascoltò senza muovere un muscolo. Non erano la fame improvvisa e il fresco sul viso a dirle che stava bene.

Erano le parole cattive di sua madre.

3

Esistono legami inspiegabili, sentimenti che vanno oltre il sangue e divengono potenti come il fuoco. Scelte di cuore senza le quali si vive a metà. Così era il legame che Maria aveva con Pupella.

Subito dopo la polmonite, la prima domenica del mese di dicembre, Maria andò a messa con sua madre. All'uscita dalla chiesa Nunzia correva per la fretta di preparare il pranzo, mentre lei la seguiva lenta e di malavoglia. Non appena scorse la sua ombra farsi lontana, implorò: «Mamma', posso venire più tardi? Vado piano ché mi manca un poco il fiato».

Nunzia annuì e le indicò il polso, come se avesse l'orologio, per intimarle di non fare tardi. Erano giorni in cui era disposta a concedere. Maria era ancora in convalescenza, ma il fiato le era tornato eccome! La sua era solo una scusa per andare a casa di Pupella.

«Piccere', come stai sciupata!» disse la donna non appena la vide sull'uscio.

Maria tossicchiò per farle più tenerezza.

«Ho tenuto un male pesante questa volta...»

«Si vede, ti sei fatta più alta! Sei cresciuta dentro al letto.»

Pupella le pizzicò la guancia, la prese per mano e la portò in camera sua, dove c'era una toletta di mogano con tre specchi grandi che riflettevano quasi a figura intera. Aprì uno dei cassettini dai manici di ottone e cercò in mezzo ai suoi belletti. Infilò un piumino in una scatola e mise un poco di rosa sulle guance di Maria, poi aprì un rossetto color fiamma e glielo mostrò. La bambina sgranò gli occhi. L'astuccio era intarsiato di fiori e rami in argento, il rosso era cremoso e profumava.

«Quant'è bello...» esclamò, con la pelle d'oca per l'emozione. Pupella si fece vicinissima, con delicatezza e abilità dipinse le sue labbra, poi le sistemò un cerchietto dorato sulla testa e la voltò verso lo specchio.

«Che signorinella!»

La bocca di Maria si spalancò in una O di meraviglia. Non sembrava lei, coi capelli tirati e la bocca di fuoco.

Pupella aveva già preso una pezzetta. «Mo' puliamo bene, sennò...»

«No vi prego, ancora un poco» la trattenne.

«E po' chi 'a sente a tua madre?»

Iniziò a pulirle la bocca, mentre i suoi occhi si persero in un luogo in cui Maria non riusciva ad arrivare. Le fece male, tanto era decisa a togliere ogni traccia.

«Ahi!»

Pupella si riebbe e la guardò.

«Scusa piccere'...»

Maria accarezzò quel viso bello che s'era chiuso in una specie di malinconia.

«Ho fatto qualcosa che non dovevo?» le chiese.

Pupella si alzò e le tolse anche il cerchietto. Le prese la piccola mano e la strinse nella sua.

«Non è vero che si è innocenti da bambini, sai? Quand'ero 'na creatura come te, pure io non vedevo l'ora di crescere. Io però non avevo una casa come la tua...»

Maria si accostò più che poteva. La vita di Pupella la intrigava assai.

«Raccontatemi.»

La donna le scompigliò i capelli.

«Sei curiosa piccere'! Ma è un bene... Le vite degli altri sono come i libri, ti insegnano a campare.» Prese dal mobiletto una caramella all'orzo e gliela diede. «Dove sono nata io, a Scafati, in campagna, c'era sempre tanta luce. La ricordo bene e un poco ricordo pure la voce di mia madre. Prendeva le uova delle gallinelle e rideva in mezzo all'aia. Mi giocava, metteva le gambe a cavalluccio e io cavalcavo addosso a lei. Poi, a un tratto, non la vidi più. Rimasi sola con mio padre, che faceva una fatica enorme per campare. Si spaccava la schiena nei campi, aveva le mani sempre sporche di terra e di sangue e la faccia senza mai un sorriso. Mamma era morta e lui pure, dentro però. Beveva assai e litigava con tutti quanti.» Pupella sospirò. «Tenevo dodici anni la sera in cui vennero le guardie. Mi dissero che mio padre era in galera, che aveva ucciso un tizio dentro una bettola. Le guardie mi affidarono al parroco, che era un brav'uomo e mi portò a Pompei, all'orfanotrofio, l'ospizio della Beata Vergine del Rosario per le figlie dei carcerati. Fa' le grazie la Madonna del Rosario, se hai bisogno chiedi a lei, senza scomodare il paradiso intero...»

Maria pendeva dalle sue labbra e beveva il suo racconto.

«Le suore erano buone, mi insegnarono il ricamo, il cucito e a fare le faccende di casa. Io mi applicavo, ma tenevo una croce dentro che mi faceva troppo male. Ero smaliziata, reagivo con il corpo, il seno m'era spuntato presto ed era talmente grosso che faticavo a metterlo nelle coppe. A tredici anni già parevo una femmina fatta. Le altre compagne, povere disgraziate più di me, mi chiamavano 'a smorfiosa, ma non me ne fregava.»

Pupella aveva nella voce il tremore delle cose brutte. Maria pensò che avrebbe dovuto dirle che non voleva sapere tutto, ma era una bugia. Il mondo intorno doveva parlarle e Pupella lo sapeva. Era chioccia con lei, e si apriva confidandosi, perché un poco voleva salvarla dagli inganni della vita.

«Appena ho potuto sono andata via, con qualche spicciolo e un poco di buona volontà. Presi servizio da una nobildonna di via Caracciolo. Lei era gentile, ma la casa era grossa e il lavoro mi sfiancava. Teneva un figlio, Filippo. Era bello come il sole, il cuore mi sbatteva forte appena lo vedevo. Lui ci pazziava con me, non mi lasciava in pace, mi stuzzicava, sapeva come prendermi. Ci ho provato a resistere, ma la testa mia pensava solo a lui...» Quel ricordo la turbava. Per un istante Pupella prese fiato, aveva i brividi e parve più bella che mai. La testa si reclinò da un lato e allargò piano le braccia. «Dopo avermi promesso mari e monti si prese quello che si voleva prendere. E non appena l'ebbe avuto mi scansò, trovando mille scuse per non stare con me. La sera usciva e rientrava a notte tarda. Una volta me ne scappai, lo seguii e vidi che si infilava in un palazzo oscuro. Sapevo che c'era una di quelle case chiuse là sopra. Bussai alla porta e feci una scenata, le femmine mi volevano calmare, ma io non ce l'avevo con loro, ma con Filippo, che non s'era accontentato di me che gli avevo dato il bene mio! E lui per tutta risposta mi rise in faccia, disse che fra me e le altre non c'era differenza! Gli sputai addosso, lo chiamai uomo di niente e lui mi prese a schiaffi, mi fece male. Se ne andò menandomi per terra, mentre le gocce di sangue mi colavano dal naso. Le femmine di quel posto mi aiutarono, si presero le lacrime mie. Restai con loro, che era meglio. Tanto ormai ero roba sporca, un uomo serio non mi avrebbe presa più.» Pupella fece un sospiro. Abbracciò la bambina, e fra i suoi capelli disse: «Se non conosci a fondo il male, non potrai mai capire il bene. Ricordatelo sempre, piccere'».

Maria avvertì una morsa al cuore, come se il dolore, ora, fosse suo.

«Lo so che la vita è complicata.»

Pupella le prese il viso e la fissò dolce.

«Mari', la cosa importante è che non ti devi mettere paura a vivere. Se vuoi piangere piangi, e se tieni delle ferite guardaci dentro, ché è là che ci trovi la bellezza.»

Sebbene le sue parole fossero potenti e cariche di passione, Maria sapeva d'averla rattristata, quindi cercò luce nel suo cuore, e cose belle.

«E l'amore? Non l'avete provato mai più?»

Pupella divenne seria, ma con un poco di speranza appoggiata sopra il viso.

«E chi lo sa! Forse quando meno me l'aspetto capiterà. Certe volte l'amore pare leggero come la polvere sui mobili, che tu ci soffi sopra e vola via. Ma l'amore vero ti viene sempre a cercare, Mari'. E pure se lo perdi, lui fa il giro e torna.»

Gesticolava lieve mentre parlava d'amore. Maria, con lei, poteva aprire il cuore, fare domande, avere risposte. Pupella aveva vissuto duramente, ma la sua sofferenza era divenuta una sorta di grazia e i consigli che le dava curavano la sua anima.

«Ma tu si' ancora piccerella per queste cose!» aggiunse con un sorriso rassicurante. «Che cosa ti piacerebbe avere adesso?»

«Io vorrei una casa più ordinata» le confidò. «Parlare sempre con la lingua pulita e avere qualcosa di mio… di bello.»

«Brava, però statti accorta. Le cose più tremende della vita sono sempre quelle che all'inizio appaiono bellissime. La cattiveria si infronzola e si nasconde bene.»

Maria pensò a qualcosa di rassicurante e si illuminò tutta.

«Una cosa bella già ce l'ho e non potrà mai farmi del male.»

«E cos'è?»

«Il mio albero di mandarini.»

«Un albero?»

«Sì! Sapete cosa faccio? Mi infilo in mezzo ai rami e mi nascondo, la sua ombra mi rende invisibile e io sogno a occhi aperti. Il mandarino mi protegge, mi gioca, a volte quando mamma' mi strilla nelle orecchie scavalco dalla finestra e mi ci arrampico! Se ci sto sotto, guardo le foglie che si mischiano con il cielo e si muovono col vento.»

Pupella le fece accomodare la testa sulle sue gambe e prese ad accarezzarle i capelli. Maria lasciava fare, perché quelle dita erano di seta e conciliavano il sonno.

«Voi ce l'avete una cosa bella?» le chiese.

«Io ho un luogo mio, intimo, chiuso dentro di me e dove

nessuno ci può entrare. L'ho inventato in orfanotrofio, quando faceva buio e mi inquietavo. Tiravo le coperte, chiudevo gli occhi e apparivano chiavi di stanze bellissime, tutte mie. Anche mo' ci metto di tutto. In quel posto ci entra solo il bene, quello che nessuno mi può portare via.»

Pupella parlava, diceva che lì c'erano pure il mare e la neve fredda e bianca, quella che Maria non aveva visto mai, e boschi sconfinati coi fiori di mille colori, voli d'uccello e suoni di animali. La sua voce divenne una ninna nanna, una carezza, poi un'eco lontana. Maria si assopì sopra al suo corpo, e cadde nel sonno.

Erano le due del pomeriggio quando rientrò a casa, di corsa come sempre. Nunzia le strillò dietro, ma non gliene importò, perché ogni parola che ascoltava da Pupella diveniva una goccia di sapienza che conservava in uno scrigno, dottrine che sarebbero affiorate soprattutto nei momenti in cui si sarebbe sentita tradita, ingannata dalla vita stessa. Quella voce di velluto l'avrebbe scaldata, dato conforto, lenito il suo cuore. E, ora, le stava insegnando un'altra cosa bella: poteva inventarsi la felicità.

4

Napoli, gennaio 1943

Poco prima di Natale Giovanni era stato sospeso dal lavoro. L'azienda tranviaria aveva interrotto il servizio a causa dei continui bombardamenti. Anche le scuole erano state chiuse, con grande dispiacere di Maria, che teneva allo studio più di ogni altra cosa. La situazione economica in casa era complicata. C'era poco da mangiare, i cappotti parevano accorciarsi e i maglioni allungarsi perdendo forma e calore, così come le calzette, bucate, slabbrate. I bambini crescevano dentro ai vestiti. Le cose di Maria passavano a Elena, i vecchi abiti di Nunzia si riadattavano per lei e Gigino andava avanti coi doni di qualche anima pia. Nunzia lavorava senza sosta a cucire, rammendare, racimolare qualche spicciolo. Niente più si bilanciava, nulla pareva avere un senso. In casa tutto aveva un equilibrio precario. Elena aveva preso i pidocchi. Strillava e piangeva disperata perché gli insetti avevano invaso le sue trecce bionde. Con una santa pazienza, Maria la pettinava tirando via le bestioline, schiacciando le uova. Gigino, invece, aveva di continuo la diarrea. Era un bimbo fragile, faceva tenerezza perché non si lamentava, non reagiva. Si sedeva sul pitale in un angolo e aspettava che qualcuno lo aiutasse poi a lavarsi. Ai mali di pancia si aggiunse una febbricola che non passava con niente. Persino il dottor Salerno era avvilito.

Accadde così che, un pomeriggio, Chicchina Esposito disse: «Qua ci vuole 'a janara d'a Turretta! Siente a me, Nunziati', 'o bambino te l'hanno jatturato!».

Si diceva che Bettina Cecere, soprannominata 'a janara, togliesse il malocchio, preparasse pozioni e guarisse anche solo con le parole. Formule strane, cantilene misteriose. Quando Nunzia scese alla Torretta, la donna accettò e pretese un pagamento in natura: mezzo litro d'olio. La portarono davanti al bambino e lei, senza grazia né tatto, gli scosse la pancia con la mano tozza, disse qualcosa a mezza voce, lo strattonò per farlo piangere e sentenziò: «Tiene n'occhio 'ncuollo! Mettite 'nu foglio 'e giurnale dint'o pitale, pigliate la roba sua, stringetela in un panno e fate cinque nodi. Appena scura notte, iettatela a mare e si leva tutte cose!».

Maria rimase inebetita. Le sembrò assurdo pensare che una bestemmia potesse colpire, fare ammalare. Il raziocinio, per la povera gente, non serviva a nulla. Tutto poteva ferire e divenire veleno, persino le parole, le superstizioni.

Quando si azzardò a parlarne con Nunzia, lei si infuriò.

«Come al solito tieni sempre la lingua in mezzo! Io vorrei tanto sapere perché ogni cosa che facciamo in questa casa ti dà fastidio.»

«È solo che la janara mi pare una cosa da ignoranti, tutto qua!»

Nunzia le si avvicinò puntando il dito minaccioso.

«Queste cose esistono! Tu ci vai in chiesa, e se credi nel bene devi credere pure nel male. Lo sfizio tuo è dare torto a me!»

«Ma che dici, mamma'! A me non sembra normale tutta la schifezza che si deve fare. Il pitale, il foglio di giornale... Qua ci vuole un medico buono, portiamolo all'ospedale.»

«Voglio provare, per togliermi ogni paura. E non dire niente a tuo padre, non fare come sempre che gli vai a riferire tutte cose. Famme fa' a me!»

L'argomento venne chiuso con una girata di spalle e Maria rimase col solito amaro in bocca. Per avere il suo ascolto, avrebbe dovuto tacere.

Nunzia fece esattamente ciò che la janara aveva comandato. All'imbrunire andò a Mergellina e gettò il paccotto a mare.

Il giorno dopo Gigino stava bene, la febbre era sparita così come la diarrea.

Potevano considerarlo un buon segno, ma fuori le cose continuavano a peggiorare. Venne l'incalzare dei bombardamenti, e gli Imparato, come tutti a Napoli, si ritrovarono a vivere con un piede dentro e un altro fuori casa. L'allarme era giornaliero e arrivava sempre troppo vicino ai bombardamenti. Il tunnel a Piedigrotta, il primo ricovero che avevano trovato, era divenuto impossibile da raggiungere in fretta. Inoltre, le raffiche arrivavano all'interno, provocando la caduta di calcinacci, rendendo l'aria irrespirabile. Gli aerei scendevano a bassa quota e mitragliavano la popolazione inerme che fuggiva scomposta, con il pericolo che qualcuno potesse essere colpito lungo il tragitto. Sicché si scelse il ricovero nascosto all'interno delle grotte della Ferrovia Cumana, un dedalo di cunicoli sotto il corso Vittorio Emanuele. Giovanni sentiva il rombo degli aerei ancor prima che arrivasse l'allarme. La gente scappava rasentando i muri, riparandosi a stento dalla pioggia, dal freddo. I bambini correvano con il fiato in gola, con il rumore della morte dietro, con le mutandine bagnate per lo spavento. Col passare dei giorni si dormiva coi vestiti addosso. Le scarpe in fila vicino alla porta, e via di corsa.

Presto il ricovero sostituì la casa. Tante erano le famiglie che dividevano quegli spazi angusti. Nunzia aveva portato i materassi, che restavano a terra tra l'umido e il fetore. Una tenda divideva i propri spazi da quelli degli altri, per avere un po' di intimità, per i bisogni, per lavarsi nel catino. Sopra una fornacella di mattoni c'era una pentola nera e bruciacchiata che serviva a cuocere un po' di pasta, qualche patata. La fiamma sempre accesa sprigionava un fumo insopportabile, ma non si poteva fare altrimenti. Il pane che si mangiava era screscitato, s'attaccava al coltello. In bocca era uno schifo, ma bisognava tacere e ingoiare per sopravvivere. C'erano scarafaggi neri e bestie strane che uscivano dai cretti dei muri, o venivano fuori dall'acqua. Spesso Maria li trovava nei vestiti, oppure tra i capelli. I bambini piangevano sempre, le loro lacrime generavano le lacrime degli adulti, sconfortati da quello smarrimento. I vecchi tossivano, sputavano, molti di loro bestemmiavano contro i tedeschi, contro gli inglesi, contro tutti e tutto.

Ricchi e poveri mescolati insieme da una mano indifferente. La guerra faceva paura, ma forse univa. E così successe che l'avvilente rumore delle sirene, la barbarie che sorvolava Napoli lasciarono entrare la compassione. Persino i figli della Catapano divennero mansueti. Davano una mano sottoterra, aiutavano gli ammalati a scendere, accendevano candele e le sistemavano lungo il tragitto.

Uno di loro, Geppino, s'era invaghito di Maria, che a quasi dodici anni s'era fatta carina, le era spuntato un poco di seno e aveva le gambe lunghe, lisce. Lui la guardava con quella curiosità primaria, un misto di odio e amore, vergogna e desiderio. Una sera Maria arrivò bagnata dalla pioggia nel ricovero. Aveva il vestito attaccato addosso e non si accorse che svelava le mutandine infilate nelle fessure e i capezzoli induriti dall'acqua. Geppino le aveva gettato un telo dicendo: «Asciuttati» ed era scappato via. Maria lo aveva rincorso per ringraziarlo e lo aveva trovato in un anfratto, di spalle. Si toccava. Strofinava la mano e gemeva. Al principio Maria non capì e si sporse per guardare. Appena Geppino se ne accorse, divenne di fuoco, si aggiustò i pantaloni e urlò: «Vavatténne!».

Quella fu l'ultima volta che le rivolse la parola. Per il resto dei giorni sottoterra la guardò solo di nascosto. Lo ingelosiva il fatto che lei frequentasse Orazio. Non poteva competere con lui, la finezza nei gesti, le parole curate, il sorriso gentile. Per

Geppino Catapano uno schiaffo era una carezza. Suo padre Ciro lo gonfiava di botte fino a stordirlo, ogni volta che rientrava a casa ubriaco e lo trovava ancora in piedi. E lo faceva non per la confusione del vino, ma perché non voleva che vedesse quello che faceva alle figlie. Tutto il vico conosceva la storiaccia di quelle quattro povere mura, ma i ragazzi, i figli maschi, si rifiutavano di guardare in faccia la realtà.

Ciro faceva il saponaro, ritirava roba vecchia e cianfrusaglie di chi se ne voleva liberare e rivendeva tutto nei vicoli, ai mercatini, o ad altra gente più povera di lui. Assunta stava a servizio in una casa di persone perbene dove lui pigliava gli oggetti per il bric-à-brac. Una volta che si furono sposati, dopo neanche un anno di stentato corteggiamento, lei non aveva fatto che sfornare figli, uno dopo l'altro. E a furia di partorire, allattare e crescere creature, s'era straziata, incattivita. I soldi pochi, la pancia vuota così come le tasche. E Ciro, invece di risparmiare qualcosa, di sera faceva il giro di bettole e locali, un poco per dimenticare lo squallore della vita sua, e un altro poco perché coscienza non ne aveva.

Una notte Geppino vide lo squallore del sesso di suo padre infilato come una spada nella carne delle sorelle, che se ne stavano mute a ingoiare il dolore. Se non si agitavano faceva meno male, lo strazio finiva prima. Era una cosa sporca, come la vergogna di sua madre Assunta, che fingeva di dormire per non vedere cosa accadeva in quella stanza angusta, puzzolente di sperma e di vino.

La vita è fatta di mondi diversi, le azioni di ogni singolo creano singoli mondi, microcosmi orribili.

E orribile era il mondo dei Catapano.

Era anche per questo che Maria non voleva averci a che fare. Orazio era altra cosa. Intorno a lui solo luce e profumi.

«Quando la guerra finirà voglio studiare come te, finire le elementari, andare alle medie e al liceo» gli disse un giorno Maria.

Quando erano insieme inghiottivano la paura, imparavano la vita nonostante gli stenti e la fame.

«Qual è la materia che ti piace di più a scuola?» le chiese lui, mentre sistemava un foglio di carta per sedersi a terra, di fianco.

«La matematica! Faccio i conti, a casa mia è importante. I soldi devono essere divisi bene.»

Maria sorrise, aspettando un assenso che non arrivò.

«A me non mi interessano i numeri. Io amo l'italiano, la storia, la geografia.»

Lo osservò delusa. La matematica era difficile, lo diceva sempre anche la maestra Adriana. Orazio non se ne accorse, forse non gliene importava. Tirò fuori un pezzo di giornale.

«Io so bene quello che farò da grande. Guarda qui» disse, e le allungò la pagina. In foto c'era il bel viso di Tyrone Power.

Maria rimase incantata a guardarlo. Lesse lenta il nome storpiando l'inglese e poi chiese: «Chi è?».

«Un attore di Hollywood!» rispose Orazio, mentre prendeva l'articolo dalle sue mani e lo ripiegava con cura. «Voglio diventare come lui.»

«Cos'è Hollywood?»

«È un posto in America, dove si fa il cinema, ci sono le star e si vive una vita bellissima.»

«È lontana l'America?»

«Altroché! Ci si va con l'aereo, oppure in nave. Ci vogliono giorni di navigazione, quasi un mese. Molta gente è emigrata, in cerca di fortuna.»

«E anche tu partirai come emigrante?»

«Macché! Emigrare è umiliante. Studierò recitazione in Italia e poi partirò.»

Maria prese un bastoncino e iniziò a tracciare dei piccoli cerchi sulla terra scura della grotta.

«Tua madre lo sa?»

«Certo che lo sa! Lei dice sempre che ognuno ha diritto di seguire la propria strada.»

Lei lasciò cadere il bastoncino e rimase a riflettere su quale fosse la sua strada. Cosa le piaceva fare? Di certo non vivere nella miseria. Rivide le catapecchie nude intorno alla sua casa, i vicoli bui, la povera gente temprata e stremata dai bombardamenti.

«Non vuoi che venga con te?»

Orazio esitò. «Magari poi mi vieni a trovare...»

Ebbe una fitta al petto. Strinse gli occhi e lo fissò come se guardasse un estraneo. Si era immaginata di dover trascorrere tutta la vita accanto a lui, al suo amico perbene, a imparare il gusto, la gentilezza, la signorilità. Invece lui guardava oltre. Per certi versi era già in America.

Si immusonì, e Orazio se ne accorse.

«Stai tranquilla, Maria, io ti voglio bene. Saremo sempre amici, te lo giuro.»

Le mise una mano sulla spalla e lei un poco si acquietò. Però capì che c'era una piccola bugia, nella frase di Orazio.

Se lui andava via, niente era per sempre.

5

Napoli, settembre 1943

Appena arrivava un'ora di quiete, gli Imparato tornavano a casa per recuperare un poco di cibo, rifornirsi di acqua potabile. Nunzia, dopo file interminabili, con la tessera, prendeva allo spaccio quello che trovava. Latte, pane, sale, pasta, qualche verdura quando c'era. Correva avanti e indietro, cucinava, lavava e spaccava il centesimo per sopravvivere. Oltre a cucire aveva imparato a fare le iniezioni, pure sottopelle. Andava di casa in casa per guadagnare qualche spicciolo e la sera crollava stremata.

Giovanni stava male. Soffriva molto a causa dei dolori alla sciatica, non riusciva a camminare, si appoggiava al bastone, per cui restava nel rifugio a preparare degli intrugli di erbe di muro che scaldava e applicava con dei panni caldi dove aveva più dolore.

Tutto aveva una precarietà, si andava avanti senza che nessuno ti desse aiuto e ci si doveva accontentare di poco, almeno in quel momento. In quei mesi Maria aveva imparato che nella vita le cose importanti erano due o tre al massimo. L'amore, la dignità e l'onestà. Il resto era una perdita di tempo e di energie.

La mattina del 6 settembre, all'alba, nel ricovero, Nunzia le diede uno scossone mentre era ancora addormentata.

Maria spalancò gli occhi pensando che fossero arrivati i soldati.

«Che c'è mamma'?»

«Alzati, mi devi dare una mano.»

Si tirò su con i gomiti.

«Che devo fare?»

«Mo' si' cresciuta, ci dobbiamo organizzare. Tuo padre sta male e rimane qua coi bambini. Io vado allo spaccio e tu corri a casa a prendere qualche bottiglia d'acqua e il cambio. Qua ci sta la sacca con le cose sporche. Appena torni, mettiamo fuori i materassi che si devono asciuttare.»

Fece di sì con la testa e rimase assonnata a guardarla mentre infilava la tessera e qualche lira nel reggipetto e spariva nel budello.

Quando mise piede fuori dalla grotta, Maria fu investita da una luce chiara che le spezzò la vista. Il cielo all'alba sbiancava i muri. Era azzurro e terso, ingannava gli occhi. Il sole mentiva, niente era sereno. Avrebbe preferito un tempo nero, come l'umore suo e di tutta la popolazione. Si chiese come fosse possibile che la guerra impedisse alla gente di vivere, camminare, fare il bagno a mare, uscire la sera per un gelato. Lei era innocente, suo padre pure. La moltitudine lo era.

Con l'immaginazione fece un passo indietro nel tempo e si convinse a mettere piede nel vico Cupa Caiafa. Era più di un anno che non ci passava, a causa della guerra e dei bombardamenti improvvisi che la costringevano in casa. E non ci era andata anche per non far arrabbiare Nunzia, per non tenerla in apprensione. Una volta arrivata, notò subito che anche lì tutto era cambiato. C'era silenzio intorno, un'inquietudine malsana che la turbò. Nessuna voce, né odori né chiasso o risa. Adagio percorse il vicolo guardando nei bassi vuoti, spalancati come bocche senza denti. Arrivata in cima, scorse il balconcino di Pupella. Prese un sassolino da terra e lo tirò contro il vetro, nella speranza che avvertisse il richiamo. E infatti, dopo un istante si affacciò.

«Piccere', che ci fai per strada da sola? Sali, fa' ampressa!»

Maria sorrise. Sua madre l'avrebbe uccisa di mazzate se l'avesse vista, ma lei teneva un legame d'amore troppo forte con quella donna.

All'ingresso Pupella la esortò con un gesto della mano. «Vieni, vieni...» La voce era bassa e si guardava attorno preoccupata, come se avesse paura di svegliare qualcuno. Una volta dentro, chiuse in fretta la porta.

«Come stai? Lo sai che è pericoloso? Ci stanno i tedeschi!»

«Sto che tengo fame. Mangiamo poco e niente. E voi invece perché non state nel rifugio?»

Pupella non rispose subito. La portò in cucina e le diede un biscotto coperto di zucchero a velo.

«Mangia, e nun te preoccupa' pe' me, ché là fuori o qua dentro è lo stesso. Qua mi uccidono le mitragliate e nel rifugio le malelingue...»

Maria la osservò in silenzio. Pareva amareggiata e stanca. Aveva perso quella carnalità prorompente, la fierezza nello sguardo. Muoveva gli occhi di continuo, come se dovesse apparire qualcuno da un momento all'altro.

Dal canto suo, neanche lei si sentiva tranquilla. Se ne stava col biscotto in una mano e con il sacco pieno di pezze nell'altra.

«Non posso restare, devo andare a casa.»

Pupella osservò la mappata.

«Non peserà 'sta roba? Ti accompagno?» le chiese, e poi si inginocchiò sfiorandole le mani con delicatezza, come se accarezzasse un'immagine sacra. Aveva gli occhi pieni di lacrime, ma non piangeva.

Maria si chiese a cosa stesse pensando.

«Ti sei fatta grande» mormorò. «Quanti anni tieni? Non ti vedo da un sacco di tempo. Sono cambiate tante cose, ma tu lo sai, lo vedi anche tu.»

Maria avvertì una fitta nella pancia. La città non le apparteneva più, le strade familiari erano pericolose, gli stessi occhi di Pupella le svelavano la paura.

«Sto male, sono triste. Mi siete mancata, perciò sono venuta a vedere se vi trovavo, se stavate bene.»

Pupella si morse un labbro, pareva inquieta. Maria si guardò intorno e disse qualcosa che la turbò.

«Mi sembra strana la vostra casa, c'è un odore che non è più il vostro...»

Pupella guardò Maria sconcertata, stupita da quell'osservazione. Qualcosa brillò dentro di sé, e pensò di potersi confessare, dividere con lei il segreto e anche la paura.

«Piccere', è vero, non sono più sola...» disse inquieta. «C'è Thomas con me, un soldato inglese che ho salvato dai tedeschi. Lo tengo qua, nascosto...»

Maria non mosse un muscolo e ascoltò muta.

«Lo so che corro un rischio, ma c'aggia fa'? Mi sono innamorata. L'amore quando arriva non ti avvisa, ti paralizza e tiene sempre qualcosa di sbagliato. Non pare mai quello giusto, eppure tu lo riconosci, lo sai che è lui. Mo' che tutto è sottosopra, mi rubo un poco di felicità in mezzo a tutta 'sta desolazione...»

Maria sentì un miscuglio di emozione e di timore, ma sapeva che se la donna le aveva confidato il suo segreto non si aspettava certo un rintuzzo. Non fece giudizi, nemmeno nel suo cuore. Pupella l'abbracciò. Poi si tolse la spilla che aveva in petto e gliela pose nella mano.

«Tienila tu Mari', mi fai felice» disse amorevole. «E mo' vattenne, è pericoloso se resti qua.»

Era un intreccio di rami d'oro con un fiore in punta. La corolla aveva tre rubini. Maria la guardò estasiata. Poteva essere un momento bellissimo, ma c'era qualcosa di guasto intorno che la fece ragionare.

«Non posso accettarla» disse con voce tremula. «Me la rubano al rifugio.»

«E tu nascondila! Sotterrala vicino a casa e poi te la riprendi quando tutto 'sto schifo sarà finito. Voglio che la tieni. È tua.»

Maria sentì dentro un calore forte e l'abbracciò.

«Vi prego, Pupella, venite con me. Dopo la guerra potremo stare insieme, cambiare le cose e anche le persone.»

Lei le prese il mento con due dita e la fissò con un sorriso amaro.

«Io sono come un seme che ha già dato il frutto. È troppo tardi per me.»

Maria strinse la sua mano e fu allora che un grido, dalla strada, fece sgranare gli occhi a entrambe. Pupella s'avvicinò alla finestra.

«Stanno bombardann'! Fuite!» strillava un ragazzino, che correva in mezzo al vico come se attraversasse una ferita sanguinante.

Maria si scosse, infilò la spilla nella sacca dei panni sporchi, corse alla porta e si voltò a guardarla.

«Andiamo, dobbiamo scappare, fate presto!»

Pupella la guardò con una tristezza malcelata. Alle sue spalle Maria vide passare un'ombra, la luce dei capelli biondi e niente altro.

«Va', fuitenne, che devi crescere prima di morire!»

Gli occhi languidi le sorrisero. Maria sfiorò le sue dita morbide in un tocco più dolce di un bacio, poi aprì la porta, imboccò le scale e iniziò a correre.

6

Napoli, 6 settembre 1943

La salita di casa parve a Maria più dura del solito. Senza fiato, arrivò all'albero di mandarini e scorse le fronde asciutte, alcune spezzate, altre bruciate. Anche lui umiliato dalla guerra.

Maria si abbassò e prese a scavare. Fece una piccola fossa, aprì il sacco con le cose sporche, in una delle calzette infilò la spilla di Pupella e sotterrò tutto.

Quando fu in casa, guardò le sue povere quattro mura con un nodo nella gola. Silenzio cupo nelle stanze vuote. Il sole si gettava all'interno, illuminava quella povertà e senza alcun riserbo mostrava lo squallore che viveva tutt'intorno. I pavimenti erano sporchi di fango, i mobili coperti di polvere. Alcuni vetri s'erano rotti e c'erano schegge ovunque, incastrate nelle pareti sbrecciate, posate sui vestiti, infilate negli occhi della bambola di Elena. Un mondo scontornato, senza un minimo di ordine. Maria tentò di soffocare la tristezza e andò avanti. Nella camera da letto prese alla rinfusa magliette, mutande, calzini. Piegò un lenzuolo in quattro per chiudere il tutto. Mentre faceva il nodo, uno scoppio rimbombò tra le pareti. Col cuore a mille afferrò la mappata e corse in strada.

Sopra la sua testa, grappoli di bombe cadevano a casaccio. Gli aerei erano vicinissimi, sganciavano e mitragliavano riducendo in macerie interi edifici. C'era fumo tutt'intorno. Maria quasi ruzzolò col rischio di spezzarsi le gambe e i panni volarono nell'aria. Rialzandosi, vide l'imbocco del tunnel della Cumana, le sembrava di toccarlo ma non ci arrivava mai, sentiva la morte che le fiatava addosso. Pensò che non si sarebbe salvata, che sarebbe stramazzata al suolo, seppellita dai calcinacci. Invece apparve sua madre, che l'afferrò e la prese in braccio. In un istante tutte e due furono nel budello. La gente dietro spingeva, investiva chi stava davanti, calpestava chi cadeva a terra, travolgeva i bambini piccoli che scivolavano urlanti dalle braccia delle madri. I vecchi stavano sulle spalle dei giovani e la massa correva lasciandosi dietro scie di orina. Maria aveva occhi ciechi e orecchie sorde. Sentiva solo il cuore battere e la mano di Nunzia, che la teneva salda nel tentativo di arrivare vive al loro buco. Intorno era buio, nell'aria cupa si sentivano imprecazioni e preghiere, nomi di santi alla rinfusa, urla e pianti di disperazione. Fuori, i fischi delle bombe, le mitragliate, il tetro suono delle sirene e solo morte.

Il bombardamento durò ventiquattr'ore. Fu un giorno tragico, un giorno che Maria non avrebbe mai dimenticato. Ovunque l'odore del sangue, della paura. Il flagello, i morti ammazzati. Voci rotte chiedevano dei parenti, degli amici. Nomi smozzati tra labbra che tremavano.

Un giorno e una notte così, senza mangiare, senza bere, senza dormire né pregare. Solo ascoltare. Si aspettava la calma per uscire, respirare un'aria diversa da quella putrida e malsana del buco. Eppure, si vociferava, c'era gente che la guerra non l'aveva vissuta così. C'erano rifugi diversi, più comodi, sotto le case ricche, nelle abitazioni private, negli scantinati dei palazzi nobili. Orazio non scendeva più. Maria aveva sentito dire dai Catapano che la famiglia Orlando era tornata a palazzo Quercia a Posillipo. Di sicuro, nei sotterranei della residenza, avevano trovato riparo.

"La povertà è un veleno" si ritrovò a pensare, mentre si accucciava tra le braccia di suo padre.

Quando spuntò l'alba, alcuni coraggiosi uscirono allo scoperto e rapidi tornarono indietro ad avvisare le centinaia di persone nel ricovero della Cumana che la furia era finita.

A guardarli dall'alto, gli scampati sembravano topi di fogna alla ricerca di una via di fuga. In fretta, in silenzio, ognuno tentava di raggiungere la propria casa per accertarsi che fosse ancora in piedi, che gli assenti si fossero salvati.

Al corso Vittorio Emanuele, fumo e polvere. I binari della stazione di Mergellina erano incendiati e c'era un silenzio irreale tutto intorno. Maria uscì insieme agli altri, la mano nella mano di suo padre che procedeva piegato in due dai dolori. Lungo il tragitto tentava di coprirle gli occhi, le diceva: «Nun guardà, Mari', guarda 'nterra». C'erano i morti lungo la strada. Ma lei guardò. Un uomo giaceva con i piedi infilati nel portone e il busto fuori, sul marciapiede. I vestiti coperti di sangue, la disperazione sul volto nel tentativo di fuga. Dalle macerie spuntavano scarpe, piedi e poi mani, pugni chiusi, ciuffi di capelli. Nunzia teneva Gigino ed Elena, che se ne stavano muti, a stento respiravano.

Mentre superavano quell'orrore, Maria vide qualcosa e si fermò. Sul marciapiede di fronte, sopra Cupa Caiafa, appoggiata a una parete c'era Pupella. Se ne stava seduta, con le braccia appoggiate in grembo e l'aria triste. Maria si sciolse da suo padre e attraversò di corsa. Quando le fu a un passo le sorrise lieve e si mise in ginocchio.

«Pupella...»

Fece per sfiorarla. La donna non si mosse.

Un filo di sangue le colava dalla bocca e la testa pareva abbandonata sul collo. Maria tremò, le labbra e le mani tremarono e la rabbia le scoppiò in petto.

«Mari'... vieni qua, mo' subito!»

La voce di sua madre parve una bestemmia. Maria indietreggiò trattenendo il pianto e le si rivolse con odio.

«È morta!» strillò. «Morta! Si' cuntenta mo'?»

7

Le quattro giornate di Napoli – 29 settembre 1943

Da quel terribile giorno, Maria credette che la sua vita fosse già tracciata. Se non si opponeva a quel luogo, a quella povertà, non poteva che rassegnarsi a un destino di miseria.

Erano tempi crudi per tutti. La pancia vuota, gli occhi stanchi, cenere e fango intorno. Inglesi, tedeschi e americani si erano trasformati da uomini in bestie e avevano sfiancato la città.

Chicchina, che si infilava in ogni accadimento, quella mattina era arrivata trafelata a Villa Santa Maria e aveva guardato negli occhi freddi di Nunzia.

«Voi lo sapete che la città è in rivolta? Pure don Gaetano, il vinaio, si è messo in tredici contro i tedeschi! Noi, qua sopra al corso Vittorio Emanuele, ci siamo chiusi dentro e buonanotte, ma nel centro di Napoli si ammazzano!»

«Lo so Chicchi'» rispose Nunzia, «vi credete che siamo sordi e ciechi?»

Maria, intenta a piegare i panni del bucato, intervenne nella conversazione: «Dovremmo partecipare tutti quanti. Più ne siamo, meglio è!» disse con piglio rivoluzionario.

Nunzia la guardò di taglio, ma la fece parlare, non fosse altro per dimostrare a Chicchina che l'intento patriottico lo avevano pure nella famiglia sua.

«Di sicuro ci so' andati i ragazzi Catapano» aggiunse Maria, mentre si affacciava al balconcino. Il giorno le parve insolitamente scuro, come i capelli neri di sua madre che scivolavano sul pettine. Nunzia li portava sempre avvolti in un tuppo spillato dietro la testa con le forcine, ma quando li scioglieva parevano un manto che copriva ogni luce.

«A te non te ne deve importare di quello che fanno quegli scugnizzi» sentenziò, mentre riavvolgeva le ciocche. «Vorresti andare? Tu fusse capace!»

Maria, in verità, non ci aveva neanche pensato, ma quella frase le sembrò uno stuzzico e la fece riflettere. Aiutare gli insorti, a modo suo, fare numero, vendicare in qualche modo Pupella. Aveva visto già tanto della guerra. Era il suo presente, la sua realtà.

Non rispose per non alimentare il fuoco, lasciò che sua madre intrecciasse una conversazione di cose futili con Chicchina, quindi sparì nel cucinino. Dalla finestra scese sull'albero di mandarini e corse lungo tutta la scalinata. Arrivata a Cupa Caiafa, chiamò Geppino a voce chiusa, un poco nascosta.

«Geppino! Geppi'...»

Il ragazzo spuntò con la testa riccia oltre il vetro, mosse il mento verso di lei e disse: «Che vuo'?».

Maria mise le mani sui fianchi come una femmina adulta.

«Lo sai pure tu che Napoli è in rivolta. Dici sempre di tenere il coraggio, mo' fammelo vedere!»

Colto sul vivo, Geppino chiuse la finestra e la raggiunse di corsa. Sebbene Maria gli piacesse, la scrutò da cima a fondo con aria critica e la sfrogoliò.

«Ma dove vuoi andare tu che sei una femmina, e pure secca secca!»

«Impicciati di te e andiamo a Sangiovanniello» rispose dura. «Siamo napoletani o no? Vediamo pure noi che cosa possiamo fare.»

Geppino non se lo fece ripetere due volte e prese la vecchia bicicletta dal cantinato. Maria montò sopra alla canna e in fretta si diressero verso il cuore della sommossa.

Chicchina diceva il vero.

Quello che stava accadendo nel centro della città non si poteva immaginare. Pur avendo visto i morti ammazzati, i bombardamenti e le macerie e gli incendi, Maria ora aveva davanti agli occhi la guerra vera e propria, la barbarie. La morte strisciava su tutti, quasi le pareva di poterla toccare.

Lei e Geppino lasciarono la bicicletta in una venella di piazza Carlo III e rasentarono i muri, tappandosi le orecchie per il continuo gracchiare delle camionette, abbassandosi a ogni sibilo che diveniva sempre più violento mentre si avvicinavano a Sangiovanniello. Geppino si riempiva le tasche di pietre, come se a sassate potesse sconfiggere il nemico.

Quando sbucarono dai vichi, ciò che videro fu scioccante. Da ogni anfratto spuntavano gli insorti. Alcuni avanzavano con le scarpe sfondate ai piedi, portando fucili a tracolla sopra le canottiere sporche e bucate. Altri avevano pistole vecchie, appese a corde di spago usate come cinture. Dalle case, dai bassi e dai negozi spuntava di tutto: brande di letto, carretti della frutta, culle e materassi. Qualunque cosa andava bene per sbarrare i vicoli, creare un impedimento. Per le strade la gente aveva persino rovesciato i camion e le automobili, per rendere difficile il passaggio alle truppe. I soldati, però, erano arrivati coi carri armati. Il peso pareva spaccasse le pietre della strada. Sui tetti dei palazzi c'erano andati i bambini. Avvisavano gli insorti appena vedevano arrivare le camionette dei tedeschi.

In un attimo fu l'apocalisse. Maria si nascose dentro lo stipite di un palazzotto, non riusciva manco a respirare, tale era la paura. Dall'alto piovevano sassaiole e acqua sporca e bollente, qualcuno tirava petardi che parevano pistolettate. Le vecchie, dai balconi malconci, menavano sui tedeschi schegge di piatti e pentolame e poi sputavano su quelle teste scodellate, bestemmiando le anime loro. Dal basso, chiunque avesse un'arma sparava e poi si nascondeva dietro a montagne di macerie. I cingolati avanzavano, puntavano e sparavano contro le barricate che si sgretolavano creando fumo e boati. Schegge di legno e di metallo esplodevano tra i palazzi e ferivano a morte chi si trovava di fronte al fuoco. I balconi pareva scoppiassero sotto le mitragliate. L'aria, in un istante, divenne di polvere, irrespirabile.

Geppino sgusciò da dietro un sacco di cemento. Tirava i sassi che teneva nelle tasche e poi tornava a nascondersi. Maria capì che era stata un'idea dissennata quella di unirsi ai rivoltosi. Uno stupido dispetto fatto a sua madre, che stava pagando a caro prezzo. Mentre si guardava intorno per capire come potesse fuggire da quel luogo terribile, vide don Gaetano alle spalle di un gruppo di facinorosi. Allungò un braccio per chiamarlo, quando si accorse che l'armata era composta dai femminielli del quartiere, e che davanti a tutti c'era Biasina. Nonostante si fosse tagliata i capelli e indossasse i pantaloni, Maria pensò che pareva più femmina così che coi tacchi a spillo e il trucco in faccia. Avanzava con un coraggio da leone, superava le donne, i vecchi e i giovani e prendeva di petto gli invasori. Correva e sparava gridando: «Iatevenne!!!».

A un tratto il gruppo si disseminò per proteggersi dagli spari che arrivavano da ogni angolo, da ogni vico. Biasina rimase sola in mezzo alla strada e non si accorse del soldato che arrivava alle sue spalle. Maria, per salvarla, uscì dal nascondiglio e le corse incontro urlando: «Biasi', statti accorta!».

Proprio quando le fu a un palmo, la mano di don Gaetano apparve in mezzo al fumo. Afferrò il suo braccio e l'allontanò dalla guerriglia.

«Che ci fai qua?» le disse furioso, scuotendole le spalle. «Si' pazza, Mari'?»

Lei non rispose, le labbra tremarono di pianto. Geppino li raggiunse, pieno di polvere, gli occhi spaesati.

«Siete due incoscienti!» disse il vinaio con durezza. «Mettetevi dietro a quel carretto e non vi muovete!»

Intanto, Biasina aveva imbracciato di nuovo il fucile e stava affrontando il soldato a muso duro. Sparò, ma l'arma fece cilecca. Ebbe un attimo di smarrimento, poi vide suo padre sbucare da un angolo di strada. Fu quello lo sprone a continuare, l'ultima possibilità di riprendersi un affetto che avrebbe conquistato solo annegando nel sangue. Tirò il fucile addosso al soldato e poi gli si avventò contro a mani nude. Il tedesco la colpì prima alle gambe per farla cadere, e poi mirò al petto. Biasina scivolò a terra e volse lo sguardo alla strada per cercare suo padre, che stava proprio dietro al tedesco e gli puntava l'arma alla nuca.

Il soldato esplose il colpo su Biasina giusto un istante prima di venire ucciso.

Il padre si inginocchiò e la prese in braccio. «Biasi'... Biasi'» diceva, le lacrime agli occhi.

Biasina teneva la testa ciondoloni come quella di una bambola rotta, mentre fiotti rossi spuntavano sotto la sua schiena e bagnavano il basolato. Il padre la stringeva e la chiamava, tra gli spari e la puzza di morte tutto intorno. A Maria parve di vedere il nome di Biasina azzeccato sui muri e sulle strade di Sangiovanniello, sporche del sangue di tutti quegli innocenti.

Il vinaio si voltò di lato, per non mostrare le sue lacrime. Poi prese i due ragazzini per mano e iniziò a correre per portarli in salvo.

Quando tornarono a Villa Santa Maria, era ormai pomeriggio. Nunzia era furiosa per l'improvvisa sparizione di sua figlia. C'era la guerra, un pericolo immenso. Quando la vide arrivare col vinaio, tirò prima un sospiro di sollievo e poi uno schiaffo. Don Gaetano tentò di proteggere la ragazzina addossandosi la colpa di quel ritardo.

«Non vi arrabbiate, donna Nunzia. 'A piccerella è stata con me giù al corso. Dovevo darvi una brutta notizia e lei voleva convincermi a non dire niente, per non farvi dispiacere...»

«Così mi tenete ancora più in ansia. Che cosa devo sapere?»

Il vinaio si fece più vicino e disse a denti stretti: «Biasina...».

Nunzia cercò la sedia dietro di sé perché intuì il pericolo e non voleva vacillare.

«Che è stato? L'ho vista mo', cinque o sei giorni fa.»

Maria, rapida, prese un'altra sedia che porse a don Gaetano. Sua sorella e pure suo padre si erano fatti vicini, volevano sapere, così il vinaio fece un lungo sospiro e raccontò l'accaduto.

«Quando il professore Tarsia del Vomero ha iniziato la rivolta, nessun napoletano si è tirato indietro» concluse. «Biasina e le sue compagne si sono messe in prima linea. È stata la povera gente, donna Nu'. Sono gli ultimi e i miserabili che stanno combattendo per liberare Napoli da 'sti fetenti di tedeschi!»

Nunzia, mentre ascoltava, fece soltanto sì con la testa. Pareva una statua di cera, senza forza, senza vita.

Per tutto il giorno Nunzia non parlò. Maria non l'aveva mai vista così, non aveva mai creduto che la tristezza appartenesse anche a lei. Era come se si fosse tolta una maschera per fare respirare il viso. Nessuno la disturbò, tutti sapevano che le dispiaceva assai della morte di Biasina.

Fuori si era fatto scuro, quando ricominciò a parlare.

«Mettete voi qualcosa a cucinare» disse nel malumore, «io non tengo genio di preparare niente.»

«E che vuoi preparare?» fece Elena sfotticchiando. «Qua ci stanno solo le bucce dei piselli!»

Per la prima volta nella sua vita, Nunzia le tirò uno schiaffo.

Elena stette a massaggiarsi la guancia con l'aria furiosa e gli occhi che tiravano saette.

«E mo' la colpa è mia se nun ce sta niente a mangià?» rimarcò sua madre. «Questa è la vita, mettitaville 'ncapa!»

Maria aprì la finestra e guardò giù. Fame non ne aveva. Per strada, uomini e donne tornavano dai ricoveri e sembrava non avessero corpo, scivolavano silenziosi, quasi trasparenti, trasformati dagli stenti, dalle umiliazioni, con le gambe mazziate per la fatica. Il cibo scarseggiava, bisognava stare attenti a non farsi rubare quel poco che si riusciva a recuperare. Ma ora la dispensa era vuota, come mai era stata fino ad allora. E così pensò che se la mattina aveva commesso uno sbaglio, ora poteva riparare. Avrebbe portato qualcosa da mangiare a casa, a qualunque costo.

«Mo' ci penso io» disse, e fuggì nel buio del vicolo.

Nessuno la fermò.

La strada solitaria aveva poche luci. Maria guardava a terra con occhi da civetta, nelle crepe dei muri, vicino ai marciapiedi, per trovare qualche monetina, un oggetto, qualcosa scappata dalle tasche di chi era fuggito con la paura addosso. Raccoglieva un po' di tutto, considerava un dono miracoloso quello che trovava. Brillantini, bottoni, forcine per capelli, mollette per i panni. Di veramente prezioso aveva solo la spilla di Pupella, ma quella era roba sua e se la sarebbe tenuta fino alla morte.

Scese da Villa Santa Maria e si allungò verso la chiesa di Piedigrotta. I bei palazzi del corso sembravano abbandonati. Ogni tanto qualche ombra le passava accanto e si infilava in un basso, tra i panni stesi, appesi come cenci. Più avanti scorse la caserma Caracciolo e si accorse che era aperta. Nel cortile non c'erano né auto né camionette, la guardiola era vuota e le porte spalancate, come se il posto fosse stato abbandonato in fretta e furia dai soldati.

Il pensiero le balenò in un attimo. Forse dentro c'era da mangiare. Se avesse rasentato il muro, piccola com'era, nessuno avrebbe fatto caso a lei. La disperazione di quei giorni se ne fregava delle buone intenzioni. Di tutti, anche delle sue. Persino l'anima aveva preso corpo, aveva fame anche lei e spuntava e agiva nelle situazioni disperate. Era da lì che prendeva luce, si nutriva. Senza inquietudine, Maria avanzò. Le scale erano illuminate dalla luna, l'interno di quel luogo pareva deserto. Nel silenzio si mosse incerta. Pensò che le cucine potessero trovarsi di sotto e scese. Ma lì, porte sprangate. Prese i pomelli e spinse, spinse forte, con le mani serrate e gli occhi rabbiosi, ma le porte non si mossero. Riprese le scale e salì verso gli uffici. I corridoi erano deserti e bui, dagli usci spalancati sfilava una luce azzurra che si stendeva sul pavimento. Maria sapeva cos'era successo. I soldati erano fuggiti dopo che le caserme erano state assaltate dai rivoltosi. Certa di questo, si infilò in una stanza. Aprì i cassetti delle scrivanie, poi gli schedari, ma oltre qualche penna e fogli di carta non c'era niente. Nell'uscire dalla stanza, però, vide appesi al muro tre impermeabili. Erano di un beige caldo, di bella fattura. Li prese. Uno era della taglia di suo padre. Pensò che, magari, gli altri due Nunzia avrebbe potuto venderli al mercato nero. Cercò di piegarli alla meno peggio e uscì di corsa.

Quando fu all'ingresso, sentì il rumore di una camionetta che parcheggiava nel cortile. Raggiunse il portone centrale e si nascose dietro l'anta. Due soldati entrarono e si scambiarono delle parole in tedesco, con quella lingua dura, minacciosa, che feriva le orecchie e spaventava. Maria divenne minuscola e trattenne il respiro. Gli occhi spalancati, in allerta. Attese, fino a quando non vide i due imboccare le scale. Fu allora che decise di filarsela. Uscì dal nascondiglio e corse all'esterno, ma inciampò nella cinta dell'impermeabile e cadde. Dietro di lei udì un imperativo: «*Halt!*».

Sentì i passi rapidi dietro di lei. Doveva fare presto.

Si alzò e iniziò a correre stringendo il bottino. Uscì dal cortile come un fulmine, mentre la voce dura continuava a gridare: «*Halt! Halt!*».

Non si fermò e corse spezzandosi il fiato, corse fino a quando, come un miraggio, non vide apparire la salita di casa. Si voltò; i soldati non l'avevano seguita. Le abitazioni perdevano i loro margini mentre avanzava. Scavalcò il cancello delle suore, si avventurò nelle macerie, raggiunse l'albero di mandarini e si fermò sfiacchita.

Ebbe una fitta alla pancia e gli impermeabili le caddero di mano. Si piegò in due. Un filo di bava le scese dalla bocca e sentì qualcos'altro di bagnato.

Sollevò appena la gonna.

Tre gocce di sangue scesero dalle gambe e caddero sulla terra scura.

8

Napoli, 1946

A guardarla dall'alto, Napoli pareva quieta.

La città aveva seppellito i morti, tacitato le coscienze e finto che tutto fosse a posto. In realtà, le strade erano contorte in spasimi di fame e di miseria. Nell'intimità delle case ancora si piangeva, molte erano le donne che per mesi avevano cercato invano le spoglie dei mariti, la parola "guerra" era bandita, e tutto ciò che la ricordava era stato bruciato o buttato via. Come se questo potesse bastare a lavare via il male.

A distanza di un anno dalla fine di quell'inferno, si viveva solo di speranza.

Quella di Maria era di poter proseguire negli studi dopo le elementari. Era disciplinata, si impegnava ed era certa che, con un'adeguata conoscenza, si sarebbe sollevata dal fango.

Tutte le mattine si svegliava all'alba, preparava il caffè e scappava a scuola, all'Arco Mirelli. Le suore le volevano bene e, per incentivarla a continuare, di tanto in tanto le regalavano quaderni e penne, oppure la lasciavano mangiare al refettorio con le bambine delle famiglie abbienti, a condizione di dare poi una mano a sistemare.

La scuola era il suo scampo, la sua zona franca. L'unico scoramento avveniva durante il tragitto che percorreva per rientrare a casa, quando era costretta a passare sotto il balcone di Rina e Dolores Esposito, le figlie del parrucchiere di viale

Elena. Le due fetenti l'aspettavano affacciate al balcone e la prendevano in giro per via degli abiti modesti, della coda di cavallo stretta in un elastico, delle scarpe coi lacci da maschio che suo padre aveva comprato con tanto sacrificio a Poggioreale. Le sorelle ridevano, la chiamavano 'a puverella, le tiravano coppetielli di carta. Per Maria quelle voci erano un incubo, ma la testa non l'abbassava mai, faceva finta d'essere sorda e muta e che dal balcone piovessero petali di fiori. Era fiera d'andare a scuola. Loro ci avevano rinunciato perché avevano il negozio, però in futuro sarebbero rimaste incollate a smalti per unghie e lacca per capelli.

Ma le sorelle Esposito erano solo uno tra i tanti problemi. Il diavolo pareva non volesse togliere la coda dal suo piatto.

Nunzia si ammalò di bronchite cronica a causa di ciò che aveva respirato per anni nel buco della grotta Cumana e Maria, a quindici anni, dopo la licenza elementare, nonostante suo padre avesse ripreso il suo posto di tranviere, fu costretta a rinunciare alla scuola.

«Finché ho potuto, la fatica l'ho fatta solo io» le disse la madre, tra la tosse e il sibilo dei bronchi. «Dopo la licenza vai a fatica'. M'e' visto 'e cuci' mille volte, mo' t'impari meglio e porti i soldi a casa.»

Maria tentò di farla ragionare, avere la sua pietà.

«Ti prego mamma', ci tengo molto a studiare, fammi felice.»

Sua madre e la sedia dov'era seduta parevano una cosa sola. Era il trono da dove dettava leggi e imponeva regole. Alzò di un tanto il mento e la fissò.

«T'aggio ditt che devi fatica'! Me pari 'a signorina tummistufi! Ti metti scuorno di noi, vuoi studia' per allontanarti!»

«Ma che ti inventi, mamma'?»

Nunzia sorrise slabbrata, come una smorfia.

«Ti ho partorita e ti conosco. Questo è il mondo tuo, nun te fa' illusioni!» Maria osservò i suoi occhi tondi senza sguardo, e dal tono della sua voce cupa comprese quanto fosse inutile tentare di convincerla. Anche lei la conosceva bene, e sapeva che non avrebbe mai cambiato idea. Essere sopravvissuta alla guerra era stato inutile, se poi doveva vivere contro i suoi desideri.

Sua madre continuò dicendo che persino il parroco, don Luigi, sosteneva che studiare era un lusso che corrompeva. Le donne dovevano fare di calza, partorire, cucinare. Un'idea che a Maria fece rabbrividire.

Fu presa da un senso di impotenza. Don Luigi non le piaceva, non trovava nulla di venerabile in lui. Il suo cattivo odore lo si sentiva dalla seconda panca. Ogni volta che alzava l'ostia, dal suo braccio sfuggiva l'afrore di un corpo bagnato di sudore e mai lavato. La testa rasata gli si imperlava di gocce cremose e viscide, lontane dall'idea di santità che aveva in mente. La sua chiesa era ricca e mai innocente. Gli orfani che accoglieva venivano trattati come servi e nessuno aveva mai vietato l'avanzare da labbra a orecchio di quella frase che li catalogava, condannandoli già acerbi: «So' figli 'e zoccola». Questo si diceva di quelle povere anime smunte, che servivano il prete all'altare trascinandosi in tonache larghe e lunghe, nelle quali inciampavano di continuo. Maria sapeva anche che don Luigi, per fare penitenza, teneva delle pietre nelle tasche dell'abito talare, che non solo affaticavano il suo passo, ma percuotevano la carne lasciando lividi ed escoriazioni. La voce si era diffusa tra i parrocchiani poiché uno di loro, Salvatore, che era infermiere all'ospedale Loreto, dopo averlo medicato per un'operazione aveva visto le gambe tumefatte sotto il lenzuolo.

Come poteva avere senso la considerazione di quel sacerdote? Era solo l'opinione di un uomo, non di un santo, per cui le sue parole a Maria entrarono da un orecchio e uscirono dall'altro.

Era ovvio che la situazione lavorativa fosse difficile per tutti. Per le donne, poi, si complicava sempre di più. Al tempo della guerra, i posti lasciati vacanti dagli uomini avevano dato spazio al lavoro femminile, soprattutto alle operaie del Nord Italia, dove c'erano le fabbriche, che però venivano malpagate e costrette a turni massacranti.

In quel dopoguerra di fame e miseria, essendo quella di Maria una terra prevalentemente agricola, si poteva lavorare in campagna, quando se ne aveva la possibilità, oppure vivere di lavoro nero, che a Napoli galleggiava a vista, come se lo sfruttamento, soprattutto di donne e bambini, fosse cosa regolare. Durante il periodo fascista ci si era adattati al Codice di Famiglia inasprito da Mussolini ("l'uomo della provvidenza", come lo aveva definito la Chiesa), e per le donne collocarsi in ruoli di rilievo era quasi impossibile. La parità dei sessi pareva un'utopia. Per Maria era come avere un tallone sulla testa che la schiacciava a terra. Lo studio era importante, solo così si sarebbe salvata. Ma a sentire sua madre, per lei non c'era scampo.

Per giorni tacque e tenne il muso. Non mangiò, pianse e continuò con questo strazio, nonostante le minacce di bromuro e camicie di forza. Si acquietò solo quando suo padre le parlò.

«Mari', i libri sono cari, è difficile mandare avanti la casa e voi tre. Tu sei grande ora e puoi capire. Mamma tua non ce la fa. Respira male e a stento. Ti prego, dammi una mano...»

Maria osservò quel viso incolore, sfrangiato dal dispiacere. Le premeva in petto il desiderio di alleviare i momenti bui della sua vita e gli fece una promessa: «Ci vado a lavorare, stai tranquillo. Ti giuro che ti levo 'sto peso di dosso. E se Dio vuole che mi sposi, se trovo un uomo buono e con un poco di soldi, metto a posto a te e a tutta la famiglia, dovessi andare in capo al mondo per riuscirci!».

Quando ebbe compiuto sedici anni, si iscrisse a un corso di taglio e cucito che si teneva dalle suore, nella chiesa di Santa Chiara. Durò dodici mesi. La mattina usciva di casa con la riga e i fogli sotto il braccio, così, per dare dignità a un impegno umile. Quando la vedeva sulla porta, Nunzia le rideva dietro: «Eccola là... 'a signora 'e quattro soldi!».

Maria non comprendeva la sua cattiveria. Ci teneva a migliorare, non parlava in dialetto, vestiva in maniera semplice, sobria, eppure sua madre la faceva sentire in colpa. Neanche la mancanza di respiro la zittiva. Più passava il tempo, più il rancore che Nunzia mostrava nei suoi confronti la sconfortava e la faceva sentire profondamente insicura.

Quand'era più piccola credeva che i figli si trattassero tutti così, con severità e pure qualche schiaffo. Ma crescendo s'era accorta dell'assurdità di quell'atteggiamento, e pure della differenza irritante che c'era con Elena e Gigino. La crudezza di Nunzia era spiazzante. Più volte Maria aveva tentato di aprire uno spiraglio, ma era impossibile combattere contro la sicumera e l'antipatia che traboccavano.

Con Pupella, Maria aveva trovato quell'amore di figlia, quell'accordo, quel mutuo affetto che mette al riparo dalle cose brutte della vita. Parlare da donna a donna, in parole povere. Ma Pupella non c'era più, e Maria teneva un vuoto dentro, pieno d'amarezza. Le mancava, le mancavano i suoi sorrisi amorevoli, le carezze, ma soprattutto le parole, i consigli, l'esperienza che aveva voluto trasmetterle. Le restava di lei la spilla, che spesso sfilava dal sacchetto. La puliva, la stringeva in mano e la teneva stretta come una reliquia.

Una volta che ebbe terminato il corso, zio Pasqualino, tramite un amico di un amico stretto, le trovò lavoro nell'atelier Errico a piazza Vittoria. Erano poche le case di alta moda a Napoli: Canessa, Buonanno, Di Marzio. Pagavano bene, era prestigioso lavorare per loro, ma non assumevano se non con credenziali consistenti. L'atelier era un buon punto di partenza, ma Maria avrebbe dovuto lavorare sodo, senza risparmiarsi. Se proprio doveva fare la sarta, si sarebbe impegnata al massimo. Puntava a collocarsi in qualche boutique di via dei Mille, che era cosa assai dignitosa.

Ancora non lo sapeva, ma in quel momento iniziava un altro periodo di battaglia. Diverso, meno distruttivo della guerra, ma ugualmente feroce.

9

Napoli, 1949

La signora Errico aveva sessant'anni, novantacinque chili addosso e due figli. Il maschio, Umberto, aveva trentacinque anni, era un tipo minuto, con piccoli occhi da topo nascosti dietro le lenti tonde e mani lunghe e ossute che parevano zampette di ragno. Curava i conti, i rapporti con le banche e gli stipendi. La femmina, Concetta, aveva trentaquattro anni ed era soprannominata 'a zitella. Stizzosa, snob e superba, si occupava degli acquisti e controllava il personale. Passava tra i banchi di cucito come una serpe che striscia tra i bidoni. Nessuna delle lavoranti doveva fiatare al lavoro, ma fuori da lì 'a zitella era il loro bersaglio preferito.

La sartoria cuciva per signore benestanti che sceglievano le stoffe e amavano trattenersi in atelier, sorbire caffè, gustare pasticcini e, nel frattempo, modificare bottoni e chiusure, spostare spalline, allungare e scorciare pieghe a seconda dell'umore del giorno. Le dipendenti erano quattro, chiuse a cucire in una saletta con un'unica finestra che a stento illuminava l'ambiente. Le ragazze si sistemavano a turno sotto il taglio di luce per passare i punti lenti, infilare gli aghi, tagliare preciso. Quando toccava a Maria incunearsi nello spicchio, c'erano volte in cui restava incantata a guardare fuori un geranio pendente con i fiori di un rosso carminio. Di tanto in tanto il geranio penzolava al vento e spelava petali che si posavano di sotto, formando disegni aggraziati o cuoricini. Lì iniziava la sua piccola ritualità: contava fino a dieci nella speranza che, se il vento li avesse alzati verso di lei, la sua vita sarebbe cambiata. Quasi sempre aspettava inutilmente.

Era il tempo in cui iniziava a pensare all'amore, e le veniva in mente il viso bello di Orazio, che crescendo era diventato un ragazzo spavaldo, con due laghi verdi negli occhi e la passione per il teatro. Era andato a Roma per rincorrere il suo sogno, e a Napoli ritornava solo di tanto in tanto. Ricordava anche Geppino Catapano, che ora le capitava di vedere solo di sfuggita. Faceva il robivecchi, come suo padre, morto un anno dopo la guerra. Geppino aveva dato a quella misera occupazione un che di dignitoso, era garbato e non strillava per vendere la merce, ma tra lui e Maria ormai c'era solo un cenno di saluto e niente altro.

Non c'era nessuno che l'appassionasse. Lei aveva un gusto fine, non le interessavano il fisico o la bellezza. Quello che l'attraeva in un uomo era l'eleganza, la delicatezza e il garbo. Ma di gente così, nel suo quartiere, neanche l'ombra.

Una volta le era capitato di andare a ballare con Roberto Romano, un ragazzo che aveva conosciuto un pomeriggio d'estate al Gambrinus, il giorno in cui si era decisa a fermarsi per prendere un caffè. Era stata dal parrucchiere ad aggiustare i capelli, aveva indossato l'abito buono e si era regalata un pomeriggio di classe. Lui l'aveva notata e subito aveva tentato un approccio. Era un tipo distinto, elegante. Si fidò.

La sera dopo la invitò a casa di un'amica che abitava in via dei Mille. Un lusso e uno sfarzo da togliere il fiato. Quadri e arazzi, argenteria e libri ovunque. Maria restò intimidita tra la gente che la osservava con la puzza sotto il naso e rideva, come le sorelle Esposito quando passava sotto al loro balcone. Si osservò in uno specchio, convinta che non ci fosse niente che non andasse in lei, ma confrontandosi con la chincaglieria, i tagli d'abito alla moda e le pettinature perfette delle altre ragazze, comprese d'essere un pesce fuori dall'acquario. Chiese a

Roberto di andare via, gli disse che non stava bene. Lui, seccato, la riportò a casa. Una volta arrivati tentò di baciarla, infilò le sue mani ovunque con una foia irrefrenabile che la costrinse a tirargli uno schiaffo. I suoi occhi divennero sottili e malvagi.

«Scendi, va'...» le disse. «Sparisci, pezzente!»

Quelle parole fecero eco nella sua testa per ore. Roberto non lo vide mai più, ma la voglia di uscire le si spense, andava giusto a passeggio con sua sorella. Preferiva leggere, quando capitava. Voleva imparare l'italiano, parlare bene, come una persona di classe.

Essendo magra come un chiodo, i ragazzi pareva l'attraversassero senza neanche guardarla. Eppure aveva gli occhi azzurri e un bel sorriso. Ma a differenza delle sue coetanee, che si adornavano come lampade di Natale per trovare marito, lei non usava belletti e tralasciava anche la scelta di un reggipetto appropriato, uno di quelli leggermente imbottiti, che sarebbe stato utile al suo seno piccolo che spuntava timido sotto le camicette.

La realtà era che aveva poco tempo per sé. Lavorava nove ore al giorno, con solo una pausa per il panino. Certe volte odiava profondamente le stoffe, i cotoni, le sete e gli chiffon. Era cresciuta intorno ai fili e ci era rimasta incastrata come una mosca nella tela del ragno. Così come Anna, Rita e Graziella, le tre ragazze che faticavano insieme a lei.

Rita, la più grande, aveva i capelli biondo platino venuti fuori da una tintura scadente, e teneva la lingua sempre accesa. Criticava tutti, nessuno la passava liscia, neanche il padreterno. Anna, invece, era minuta e docile, molto delicata, ma un po' succube di Rita. Graziella era carina, ma non parlava mai. Pareva chiusa in un mondo tutto suo. Cuciva, terminava le ore e scivolava via sussurrando: «S'è fatta l'ora, a domani». Nelle pause le ragazze si mettevano in cerchio a leggere «Annabella» per seguire moda e varietà. Lo compravano a turno, nascondendolo in fretta appena sentivano la signora Errico che rientrava ballonzolante dal pranzo.

La monotonia quotidiana scorreva in attesa della domenica, oppure delle feste comandate, Natale, Pasqua e Ferragosto. Una delle feste che Maria amava di più era senza dubbio la Piedigrotta. Quella del 1950 fu per lei memorabile. Sua sorella Elena partecipò a uno dei carri, percorreva la città distribuendo cioccolatini e caramelle ai bambini che lo inseguivano inciampando nei vestitini di carta colorata. Uno degli organizzatori l'aveva vista per strada e l'aveva convinta: bionda e con gli occhi azzurri, fu considerata perfetta nel ruolo di una turista straniera.

Più passava il tempo, più Elena e Maria sembravano mele cadute da alberi diversi. Elena si muoveva come se avesse il mondo in pugno. Spesso era volgare, ma di quella volgarità schietta che viene dalla sicurezza di sé: non le mandava a dire, si faceva rispettare. Viveva di dettagli, minuzie alle quali Maria non badava. Lei era una persona concreta, non necessitava di molte parole. La povertà aveva accresciuto in lei il desiderio di rivalsa, le privazioni la nutrivano come il pane. Elena, invece, non faceva che lamentarsi. Non sopportava di dividere l'armadio, restava chiusa in bagno ore intere per la toletta. Poi, un sabato di ottobre, arrivò in casa saltellando, diede un bacio a Nunzia e disse: «Mi sono fidanzata!».

Suo padre scosse la testa e alzò gli occhi al cielo, Gigino rimase indifferente e continuò a giocare con lo strummolo.

«E chi sarebbe? Lo conosciamo?» azzardò Giovanni.

Elena raccontò per filo e per segno: «Si chiama Giuseppe Mennella, fa il falegname. Anzi, l'intagliatore. C'ha la bottega al vico Forno, insieme ai fratelli. L'ho conosciuto un mese fa al bar Fontana, dove lavora zio Ciccillo. Mi ha offerto uno spumone e poi mi ha accompagnata a casa. E così ha fatto tutti i giorni. Guardate qua che mi ha regalato!».

E tirò fuori un anello minuscolo, una fedina d'argento intagliata.

Maria la guardò con un sorriso fittizio, appuntato con due

spille agli angoli della bocca. Pensò che la vita era generosa con Elena, rendeva felice il suo stupido mondo. Mentre lei faticava a conquistarsi anche il nulla.

Nunzia osservò prima l'anello, poi sfilò lo sguardo su Maria e sentenziò: «Tu sei la sorella grande, da domani l'accompagni».

Elena provò a ribellarsi alla legge, ma non ci fu niente da fare. Sua madre fu irremovibile. Adesso, oltre alla fatica quotidiana in sartoria, Maria avrebbe dovuto trascorrere tutte le domeniche con Elena e il suo fidanzato, a fare il controllore. Senza dire una parola, si rintanò nel bagno, tirò lo sciacquone e aprì il rubinetto per non sentire le loro voci.

Giuseppe Mennella era un bravo ragazzo. Gentile, generoso, sempre allegro. Un lavoratore con chiare idee di sinistra e tanta buona volontà. Viveva al Casale di Posillipo con una famiglia numerosa. Sua madre aveva avuto otto figli maschi e una femmina, nata nel 1945 sotto l'ultimo bombardamento. Il padre, don Armando, aveva una bottega di falegnameria e i figli parevano instancabili, si aiutavano. Insomma, benché Maria si sforzasse, non riusciva a trovargli un difetto.

Ciò nonostante, le domeniche pomeriggio erano un vero strazio. Elena era capricciosa, a tratti insopportabile. Al cinema si andava solo per vedere i film che piacevano a lei, certe volte rimproverava Giuseppe con delle frasette nervose e stizzite. Quando Maria le aveva chiesto il motivo di quell'atteggiamento, lei le aveva risposto candidamente: «Gli uomini si tengono un poco al guinzaglio e si fanno marciare, Mari'. Altrimenti ti infilano il cappello in testa e ti cuffeano».

Più che altro, era una noia seguire i due fidanzatini, fingere di controllarli, starne un po' distante quando volevano intimità.

Di tanto in tanto si univa a loro Enrico, il fratello più grande di Giuseppe, soprattutto nelle passeggiate sul lungomare.

«Come mai non sei fidanzata?» le chiese un giorno.

«E tu?»

Maria eludeva la risposta, ma lui non ci cascava.

«Si vede che sei una brava ragazza, ma forse ti dovresti un po' emancipare. Guarda tua sorella. È sciolta, sicura di sé. Si vince così nella vita, lo sai?»

«E che si vince?» rispose lei. D'istinto voltò lo sguardo verso Giuseppe e pensò che sua sorella gli avrebbe dato parecchie gatte da pelare.

«Forse vuoi pescare fuori dalla nassa...» insinuò Enrico, mentre accendeva una sigaretta.

Il fumo arrivò in faccia a Maria, che lo scacciò con la mano.

«Nel senso?»

«Sei diversa, Mari', guardi gli altri con un senso di fastidio.»

«Sono riservata, tutto qui. Per voi la timidezza non esiste?»

«Vedi? Parli pure strano, nun si' verace, sembri finta.»

«Voglio migliorare. È grave?»

Continuarono a camminare seguendo i due fidanzati che si baciavano, scherzavano, ridevano. Sembravano felici.

«No» rispose Enrico. «Ma poi finisce che rimani sola.»

10

Una mattina di autunno, in atelier, mentre le dipendenti erano chine sulle macchine a pedalare, la signora Errico arrivò agitatissima. Spalancò la porta della saletta e fece cenno alle ragazze di fermarsi.

Il cigolio cessò all'improvviso.

«Sta arrivando la signora Balestrieri. È appena rientrata dall'Egitto. Mi raccomando a voi, siate gentili. Voglio che tutto sia perfetto!»

Appena si fu allontanata, Maria si rivolse a Rita con sguardo interrogativo.

«E chi sarebbe questa signora?»

Rita tirò indietro gli occhi. «Una insopportabile. Tiene soldi assai, non sa come spenderli e rompe le scatole a noi. Pensa solo allo scemanfù! Il marito le fa fare tutto, apre il portafoglio e paga. La signora» specificò, calcando la parola in tono ironico «è sempre in viaggio, perché lui è chef d'ambasciata. Tiene un nome antipatico, Severina, mi pare, è vero Annare'?» L'altra annuì convinta, e Rita continuò: «È ricca di famiglia, è nata a Roma, tiene pure la sorella monaca in Vaticano. Pensa Mari', a tu per tu col papa...».

«E com'è che viene qua e non nelle boutique d'alta moda a Roma?» domandò Maria.

«Perché il marito è napoletano. Qua ci sta la famiglia, ci sono i fratelli, tengono la casa a mare, a Margellina...»

Appena finì la frase, la porta si riaprì di scatto. Apparve Concetta, 'a zitella, con una luce strana negli occhi e un sorriso da marionetta. Alle sue spalle c'era Severina Balestrieri.

Indossava un abito di vigogna marrone castagna a tubino, con lo scollo a V e una cinta di pelle a treccia che le stringeva il vitino perfetto. Le scarpe, sempre in tinta, facevano coppia con una singolare borsa a forma di scatola che le pendeva con disinvoltura dall'avambraccio. Teneva i guanti stretti in una mano, occhiali da sole in tartaruga a forma di farfalla e, a completare la mise, sulla testa le svettava un cappellino rigido come un ampio fermaglio, che le incorniciava il viso. Poteva avere su per giù cinquant'anni, l'età di Nunzia, pensò Maria, ma quanta differenza tra loro! La Balestrieri profumava di Chanel numero 5, le sue mani dalle unghie laccate, piene di anelli e bracciali, sfioravano le stoffe con una grazia ipnotizzante. Per un breve, unico istante, le sembrò che voltasse il viso verso di lei lanciandole un'occhiata di distacco, quasi commiserazione. Maria si drizzò sulla sedia e continuò a lavorare.

La visita al laboratorio durò un quarto d'ora. Concetta le ronzò intorno come una mosca sullo zucchero. Le mostrò alcuni modelli, prese da un cassetto i bottoni pregiati che aveva scelto in un viaggio a Milano e continuò a corteggiarla senza che la donna mostrasse alcun interesse per lei. Quando la porta si richiuse, tutte tirarono un sospiro di sollievo.

«Hai visto, Mari'? Non è proprio come ti dicevo?» fece Rita, con l'aria di chi la sa lunga.

Maria non rispose, pensò che lo sciamanfrù della signora Balestrieri non poteva essere un suo problema.

Non sapeva che, un istante dopo, lo sarebbe diventato.

«Mia madre ha dimenticato i guanti.»

La voce che risuonò nella stanza apparteneva a un ragazzo dal sorriso imbarazzato. Avanzò guardando sui banchi, visibilmente di fretta.

Fu come se si fosse materializzato un oggetto prezioso. Anna, che i guanti ce li aveva sul tavolo, sorrise. Li prese e glieli allungò con garbo. Un raggio di sole attraversò il viso di lui, che la ringraziò e poi scorse Maria alle sue spalle, incrociandone lo sguardo per un breve istante.

Lui aveva occhi vispi e scuri tra i riccioli neri. Sotto la luce, pareva che brillasse. Una sensazione di felicità inattesa la prese in petto, come se quella luce fosse strisciata fin dentro le ossa e l'avesse scaldata. Cercò di dominarsi, pregò che nessuno facesse caso al rossore sul suo viso.

Il figlio della signora Balestrieri afferrò i guanti e salutò con un gesto della mano. Appena fu uscito, Anna si alzò in piedi e si dondolò.

«Com'è bello!»

«Hai capito la strega?!» le fece eco Rita. «Un figlio così, e se lo teneva nascosto!» Guardò Maria con un sorrisetto malizioso a fil di labbra. «Che c'è, non ti piace?»

Lei tenne la testa bassa, sulla stoffa, nello sforzo di controllarsi, di non far trapelare nulla. Non voleva mettersi in competizione, dare adito a un pettegolezzo... E poi c'era una questione ben più importante. Un tipo così attraente, ricco, sicuramente colto, non avrebbe mai preso in considerazione una di loro, quattro sartine che spaccavano il centesimo, la povertà che veniva a galla come la schiuma del mare. Impossibile! Bisognava stare coi piedi per terra.

«Non vi fate illusioni...» sentenziò. «I soldi vanno dove stanno altri soldi. Dobbiamo essere noi a sollevarci dalla miseria.»

«Che pesantezza, Mari'!» sbuffarono le altre. «Sognare un po' non fa mai male!»

11

Napoli, novembre 1951

Capitava che la signora Errico desse l'incarico a Maria di portare qualche abito a domicilio. Le spettava una lira per il bus, ma lei faceva le consegne andando a piedi, a passo svelto, per conservare lo spicciolo. Col piccolo si fa il grande, per cui tutto andava bene, anche i centesimi.

La mattina del 7 novembre recapitò un tailleur a una cliente che abitava a largo Sermoneta. L'aria era ancora tiepida, anche se dal mare arrivava un vento fresco e autunnale che mischiava l'odore della salsedine a quello del cibo cucinato nei ristoranti intorno. Il palazzo era quasi all'imbocco, si affacciava con le bifore sugli chalet e sul mare. Maria cercò il nome ed entrò.

Quando fu al primo piano, si scontrò con il figlio della signora Balestrieri.

Il cuore prese un battito strano, il respiro si accorciò. Non sapeva se salutarlo, sorridergli, sembrare naturale, dire qualcosa. Le parve di essere piccola e scialba.

Lui la tolse dall'imbarazzo, stringendole la mano.

«Buongiorno!» esclamò. «Si ricorda di me? Sono Tonino Balestrieri. Ci siamo visti all'atelier, qualche giorno fa.»

"Tonino" pensò Maria, e le parve che le cose intorno si riempissero di luce. Certo, era disinvolto. Le dita le divennero molli, poiché ricambiare la stretta con lo stesso vigore le pareva sconveniente. Scivolarono piano nelle sue.

«Mi ricordo, sì... piacere, io sono Maria» balbettò. «Voi abitate qui?»

Ebbe un dubbio, non ricordava se fosse signorile o irrispettoso dare del voi.

Lui parve non farci caso.

«È casa dei miei, io vivo in via Tasso, al collegio universitario internazionale.»

Le vennero i brividi. L'università... Sperò che non avvertisse il dialetto tra le parole, che le mani fossero lisce, che il vestito indossato non fosse troppo misero e le scarpe pulite. Lui era perfetto nel suo abito grigio di lana leggera, la camicia bianca immacolata con le iniziali ricamate e il cappotto color cammello poggiato sulle spalle. Le mostrò una chitarra chiusa nel fodero.

«Le piace la musica, Maria? Suono e compongo canzoni. Se le fa piacere, qualche volta gliele faccio ascoltare.»

Lei fece sì con la testa mentre una fretta angosciante la prese nella pancia. «Devo andare ora, scusatemi, faccio tardi al lavoro. È stato un piacere rivedervi.»

Tonino la fece passare e lei riprese lenta a salire le scale. In quel preciso istante pensò, in quel gioco di combinazioni a cui dava sempre un significato: "Se adesso mi chiama per farmi voltare, allora è l'uomo della mia vita".

Quello che le arrivò all'orecchio fu il rumore di una porta che si chiudeva. Poi un colpo di tosse.

«Maria... Mi ha fatto piacere incontrarti.»

Lei si voltò e vide che Tonino sorrideva.

«Anche a me» rispose felice, e corse su.

Era giunto il tempo di fiorire, Maria scorciò i capelli con un taglio "alla Lollobrigida", armonizzò le sopracciglia con un arco alla moda, mise lo smalto trasparente alle mani e si decise a indossare le calze di seta, che suo padre le aveva regalato con grande sacrificio.

Tonino andò di nuovo all'atelier, spesso anche da solo, senza sua madre. E accadde proprio quello che lei aveva profetizzato: la competizione.

Ogni mattina Maria lucidava le scarpe e qualche volta esibiva con orgoglio la spilla di Pupella, come fosse una medaglia. Anna, Rita e Graziella non erano da meno, arrivavano al lavoro con il rossetto sulle labbra e la magliettina aderente sulla gonna stretta. Nessuna confessava all'altra il motivo di quelle mise, ma il corpo parlava per loro. Tutte speravano nella conquista. Persino Concetta Errico, stupita dalle continue visite di Tonino, adesso si presentava in sartoria avvolta da una nuvola di profumo. La signora Errico, al principio un poco disturbata da quella intrusione, alla fine l'accettò nella speranza di accasare sua figlia.

In breve, l'atelier si trasformò in un circolo musicale. Tonino veniva di primo pomeriggio, dopo le lezioni universitarie, offriva il caffè e sedeva in un angolo suonando canzoni napoletane con un movimento lento, elegante, composto.

«Te voglio... te penso... te chiammo...»

Cantava e sorrideva allungando lo sguardo su Maria. Lei non riusciva a capire se la volesse corteggiare sul serio o se stesse pescando a caso.

Qualche volta Tonino accompagnava sua madre. La signora Balestrieri, mentre misurava gonne e abiti alla moda, rivolgeva alle sartine delle occhiatacce schifate e cariche di gelosia. Maria era certa che avesse compreso perfettamente il gioco di suo figlio, voleva che Tonino tenesse le distanze, ma era chiaro che lui fingeva di non accorgersene.

Un pomeriggio, dopo il lavoro, Maria incontrò Tonino a piazza Vittoria. Lo vide di fronte, oltre i giardini. Lui allungò un braccio per attirare la sua attenzione, quindi attraversò la strada e la raggiunse.

«Maria, vieni, ti offro una pastarella.»

Era gennaio, faceva freddo. Davanti a loro due ragazzini chiedevano l'elemosina ai passanti in cambio di immaginette sacre. I loro occhi erano languidi, i visi smunti, stanchi. Le si torse lo stomaco al ricordo della sua infanzia del tabernacolo improvvisato nel vico Cupa Caiafa.

Osservò Tonino che restava in attesa di una sua risposta e si ritrovò a pensare che, forse, poteva sollevarsi dalla realtà. Accettò, e lui sembrò felice. Passeggiarono fino al bar Riviera e si accomodarono all'interno. Ordinarono caffè e sfogliatelle e lui, col tono di uomo avvezzo a trattare coi soldi, diede in anticipo una lauta mancia al cameriere che si profuse in inchini e sorrisi.

Maria si chiese se stesse accadendo proprio a lei, se dopo tanto patire, subire, tacere, il sorriso di Tonino, il buonumore, l'aprire spazi sconosciuti e intoccabili, fossero un dono che il destino aveva finalmente deciso di darle.

Dopo aver mangiato il dolce, lui con un dito le pulì il naso sporco di zucchero a velo.

«Sei bella, Maria» sussurrò.

Lei arrossì. Lui le prese le mani con discrezione, quasi una carezza.

«Ti voglio vedere più spesso. Ti fa piacere?»

Maria annuì con un leggero cenno del capo, nascondendo il sorriso verso il mento. Lui l'aiutò ad alzarsi, a infilare il cappotto. Quando furono fuori il vento la investì, ma non sentiva il freddo. Bastò uno sguardo e la bocca di Tonino fu sulla sua. Maria rimase con gli occhi spalancati a cercare i suoi, che così vicini parevano sfocati. Il cuore le batteva forte in petto.

Tonino sussurrò: «Lasciati andare» e lei, docile, obbedì. Schiuse le labbra e lo baciò. Fu un bacio lungo, che prometteva il domani, un bacio senza fine. Quando si staccarono, Maria avrebbe voluto una promessa, ma lui disse solo: «Ci vediamo domani, vengo a bottega». E allora lei pensò a come ci si comporta con l'amore, a cosa si fa per non apparire stupidi, magari soffrire. Nessuna risposta, solo confusione, emozione.

Tonino volle accompagnarla a casa. Lei gli disse dove abitava, ma lasciò che arrivasse fino al corso, non di più. Lungo il tragitto lui parlò dei suoi viaggi, delle avventure. Aveva vissuto a Berlino durante la guerra e molto tempo a Roma. In Spagna, Francia, Olanda, Inghilterra. E poi l'Egitto, che conosceva a menadito. Suo padre ce li aveva portati per lavoro, e sua sorella aveva sposato un egiziano. Tonino s'era innamorato di quella terra gialla, delle piramidi, dell'azzurro del Nilo. Disse d'aver conosciuto un gruppo di artisti che vivevano ai confini del deserto. Dipingevano a mano stoffe pregiate, intrecciavano canestri, coltivavano una piccola oasi. Aveva deciso di seguirli, di unirsi a loro. Così si era dato alla macchia e i suoi, preoccupati dalla guerriglia in atto, l'avevano fatto rimpatriare con l'aiuto del consolato.

«Il mio cuore, al principio, era rimasto lì, tra quelle dune. Ma in realtà io amo Napoli, e ci voglio restare.»

Maria ascoltava. Aveva detto meno di dieci parole in tutto il pomeriggio, perché si sentiva inadeguata. Tonino parlava arabo, inglese, francese, portoghese. Dipingeva, suonava la chitarra, studiava Storia antica, Archeologia. Lei si chiese più volte se fosse l'uomo adatto, ma quel bacio, la passione, avevano scosso qualcosa che doveva significare amore.

E così, da quel giorno, aspettò in fretta il giorno dopo.

Quando il pomeriggio arrivava all'atelier, Tonino faceva finta di nulla, si comportava come le altre volte. Maria si domandò se fosse corretto quel modo di fare, tenerla così sulla corda. La sua mente oscillava tra la speranza e l'arrendevolezza. Aspettava un suo gesto, l'occhio che strizzava quando lei alzava il viso dalla stoffa e lo guardava, le canzoni che scriveva e che portavano sempre il nome suo nella strofa.

Le compagne non sapevano di loro, quindi erano disinvolte, aspettavano un invito. Tonino ci scherzava, ma era un gioco pericoloso. Accadde, infatti, che 'a zitella iniziò a corteggiarlo senza pudore. Un giorno gli propose di andare insieme al cinematografo, ma lui rispose che aveva un altro impegno. L'indifferenza di Tonino fu talmente palese da costringere la signora Errico a prendere una decisione.

«Cettina, questo non ti vuole! Io chiamo la Balestrieri e le dico che il figlio viene a disturbare sul lavoro!»

Era quasi sera, la giornata di lavoro era appena finita. Maria stava uscendo per tornare a casa, e dalla porta dell'ufficio la sentì tuonare.

«Eh, così perdiamo pure la cliente!» rispose la figlia tra le lacrime, con la sua voce nasale.

«Ma non possiamo neanche diventare lo zimbello del rione!»

Maria si accostò piano alla porta, per sentire meglio.

«Tutta colpa di quelle quattro zoccole!» esplose 'a zitella.

«Stai zitta, cretina, abbassa la voce!» sussurrò la signora Errico. Poi, dopo un attimo di silenzio, aggiunse: «Me la vedo io».

Il giorno dopo, la signora Balestrieri arrivò stizzita all'atelier.

Tonino era già lì, stava posando gli spartiti. Quando la vide sbiancò.

«Saluta le signorine» gli ordinò, con acidità trattenuta e cortese. «Adesso ce ne andiamo.»

Maria e le sue compagne non alzarono neanche la testa. La signora Errico, dietro di loro, pareva di gesso.

«Ha detto alla Balestrieri che il figlio se ne sta qua tutti i pomeriggi e non ci lascia lavorare» spiegò Rita, in un sussurro eccitato. «Non le importa di perdere i soldi, dice che lei ai soldi ci sputa sopra.»

Quando i due si allontanarono, Maria si accostò al balconcino. Tonino si voltò, ma non riuscì a sfuggire allo sguardo di sua madre.

«Non ti permetto di farmi una cosa del genere» gli disse, alzando la voce. «Riprenditi la dignità.»

«Sei tu che mi hai fatto fare la figura del fesso!» protestò lui. «Lasciami vivere in pace, ti prego.»

Severina abbassò la voce, per attenuare il rimbombo del cortile, ma non servì.

«Se per te vivere è correre dietro alle servette e alle sartine, allora ti sbagli. È mio sacrosanto diritto proibirti di perdere soldi e tempo.»

«Sei crudele, mamma!» rispose Tonino, ma la frase si perse tra le mura dei palazzi.

Maria ascoltò con un nodo alla gola. Dopo poco iniziò a piovere, una pioggia inattesa che allagò tutto mentre Tonino e sua madre scomparivano dalla sua vista.

Le nuvole parevano esplose in un pianto dirotto. Il suo.

12

Quelli che seguirono furono per Maria giorni bui, di speranza, di delusione. Neanche la vista del suo mandarino riusciva a quietarla. Provava a sedersi sotto le sue fronde, come faceva quand'era bambina, tra i fiori bianchi che spuntavano nel verde, ma il petto era talmente pieno di amarezza che la pace non arrivava.

Il sabato in chiesa si tormentò fra i santi, pregò ognuno di loro, uno a uno, accese ceri, sgranò il rosario. Sfiorò tutte le immagini, aggiustò i fiori, lucidò con il fazzoletto pulito la teca dove aveva poggiato le dita per arrivare al cuore di Gesù, affinché facesse tornare l'amore.

La mattina seguente, come per miracolo, Tonino comparve sotto casa.

La felicità inattesa, la speranza esaudita, le campane che suonavano per la messa come un segno divino. Tutto le sembrò irreale, fino a quando non aprì gli occhi e si guardò intorno. Si chiese come avesse fatto a trovarla. Era stata attenta, non avrebbe voluto fargli vedere lo squallore avvilente di Villa Santa Maria, la strada scalcinata, la sua umile casa, il villino delle monache distrutto e le macerie della guerra disseminate lungo il tragitto, intatte come reliquie.

Nunzia, ancora in camicia da notte, con i calzini slabbrati e le pantofole ai piedi, si affacciò.

«Questo cerca a te? Tene a lingua dint'o pulito!»

Maria si mortificò che Tonino la vedesse così, che la sentisse parlare.

Pure sua sorella uscì cantilenando sul balconcino, pettinandosi i capelli con aria curiosa, senza togliergli gli occhi di dosso. Maria l'afferrò per le spalle e la tirò all'interno.

«Ora scendo, aspettami per piacere» disse, e chiuse il balcone.

«Che vergogna...» biascicò a Elena, con la rabbia che le pulsava nel sangue.

Elena indietreggiò, ma le parlò feroce: «Mari', ma chi ti credi di essere? Finché stai qua, sei tale e quale a noi, nun si' 'na principessa!».

«Non ti sopporto più!» le urlò Maria. «Tieni il cervello vuoto e la bocca sempre piena di sciocchezze!»

Si voltò quindi verso sua madre, che la freddò.

«Va', scendi, frequenta la gente perbene comm' a te!»

Maria infilò in fretta scarpe e cappotto mentre Nunzia la tallonava. Aveva preso dal comò le sue preziose calze di seta e gliele sventolò sotto al naso.

«Piens solo a cheste, per te non esiste altro! Non tieni affetto per noi!»

Maria guardò le calze e poi lei, con l'afflizione dell'impotenza.

«Non è vero! Siete voi due che mi mettete sempre in difficoltà!»

«Allora non scendere di casa! Si vuo' dimostra' quello che dici, non ti muovere da qua!»

«Ma perché fai così? Che ti ho fatto di male?»

Nunzia le infilò gli occhi negli occhi.

«Tieni la superbia, Mari'!» le disse con rancore.

Maria rimase a guardare i suoi occhi di guerra. Il dialetto feroce di Nunzia le si incollò addosso e frullò nella sua testa come le ali di una farfalla. Era indifesa davanti a lei, al suo muro, alla sua infelicità.

Nunzia si scostò dalla porta e l'aprì, facendola passare con un inchino, una beffa. Quando arrivò giù, Maria si sforzò di sorridere. Osservò Tonino, fermo accanto all'albero di mandarini che pareva ridursi a una miniatura davanti alla sua figura slanciata ed elegante. Le porgeva il braccio, e lei rapida l'afferrò per andare via da lì.

Il cielo era limpido e terso. Maria guardò Tonino fisso negli occhi, con un velo di disperazione, e disse solo: «Portami a vedere il mare».

13

Napoli, ottobre 1952

Per otto mesi Tonino e Maria si videro tutti i giorni. Da quando Elena si era fidanzata in casa, Giuseppe pasceva nelle quattro mura di casa Imparato e anche le domeniche, finalmente, le erano state restituite.

Sembravano due fuggitivi, due amanti che si nascondono dalla realtà. Lei non chiese mai di andare a casa di Tonino, e lui non mostrava alcuna voglia di frequentare i suoi.

Ogni giorno lui l'aspettava fuori dall'atelier. Rita, Anna e Graziella accolsero la notizia del fidanzamento con un misto di rispetto e rabbia.

«Complimenti Mari', Tonino ha scelto bene» fece Graziella dentro a un sorriso. «Speriamo solo che non diventi come la Balestrieri...»

A Maria venne la pelle d'oca.

«Il carattere di una persona non cambia, manco coi soldi» fu la sua risposta.

Maria si era innamorata, stare con Tonino era il sogno. Quando erano insieme riempivano di baci ogni angolo di strada. Alle volte lui chiedeva di più, coi gesti, con le parole. Eppure, sebbene anche lei provasse il desiderio di lasciar fare alle sue mani che tentavano di aprire bottoni, di infilarsi a sfiorare la pelle nuda, se ne restava chiusa nei vestiti e nella convinzione di voler rimanere immacolata fino al matrimonio. Suo padre le aveva spiegato che, se un uomo non rispettava quel principio, non la amava e mai l'avrebbe sposata. «Quando ti presenterà ai suoi, allora puoi farlo venire a casa» le aveva anche detto, e l'aveva accarezzata.

Un pomeriggio buio di nuvole autunnali, mentre tornavano al collegio di Tonino, Maria pensò di dovergli parlare.

«Mamma tua lo sa che stiamo insieme?»

Lui si perse a cercare qualcosa nella tasca. Scavò fino a quando non tirò fuori un fazzoletto con cui soffiò il naso.

«Sì, lo sa.»

«E non ha detto niente?»

«No.»

Maria non mollò, voleva saperne di più. La signora Balestrieri le era sembrata d'acciaio, determinata a scegliere per il figlio.

«Certo che tra lo studio e i nostri appuntamenti hai poco tempo...» indagò. «Forse dovresti andarci più spesso, a casa.»

«Ci vado, ci vado. Altrimenti i soldi chi me li darebbe?»

«E come mai ti devo stirare io le camicie?»

«Perché mi piace che ti prendi cura di me» provò ad ammansirla. Ma era evidente che c'era qualcosa che non voleva dirle.

«Non ti hanno mai chiesto di conoscermi? Sono otto mesi che siamo fidanzati.»

Lui si fermò, appoggiò le mani sul muretto e rimase di profilo, a guardare verso l'orizzonte.

«Vedi, Maria, alle volte le cose non sempre vanno come vorremmo. La mia famiglia è complicata... Lasciamo le cose come stanno. Ci vogliamo bene, questo conta.»

La risposta non le piacque. Aveva ventun anni e lui ventiquattro, era tempo d'avere una promessa, anche piccola.

Prese coraggio e buttò fuori: «Sposiamoci, Tonino. A cose fatte ci dovranno accettare».

Lui sgranò gli occhi.

«Stai scherzando, Mari'? Io non la voglio fare una fuitina. Sto ancora studiando, dipendo economicamente dalla famiglia. Come ti salta in mente?»

«Trovati un lavoro. Se mi vuoi bene veramente lo puoi fare.»

Tonino non rispose. Quel silenzio era lo sperdersi di una speranza. Il profilo fisso guardava verso il mare.

Pensava. E non a lei.

«Almeno promettimi che parlerai a tua madre.»

Lui sospirò. «Ora rientro, s'è fatto tardi. Ne parliamo domani, intanto stai tranquilla.»

Maria manco gli sorrise. Voltò le spalle e corse via, lungo le scale di via Tasso. Qualcosa le si era sciolto nella testa, come quando ti svegli da un sogno.

Tonino stava ragionando su loro due e, quando si ragiona sull'amore, vuol dire che non si ama.

14

Per poco Raffaele Balestrieri non rovesciò il carrello coi liquori, entrando di fretta nel salone, tallonato da sua moglie. Il litigio era arrivato al culmine della sopportazione.

«Il futuro è l'estero, questo è un Paese in stallo, fattene una ragione!» urlò.

Severina lo fissò algida.

«Sono stanca di montare e smontare la mia vita per correre dietro alle ambasciate!»

«E da quando in qua? Ti è sempre piaciuto viaggiare, conoscere posti nuovi, frequentare ambienti eleganti.» Raffaele si versò del whiskey e diede un sorso. «E poi questo trasferimento sarebbe definitivo.»

Lei si voltò di spalle in un gesto di chiusura.

«Si era detto che ci saremmo stabiliti a Roma, me l'avevi giurato...»

Raffaele ebbe un tentennamento. Qualche tempo prima, sua moglie gli aveva fatto promettere che in capo a un anno si sarebbero trasferiti nella capitale. L'aveva dimenticato, preso com'era dalle cose sue, e si chiese quale fosse la giusta maniera per giustificare la mancanza. Qualunque elogio sarebbe sembrato un insulto in quel momento, quindi non restava che parlarle con onestà.

«Mi spiace, è vero. Perdonami, ma ti prego di riflettere. L'accordo per il Brasile è un colpo di fortuna che non capita più. È un'occasione per noi e per i nostri figli! Il Sud America è in espansione, è lì che ora girano i soldi. L'ambasciatore mi ha fatto una proposta economica irrinunciabile, e tu sai che per mantenere il nostro stile di vita in Italia dovrei lavorare molto, spostarmi di continuo. Sono stanco. E anche tu, che mi segui e mi aiuti, hai bisogno di una vita più tranquilla.»

I loro sguardi affannati si incrociarono per un istante. Severina in cuor suo comprendeva le ragioni del marito, ma non intendeva cedere.

«Non voglio parlarne, non ora. Ti assicuro, però, che la prossima volta sarà l'ultima che faccio i bagagli.»

Raffaele sollevò gli occhi verso di lei. Erano complici, in fondo, lui l'ammansiva sempre e sempre le ubbidiva. Questa volta, però, sua moglie avrebbe dovuto inseguire una realtà che non era la sua e una vita molto distante da lì.

Severina trascorse il resto della giornata tentando di scacciare il malumore nel quale s'era infilata. Verso sera si preparò un cocktail e andò alla finestra. I fulmini illuminavano la stanza e riempivano di elettricità la sua pelle. Scostò la tenda e scorse Tonino che correva sotto la pioggia e s'infilava rapido nel portone. Si chiese dove avesse sbagliato. Lui era il figlio maschio, il prediletto. Sin da ragazzino aveva cercato di trasformarlo in un uomo brillante, di classe, colto e avventuroso. Tonino era il suo gioiello, qualcosa di prezioso che non poteva sfuggirle dalle mani. Era riuscita ad allontanare da lui tante ragazze, alcune con delicati marchingegni di persuasione, altre addirittura con i soldi. E lui, ignaro, continuava a vivere e a svagarsi. Forse era a causa della sua continua protezione che suo figlio era diventato troppo molle, inconcludente. Continuava a correre dietro alle ragazze, oppure si perdeva tra spartiti musicali, volumi d'archeologia e dune del deserto.

Ora si era invaghito di una sartulella scialba e insignificante. Perdeva il tempo, ci amoreggiava. Lei aveva aspettato con pazienza che sbollisse la passione, ma i giorni scivolavano e Tonino, invece di arretrare, si attaccava sempre più a quella gonnella gonfia di orgoglio. Era un maschio, doveva tirare fuori il carattere, pretendere di più! Se non l'avesse fatto, sarebbe stata lei stessa a mettergli accanto la donna giusta al momento giusto.

Severina aveva costruito la sua vita a tavolino, con concretezza, come un atto comandato, un copione. Veniva dal niente, ma la gente non lo sapeva. Era un segreto, neanche suo marito aveva idea che da ragazzina s'era sfiancata a dar da mangiare a mucche e galline, sempre piegata nell'aia. Scavare, rompere le zolle indurite dal sole, infilare la faccia nella terra per guardare nel buio e capire ciò che non voleva dalla vita. Le ginocchia dure, le mani tozze e graffi ovunque. Essere donna, nella miseria, era pari a zero. Bisognava ubbidire e tacere. Se fosse nata maschio, sacca in spalla si sarebbe avventurata oltreoceano per trovare fortuna, dettare leggi, imporsi nel mondo. Ma una femmina no, non poteva farcela. E quindi tempi bui, un'infanzia di delusione e amarezze, preghiere mischiate a bestemmie.

Poi, all'improvviso, il mutamento. Una sera del 1916, suo padre era tornato a casa ubriaco fradicio. Il volto paonazzo, il corpo molle sul calesse e tra le dita il biglietto di una cinquina secca al bancolotto. Pareva brillasse, quel pizzino.

Dall'inferno al paradiso in un batter di ciglia.

Le mani di Severina, da quel giorno, non toccarono mai più la terra. La desolazione intorno era svanita, i giorni bui di nuvole e tempeste messi in esilio, ma non dimenticati.

I soldi portarono altri soldi, tra investimenti e affari. Da Itri, in provincia di Latina, la famiglia si trasferì a Roma, a palazzo Altieri, una casa nobile e bellissima con la servitù. E da allora viaggi, studi, abiti di classe.

Nell'estate del 1926, a Napoli aveva conosciuto Raffaele Balestrieri, chef di rango che lavorava con le ambasciate. Era un uomo buono, gestiva le cucine più prestigiose d'Italia e viaggiava di continuo. Giovane e affascinante, richiesto da ambasciatori e consoli, aveva potere e molto denaro. Si sposarono l'anno seguente. Un bel matrimonio e quattro figli. Il primo, Giuseppe, era morto a due anni di una di quelle morti mute, che arrivano raramente e in silenzio tra i bambini. Tre ore di agonia e nulla più. Poi Rosa, una figlia amata in modo freddo, distaccato, forse perché non era un maschio, o forse perché arrivava dopo un dolore. Tonino, invece, era nato il 31 dicembre, tra freddo e fuochi d'artificio. Era un segno, doveva esserlo per forza: il suo figlio maschio, la cosa per lei più importante al mondo. E infine Silvia, bellissima e indipendente, luce che stimolava sguardi e ammirazione quando passava tra la folla a Mergellina. Severina era orgogliosa dei suoi ragazzi, ma dovevano tenerle il passo, obbedirle, altrimenti meglio nemici.

Ora Maria Imparato la costringeva a guardarsi in uno specchio e ricordarle ciò che sarebbe stata la sua vita senza denaro. Rivedere la miseria, anche solo nei gesti e negli occhi di un'estranea. Era più che certa che la sartina puntasse ai soldi, ma lei non lo avrebbe permesso.

Mentre sentì la chiave nella toppa e la voce di Tonino che le giungeva dicendo: «Mamma… papà, ci siete?», Severina avvertì per un istante il puzzo di stalla e di escrementi che da ragazzina non riusciva a tirarsi via di dosso in alcun modo.

Tonino era passato da casa per parlarle di Maria Imparato. Lo sapeva, era figlio suo, sangue suo.

Raggiunse la saletta. Non aveva dubbi su cosa fare. La stanza era in penombra. Tonino sorrise appena e lei vide solo il bianco dei denti.

«Dov'eri mamma?»

«Alla scrivania.»

«Indaffarata?»

«Abbastanza, sai che organizzo le cose di tuo padre.»

Severina si accasciò sul divano. Tonino le diede un bacio sulla fronte e le sedette accanto.

«Vorrei parlarti di una cosa importante. Hai un minuto?»

Lei allungò una mano, prese il bocchino, vi infilò in punta una sigaretta e l'accese. Il fumo riempì la stanza.

«Anch'io devo parlarti.»

«Dimmi prima tu, ti ascolto.»

Lei gli sfiorò amorevole la guancia con un dito. Aveva poco tempo per pensare, questione di secondi. La sua mente vacillò e si schiarì.

«Ci trasferiamo all'estero. In Sud America, Rio de Janeiro.»

All'improvviso, il litigio con Raffaele si era trasformato in opportunità. L'ingranaggio era forte, preciso e non dava scampo.

Il sorriso sulla bocca di Tonino si spense. Nella sua testa le parole si accucciarono e sulle labbra ne comparvero altre, diverse, scomposte.

«Rio de Janeiro? Ma cosa dici... Perché?»

«Tuo padre ha avuto una proposta dall'ambasciatore. Non possiamo rifiutare. Rio è una città in espansione, ti troverai benissimo. Lo faccio anche per te. Tuo padre ti troverà un lavoro di responsabilità, magari in banca.»

Una sentenza, ecco cos'era. La semioscurità, il fumo della sigaretta. Tonino sentì qualcosa di terribile premergli sullo stomaco.

«Mamma, non voglio... gli studi, gli amici...»

Severina si alzò e lo guardò dall'alto. Scrutò i suoi capelli neri e ricci, scese sul profilo giovane, il naso aquilino, la bocca amareggiata, all'ingiù.

«Mi spiace, Tonino, è deciso. Del resto ti è sempre piaciuto viaggiare e vivere a Rio è un po' come essere in vacanza...»

Tonino si alzò per fronteggiarla.

«Io amo Napoli, ci sono nato, cresciuto. E poi ho una ragazza, le voglio bene. Mi spiace mamma, non posso.»

Il viso di sua madre era di gesso, il tono calmo.

«Tu farai quello che dico, altrimenti ti ritroverai qui da solo a vivere come un pezzente. Se resti a Napoli, io e tuo padre non tireremo fuori una lira per te.»

Tonino la guardò furente. Il cuore di sua madre smarriva i sentimenti e gli affetti come si perde un oggetto qualunque.

«Questo è un ricatto!» insistette. «Che razza di amore è il tuo? Bisogna sempre rigare dritto con te, nessuno di noi può prendere una decisione senza che tu l'approvi!»

Severina non si scompose. Ormai aveva vinto, e lo sapeva.

«Non siete capaci di andare avanti da soli, voi figli. E neanche vostro padre. Non avete stoffa, mio caro. Nella vita ci vogliono freddezza e pugni duri.»

Tonino sprofondò con la testa nelle proprie mani.

Severina, come se niente fosse stato detto, sorrise a fil di labbra e gli pizzicò il mento.

«Se il problema è la sartina, stai tranquillo. Non è la prima volta che ti innamori. La dimenticherai.»

15

Per due giorni Maria non andò al lavoro. Sua sorella Elena avvisò la signora Errico, le disse che aveva la febbre, che stava male.

In parte era vero. Ormai aveva la certezza quasi medianica che Tonino avrebbe interrotto la loro storia d'amore.

Di uscire non le andava, aspettava gli eventi senza muovere un passo. Un'attesa che valicava quelle mura strette, chiuse in un odore sempre uguale di fiati e fiamme. Restò seduta sul letto a leggere le poesie d'amore di Francesco Gaeta, sonetti che scuotevano il cuore, scritti in una lingua curata e musicale che portava luce dove c'era il buio.

«Perché non ti leggi un fotoromanzo?» disse Elena, tirandole una copia di «Bolero». «Che devi fare con quel coso in mano?»

Maria neanche le rispose.

Quando dalla luce rossa della finestra capì che era scesa la sera, infilò le pantofole e ciabattò nel cucinino. La famiglia cenava in silenzio. Suo padre alzò lo sguardo e fece cenno di sedergli accanto. Sua madre tossiva forte, beveva qualche goccia d'acqua e riprendeva a tossire.

«Perché non chiami il medico?»

«E i soldi chi me li dà?»

«Io.»

«Quello che non dai in casa conservatelo, ninne', ché 'a vita nun te regala niente!»

Maria si alzò, aprì uno dei tiretti e prese il sacchetto con la spilla di Pupella.

Si avvicinò a sua madre e gliela mostrò.

«Ecco, questo è l'unico regalo che ho avuto nella vita.»

Nunzia allungò il dito scheletrico e accarezzò le pietre.

«È bellissima. Come l'hai avuta? Tonino?»

Maria scosse la testa e le sedette accanto.

«Me l'ha data Pupella, che mi voleva bene assai pure se tu non la sopportavi. Me l'ha regalata e poi è morta senza manco mai vedermela addosso.»

Il labbro di Nunzia tremò.

«Mi dispiace... Ti ho fatto dannare quando ci perdevi il tempo, e invece...»

«Lascia stare mamma', io rancore non ne porto...»

Maria alzò gli occhi verso di lei e la fissò percorrendo con attenzione il viso rugoso colore del limone, magrissimo, i capelli divenuti grigi, le mani ossute. Sembrava invecchiata di colpo. La realtà era che non la guardava mai, sua madre. Ma in quell'attimo, in quello scontro di occhi, poté giurare di aver visto qualcosa: un rimorso, un rimpianto, un dolore per lei. Sapeva anche di Tonino, Elena era stata brava a spiattellare tutto. E ora, nel vederla così abbattuta, era certa che qualcosa fosse accaduto.

«Voglio migliorare anche per aiutare voi. Ci hai mai pensato a questo, mamma?»

Nunzia non resse il suo sguardo e gli occhi scesero a osservarsi il grembo. Maria era stanca di quella lotta tra sangue e sangue, una sfida inutile, sfiancante. Voltò il viso verso suo padre e vide una lacrima brillare nei suoi occhi.

«Che è stato?» le chiese. «Non ti vuole più?»

«Non lo so, papà.»

«Certo, noi non l'abbiamo neanche mai invitato...»

Nessuno fiatò. Chi in pigiama, chi scalzo, chi con la testa nel piatto, chi col sorriso desolato e inutile. Maria avrebbe voluto strillare, buttare le stoviglie per aria, sfogare la sua rabbia, ma tacque. Nessuno aveva colpa di quello che stava accadendo a lei.

«Mangiate» concluse amara, «state senza pensiero.»

Era uno di quei momenti in cui bisognava ricorrere al raziocinio, istanti di pensieri e parole che devono convergere.

Sua madre le allungò dei maccheroni ormai freddi. Maria cincischiò un po' nel piatto, ne assaggiò un paio, finse di mangiare un pezzetto di pane stantio.

Lo baciò prima di buttarlo nella spazzatura, poi ritornò a letto.

Il giorno seguente si presentò al lavoro con una faccia da funerale. Nessuno ebbe dubbi sulla sua indisposizione, nessuno le chiese come si sentisse. Sembrava morta e resuscitata. Lavorò muta, concentrandosi su asole da rifinire e orli da stondare. Voleva diventare brava. Le sue mani e la sua testa erano tutto ciò che aveva.

Nella breve pausa che le spettava per il pranzo, uscì per prendere un caffè. Fuori c'era vento forte, e il cielo nero pareva somigliasse al suo umore. Si allungò da piazza Vittoria fino al bar Riviera. Stava per ordinare, quando il cuore le balzò in petto. Tonino era seduto a un tavolino in fondo alla saletta. Aveva un'aria serissima e scriveva qualcosa su un foglio.

Maria si avvicinò.

Lui percorse la sua figura fino a incrociarne gli occhi.

«Maria...»

«Posso sedermi?»

«Prego, accomodati.»

Sul suo viso passò un'ombra. Imbarazzato le mostrò il foglio.

«Stavo scrivendo a te...»

«Perché? Nun tieni 'o curaggio 'e me parla'?»

Tonino sprofondò nella sedia, forse anche nel cuore. Non era stata la domanda a turbarlo, ma il dialetto sulla sua bocca, lo svelamento di chi non ha più niente da perdere. Accartocciò la lettera e la scrutò con la paura in faccia.

«Devo partire. Hai ragione… non tenevo il coraggio di dirtelo.»

Lei restò in silenzio, per non facilitargli il compito. Voleva metterlo in difficoltà, che almeno si scusasse.

«L'altro giorno ho parlato con mia madre. L'ambasciatore ci vuole a Rio de Janeiro, è importante per mio padre e io non posso restare senza il loro appoggio… soldi non ne ho, e neanche un lavoro. Però ci scriviamo, prima o poi ritorno, promesso. Io ti voglio bene…»

A Maria salì la nausea. Come aveva potuto pensare che potesse accadere a lei, il sogno? Un'impresa disperante, che stupida era stata! Non c'era modo di mischiare i ruoli, era una cosa che accadeva solo nei fotoromanzi di Elena. Eppure, per tutti quei mesi ci aveva creduto. Quando l'amore è troppo luminoso, abbaglia e nasconde bene le ombre.

«Vattene Tonino, nun me cerca' cchiù!» gli disse in faccia, la voce ferma. Poi scappò fuori.

Lui ingoiò le parole e non si mosse.

La strada la investì come un brutto sogno. Le nuvole premevano l'una contro l'altra tra tuoni e lampi. Maria attraversò i binari del tram, si infilò nella Villa Comunale e arrivò a via Caracciolo sotto un'acqua inclemente. Le scarpe le scappavano dai piedi, la giacca era inzuppata, ma non sentiva il freddo. Si affacciò al muretto e un'onda le venne incontro. Chiuse gli occhi e respirò buttando fuori la stanchezza di quei giorni, insieme alla sofferenza.

L'illusione era finita, ben frantumata dentro il suo petto.

16

Napoli, dicembre 1953

Quando il cuore non ne vuole sapere di festeggiare, e pensa e agisce per conto suo, non c'è periodo più malinconico del Natale.

Era passato un anno dalla partenza di Tonino e notizie, Maria, non ne aveva avute più. Alle volte, al risveglio, le cresceva la rabbia in corpo perché ne aveva nostalgia e provava risentimento anche per se stessa, che come una scema sentiva il cuore battere ancora per qualcuno che non lo meritava.

Tutto scorreva con la stessa monotonia di quando lui neanche esisteva. Non usciva con nessuno, era scornosa, non si accontentava. Spesso le colleghe dell'atelier la invitavano a qualche balletto o festicciola. Ci andava pure, ma restava giusto un'ora e poi tornava a casa. Non aveva ancora trovato nel suo cuore il chiodo che avrebbe scacciato l'altro chiodo.

Tonino le era piaciuto per le sue qualità e poi ne aveva amato anche i difetti. Quando andava al lavoro, alle volte le pareva di sentire la sua voce che la chiamava, con quell'assenza di accento e il tono garbato. E si voltava pure, ma di lui neanche l'ombra. Altre volte le strade le parlavano, la chiamavano, dicevano: "Ti ricordi, Mari'? Qui stringevi Tonino, lì lo baciavi…".

La tristezza la teneva accanto, e alle volte ci si crogiolava. Voleva vivere fino in fondo il dolore per trovarci la bellezza, come Pupella le aveva detto tanto tempo prima.

Il 1° dicembre decise di uscire per distrarsi e guardare le vetrine in addobbo in via Toledo. Acquistò qualche regalino, sciocchezze da scartocciare nella festività, poi fece ancora un giro sotto le prime luminarie. Prese un autobus per tornare a casa, e l'albero di Natale di piazza del Plebiscito sfilò davanti al finestrino. Era bello, pieno di fili colorati e raffiche di luce.

Arrivata alla Torretta scese e imboccò il vico Forno per tagliare verso casa. Passando davanti alla bottega dei Mennella, scorse Giuseppe insieme al fratello Enrico, che lavorava all'anta intarsiata di un armadio. Ne sfilava i bordi con la sega elettrica, sollevando nell'aria polvere di legno.

Lui alzò lo sguardo, la vide e la chiamò. «Maria, vieni, entra!»

Faceva freddo, s'era fatto tardi e sarebbe dovuta rientrare per la cena, ma negli occhi di Enrico spuntò qualcosa che arrivò nei suoi. Nessuno più l'aveva guardata così dopo Tonino.

Si fermò sull'uscio. Gli odori di trucioli e colla di pesce le fecero venire in mente il presepe che suo padre montava con una santa pazienza tutti gli anni. Fece un passo avanti, lusingata da quello sguardo, poi si bloccò, spalancando la bocca in un grido disperato: «Attento!».

Enrico non fece in tempo. La sega passò sulle sue dita, tranciandone le punte. Il sangue schizzò sul tavolo da lavoro e sul suo viso, che divenne bianco come il marmo.

Tutto arrivò ovattato alle orecchie di Maria. Giuseppe, alle sue spalle, prese un panno e svelto coprì la mano di suo fratello. L'odore ferroso del sangue la prese allo stomaco e trattenne un conato di vomito. I pezzi mozzati sul banco parevano capolini di margherita con intorno esili corolle rosse. La vista le ondeggiò, ma fu un attimo. Rapida aiutò Giuseppe a fermare il sangue, quindi uscì fuori per chiedere aiuto. Un vicino di bottega corse a prendere l'auto. Intanto Enrico gemeva. «Le dita... Gesù mio...»

In pochi minuti arrivarono all'ospedale Loreto. Il ricovero

fu d'urgenza e Maria rimase sola con Giuseppe. Si sentiva in colpa. Se Enrico non l'avesse guardata, se solo non fosse passata in quell'istante...

L'infermiera si avvicinò a loro con un foglio di carta tra le mani. Giuseppe firmò, sbordando con la penna. Maria non sapeva cosa fosse, né lo chiese. Aveva dentro l'oscurità, un buio che non l'avrebbe più separata da loro.

Nella settimana a seguire, non si staccò da Enrico. Un giorno sì e uno no, dopo il lavoro, andava con il bus fino al casale per cambiargli le fasciature. S'era fatta spiegare in ospedale come medicare le ferite, risparmiando così un impegno alla signora Mennella, che tanto aveva da fare con gli altri figli da seguire. Enrico portava una specie di tracolla che gli reggeva il braccio. Lei gliela cambiava e la puliva. Quando andava a trovarlo gli portava sempre qualcosa. Le sigarette, qualche mentina, il giornale o anche solo il caffè del bar. Un pomeriggio uno dei fratelli, Cosimo, fece loro una fotografia con la macchinetta comprata di seconda mano al mercato della Duchesca. «Sorridete, che parete due morti!» disse. Risero talmente tanto che la foto venne mossa.

A Maria piaceva stare in loro compagnia, era felice. Piano piano, il peso che aveva dentro si sollevò e la mente all'improvviso si acquietò dal ricordo di Tonino.

Intanto, con lentezza, Enrico migliorava. L'amputazione non era estesa, avrebbe continuato a lavorare: questo contava. Il rimorso dell'incidente, lo dimenticò insieme a lui.

Due giorni prima di Natale, mentre salivano a piedi da Marechiaro, Enrico le accarezzò il viso e la baciò, prima con dolcezza e poi con una forza tale che sembrò volesse inghiottirle labbra e lingua. Infine la prese per mano e tornarono così, stretti l'uno all'altra, in silenzio.

Tanto tempo prima, le aveva detto che sbagliava a pescare fuori dalla sua nassa. Aveva ragione. Maria, non senza fatica, aveva capito che i mondi che si creano sono diversi da quelli che si desiderano, per cui è un bene appartenere allo stesso universo, altrimenti si corre il rischio di essere per sempre incompresi e infelici. Ora provava quella felicità che credeva non le spettasse. Il piacere di frequentare un uomo al quale non nascondere nulla di se stessa, uno scorrere sereno dei giorni, un'apparente quiete famigliare.

Tramontava di rosso, e il vento di terra si mischiava all'odore del mare. Enrico l'accompagnò alla fermata e le diede un bacio lieve sulle labbra. Lei si scombussolò ancora e tutto sembrò più bello, persino il freddo, persino le tasche vuote. Persino casa sua quando rientrò.

Per il giorno di Natale, Maria espresse il desiderio di trascorrere la festa invitando la famiglia Mennella e gli zii. Furono tutti felici dell'idea.

Dalla mattina Maria stette ai fornelli a preparare il brodo per i tagliolini, la minestra maritata e il capretto coi piselli. Zio Ciccillo portò struffoli, raffioli e mustacciuoli, Gigino prese il vino a Solopaca ed Elena preparò la tavola e si sforzò di aggiustare in un piatto lungo gli antipasti, salumi con formaggi e mozzarella.

A tavola sarebbero stati in diciotto. In casa c'era aria di festa e gioia tutt'intorno. Maria si era preparata con grande cura. Aveva indossato un elegante abitino grigio chiaro a tubino, cucito con il recupero di stoffa dei tailleur in sartoria, un filo di perle al collo, la spilla di Pupella e le décolleté col tacco a rocchetto. In cucina infilò il grembiule e riprese a cucinare. Mentre faceva il nodo dietro la schiena, Gigino pizzicò gli struffoli.

«Sciò… nun tucca'!» fece Nunzia, ma poi se l'abbracciò.

Maria spense la fiamma sotto al brodo.

«Spicciati Gigi', aiuta Elena ad apparecchiare.»

Lui obbedì di malavoglia. Sbuffò, prese i tovaglioli dal tiretto e sparì nella sala. Per l'occasione, la signora Orlando aveva prestato agli Imparato le sedie buone, che ben si adattavano alla tavola, mentre i letti erano stati ammucchiati nella camera accanto. Quando Maria andò a controllare fu contenta. La povertà e le macerie di Villa Santa Maria erano sparite dietro le tende pulite e tirate. Le riggiole luccicavano dopo la pulizia minuziosa di Elena. Il tavolo grande, con la sua tovaglia bianca e ricamata, il vaso di porcellana al centro coi fiori, i bicchieri col righino dorato e tutte le posate sui tovaglioli immacolati, era così bello che pareva uscito dalla pagina di una rivista. L'albero di Natale e il presepe, nell'angolo, luccicavano, e Gigino aveva acceso la radio per ascoltare un po' di musica.

Era tutto perfetto. Quando suo padre uscì dal bagno, le brillarono gli occhi. I capelli impomatati, l'abito antracite gessato, la camicia coi gemelli. Persino Nunzia pareva diversa, non aveva più negli occhi la guerra. I giorni scorrevano sul suo corpo martoriato lasciando segni, rughe appoggiate a casaccio che ora parevano l'intreccio delle parole buone che non aveva detto. Forse era merito di Enrico, che aveva tirato fuori il bene nel cuore di Maria e in quelle quattro mura.

Il campanello suonò e lo vide sull'uscio. Indossava un abito da cerimonia, uno di quelli usati per le feste comandate. Probabilmente ci era cresciuto dentro: era stretto, i bottoni tiravano in petto. I fratelli scivolavano alle sue spalle e lui restò fermo a guardare Maria da lontano, la testa bassa, gli occhi sorridenti. Quell'immagine le fece un buco dentro, e allora capì che l'amava.

Enrico non aveva la grazia e lo stile di Tonino, ma bastava che la sfiorasse per sentire qualcosa che bruciava.

Si avvicinò, con la tracolla al braccio. Nella mano buona teneva un pacchetto dorato con il nastro rosso.

«Buon Natale, Mari'» sussurrò al suo orecchio.

Lei avvertì il suo fiato caldo, le labbra che indugiavano tra i capelli.

«Io non t'ho preso niente...» disse con l'imbarazzo nella voce.

«Aprilo.»

Maria scartò con garbo, lenta. Dentro c'era uno scatolino celeste. L'aprì, e una fedina d'argento brillò.

«È per me?»

Si vergognò della domanda stupida, ma lui non se ne accorse neanche, tolse la vera dall'astuccio e gliela infilò al dito.

«Ti voglio bene...»

Maria osservò la fedina, e per un breve istante ripensò a Tonino. Anche lui diceva di volerle bene, ma un impegno serio non l'aveva preso. Doveva fidarsi di Enrico. Ora c'era lui, e tutto intorno pareva sfocato.

«Dopo le feste la prendo pure io a te.»

Enrico sorrise e indicò la mano fasciata.

«Mo' non la posso mettere.»

«Aspettiamo che stai meglio?»

«Sì, aspettiamo...»

A pranzo si spartirono cibo e benedizioni.

"Forse il diavolo ha cambiato direzione" pensò Maria. Per la prima volta, le parve che avesse deciso di non girare più per casa sua.

17

Estate 1954

Il mare a Napoli era di tutti, anche dei poveri. Maria ed Elena trascorrevano le domeniche al bagno Sirena a Posillipo, nella spiaggetta di fianco al palazzo Donn'Anna.

Sua sorella sfoggiava costumi alla moda, perché Giuseppe le faceva sempre qualche regalino, ed era formosa come le maggiorate del cinema. Accanto a lei, Maria si sentiva sempre come inzuppata dalla pioggia.

Una sera, a letto, Elena le aveva confessato che lei e Giuseppe l'avevano «già fatto».

«Fatto cosa?»

«Uh Mari', mi pari 'na monaca. All'ammore! È per questo che mi fa' passa' tutti gli sfizi...»

Maria non rispose, tirò su le lenzuola e tentò di dormire. Persino i loro respiri erano diversi, pensò. Si incrociavano nel buio della stanza e suonavano melodie stonate l'una contro l'altra. Lei lavorava sodo e conservava qualche spicciolo. Elena, invece, si limitava a pulire casa, e solo perché detestava il disordine. Se Giuseppe le faceva passare gli sfizi, a Maria non importava. La signora Errico lasciava alle lavoranti scampoli di stoffa di pregio, sete, damascati, per cui si confezionava gli abiti da sola – un poco striminziti, ma adatti alla sua magrezza. Le camicette senza maniche, le gonne a tubino, i fiocchi colorati, si preparava un guardaroba di stile. Di tutti questi capi, a Elena non andava niente. Aveva un seno enorme e fianchi tondi. Fingeva di snobbarli, ma in fondo rosicava.

«Ma che t'importa 'e 'sta verginità?» proruppe, mentre Maria pensava ai fatti suoi. «Enrico ti molla, fatti furba. Altrimenti va a finire che ti sposi quando viene a nevicare a Napoli...»

«Me ne importa, vabbe'?» rispose stizzita. «Io non critico quello che fai tu e tu non lo devi fare con me! E mo' spegni la luce, ché s'è fatto tardi.»

«Sì sì, dormi dormi...» fece Elena tagliente. «Prima o poi ti sceterai dal sonno e saranno cavoli tuoi...»

Maria non rispose e si mise il cuscino sulla testa per non ascoltare più. Chiuse gli occhi e immaginò una mano che dipingeva il suo cortile. Indugiava sul verde del roseto, riempiva di rosso i petali in boccio e ombreggiava qualche uccellino che cinguettava intorno al suo albero.

Le pareva vero, riusciva a sentire persino il profumo dei mandarini.

Con Enrico, si vedevano tutti i giorni. Qualche sabato sera andavano a ballare sulla pedana del laghetto della Mostra d'Oltremare, oppure, quando la mesata era buona e i soldi ci stavano, al Giardino degli aranci a Posillipo. Altrimenti si incontravano in casa di qualche amico per balletti improvvisati. Valzer, polka, tango. Una sera furono invitati da Orazio Orlando che, tornato da Roma per un breve periodo, volle assolutamente conoscere il fidanzato di Maria. Enrico un poco si imbarazzò: gli amici di Orazio facevano conversazioni alte, da intellettuali. Mentre lei riusciva a barcamenarsi tra un mondo e l'altro, consapevole dei propri limiti e mantenendo la fierezza, lui se la cavava col sorriso e col silenzio. A lei stava bene così. L'amore di Enrico aveva ridimensionato il suo caparbio desiderio di cambiare, le dava forza, sicurezza.

Al termine delle serate, Maria ed Enrico si infilavano negli angoli per stringersi. Erano andati oltre i baci, lei lo toccava, così come lui faceva con lei, ma alla fine Maria si ritirava a casa senza dargli ciò che pretendeva a tutti i costi.

Una sera, a causa di questo, ci fu una discussione.

«Mari', se due si vogliono bene lo fanno!»

«Se due si vogliono bene si sposano...»

«Per mo' non è possibile, lo sai. Devo sistemarmi, fare i soldi.»

Mise il broncio. Lui ricominciò a toccarla e lei lo scansò. Pensò che di certo Enrico sapeva di Elena e Giuseppe. Chissà quante volte lui e suo fratello s'erano raccontati di conquiste, avventure e cose sconce.

«Che c'è, mo' ti sei arrabbiata?»

«È che ci tengo a questa cosa, perché non lo capisci?»

«Tu ti vuoi solo sposare, Mari'. Hai paura e fai il ricatto: questo per quello.»

«Non è vero! Io penso che se mi vuoi bene mi rispetti. Non ci riesco a farlo così, per strada o in un buco.»

Lui sbuffò e si rimise a posto.

«Come vuoi tu. Mo' finiamola, non voglio litigare.»

Maria stornò lo sguardo da lui e fissò un punto impreciso della strada, mantenendo la testa alta. Sapeva di correre un rischio. Enrico era bello, corteggiato, ma lei non avrebbe ceduto. Comprendeva il suo bisogno, la fretta, a volte ne era anche lusingata, ma la offendeva che pensasse a un ricatto. Lei aveva una morale, forse antiquata, inutile, ma ancorata dentro di sé. Enrico avrebbe dovuto farsene una ragione.

Una domenica di ottobre accadde qualcosa che turbò profondamente Maria.

Enrico l'aveva invitata a pranzo, come da consuetudine. Erano fidanzati da quasi un anno e alternavamo le domeniche tra le due famiglie.

S'era mangiato bene, in quel chiasso di undici persone a tavola che parlano a casaccio e ridono per ogni sciocchezza. Tra il vino, i brindisi, la piccola pasticceria inghiottita in un sol boccone, la signora Mennella disse: «Enrico mio è troppo bello, deve sposare una coi soldi!».

La povertà nelle sue parole fece zittire tutti. Maria sapeva di dover digerire l'ignoranza, conosceva bene quelle situazioni in cui la bocca non appartiene al cervello e sputa fuori parole e veleno senza riflettere. Preferì fingere di non aver capito.

Ma, quando ebbero finito, il pranzo le rimase tutto sullo stomaco. Salutò cortese e si alzò. Prese la piccola rampa di scale che portava dabbasso e sentì dietro di sé Enrico, che la seguiva di corsa.

«Addò vaie? Aspetta, ti accompagno.»

«Vado di fretta. Resta coi tuoi, non pensare a me.»

Le prese un braccio e la trattenne.

«È per mamma'? Quella scherza, Mari', nun ce fa' caso.»

Lei si voltò a guardare il mare sopra Posillipo.

«Mi metto a lavorare in proprio. Ho deciso.»

Lui non si mosse. Maria sperò di non dire la cosa sbagliata.

«Li guadagno i soldi, sono brava. Qualche cliente a bottega mi dà le cose di nascosto della signora Errico. Vedrai, mi farò strada.»

Un cane abbaiò lontano, il vento mosse i capelli lisci e dorati di lui. Maria pensò a cosa passasse nella sua testa. Era stanca di quella vita, aveva imparato un'arte, aveva gusto: ci poteva provare.

«Fai come vuoi, nessuno te lo impedisce. Ma non lo devi fare per me o per quello che ha detto mia madre.»

«Ci so vivere nel mondo, le cose le capisco, non ti preoccupare.»

Vide da lontano l'autobus arrivare e attraversò di corsa per raggiungerlo. Quando fu a bordo si accostò al finestrino. Enrico alzò una mano. Il viso era immobile in una smorfia che voleva essere un saluto.

Maria si voltò dall'altra parte e guardò il mare grigio. Pareva polvere sull'acqua.

18

Dopo poco più di un mese, Maria lasciò l'atelier. La signora Errico le diede la mesata senza neanche un soldo di liquidazione.

«Ti ho tolto la fame di bocca prendendoti a lavorare» disse, «ma ora sono tempi scuri e non posso.»

Lei non insistette neanche.

Anna, Rita e Graziella si dispiacquero. Dopo la storia con Tonino si erano avvicinate molto, e ora che la vedevano serena le augurarono ogni bene.

«Poi ti facciamo noi l'abito da sposa!» le disse Anna, abbracciandola in mezzo alle scale.

Fu un momento bello, eppure un pensiero subdolo le si infilò dentro, una voce all'orecchio che diceva: "Speriamo che fai la cosa giusta. Volevi Tonino, la classe, la ricchezza e l'eleganza... e mo' sei costretta a lavorare il triplo".

Pupella, tempo prima, le aveva insegnato che esistevano le stanze della mente, e lei s'era minuziosamente preparata un posto per accogliere le tragedie, i dispiaceri che colpivano la sua vita. Tonino era chiuso lì dentro. Adesso bisognava andare avanti, guardare al futuro.

In breve, si organizzò il lavoro. L'obiettivo era creare un atelier tutto suo. Sua madre ne fu contenta. Maria aveva avuto paura di dirglielo, anche perché sapeva che le avrebbe messo la casa sottosopra. Invece la crudezza di Nunzia pareva avesse avuto un cedimento. Di certo la storia finita male con Tonino l'aveva colpita, ma forse era anche la frequentazione con un uomo semplice come Enrico a rallegrarla: dal suo punto di vista, Maria era rientrata nei ranghi e, di conseguenza, nel ruolo che le apparteneva.

A ogni modo, con piacere le cedette la macchina per cucire e mise spia tra le vecchie comari della zona. In meno di dieci giorni, la stanza da pranzo divenne una vera e propria sartoria. La signora Orlando fu tra le prime clienti. Portava tutti gli aggiusti che le occorrevano: pieghe di pantaloni, orli alle gonne, risvolti di camicie e via dicendo. Maria cuciva di fino, aveva gusto e stile, le rare confezioni che creava venivano subito vendute. Il lavoro l'assorbiva tantissimo. Iniziava la mattina alle sette e terminava alle nove di sera. Bisognava anche andare al mercato per l'acquisto delle stoffe, dei cotoni, delle sete. Ci voleva tempo, accortezza. Presto si rese conto che da sola non ce l'avrebbe fatta.

Pensò a una soluzione fattibile e, alla fine, con una certa riluttanza, chiese aiuto a Elena. Sapeva cucire, aveva imparato da Nunzia, e poi non faceva che ciondolare in casa canticchiando insieme alla radio, oppure se ne stava a letto leggendo giornaletti.

«Io già devo pulire le schifezze tue, pezze comprese» scattò subito Elena, sulla difensiva. «Mo' mi dovrei mettere pure a fatica'?»

Maria conosceva il suo punto debole.

«Qualche altro sfizio non te lo vuoi togliere? Mi dai una mano per cinque ore al giorno e io ti do diecimila lire al mese.»

«Ti aiuto io!» strillò Gigino dalla cucina.

«Ci senti solo quando ti pare e piace? Statti zitto, Elenuccia sta pensando.»

La sorella la guardò negli occhi.

«Però la domenica no. Mica voglio fare la fine tua!»

«La domenica sei libera.»

«Va bene, accetto» acconsentì. E subito precisò: «Ma se mi sfastereo lascio».

L'accordo fu preso e il lavoro iniziò a decollare. La fatica era immensa. Maria viveva attaccata ad ago e forbici, con le mani che a volte sanguinavano sui punti duri delle stoffe e gli occhi che ballavano intorno a trame variegate. Gli incontri con Enrico si erano rarefatti. Lui non passava quasi più da casa Imparato la sera, e Maria credette lo facesse per farla lavorare senza distrazioni. Era fiera di se stessa, di come stavano andando le cose, e anche lui pareva contento.

Una sera, mentre passeggiavano per via Toledo, Enrico le disse che a Pasquetta non si sarebbero visti, poiché aveva promesso agli amici una scampagnata fuori porta. Maria non si lagnò, tuttavia ebbe uno strano presentimento: da quando si era impegnata a conservare soldi per il loro futuro, in lui notava un'assenza che non riusciva a spiegarsi. Quando lei ed Enrico erano insieme, la passione era la stessa, le sue mani stringevano, la bocca diceva: «Ti amo, ammore mio...». Ma spesso, nelle settimane che seguivano, spariva.

Un pomeriggio si fece coraggio e chiese a Elena se sapesse qualcosa, se Giuseppe le aveva confidato qualche segreto.

«Non so niente, Mari'. Te lo direi» rispose comprensiva. «Lo so che non ci capiamo molto, ma sei pur sempre mia sorella...»

La risposta un poco la rincuorò. Per la prima volta carpì in Elena l'affetto e non la distanza. Oltretutto, col passare del tempo era diventata brava e veloce col cucito. C'erano giorni in cui era lei stessa a toglierle l'ago di mano per farla riposare, soprattutto quando l'aiutava nelle domeniche pomeriggio, contrariamente a quanto stabilito.

«Enrico è un poco strano, non è come suo fratello» continuò. «Quando uno è così bello se la tira, se ne va in giro a fare 'o fariniello, le femmine lo sfrogoleano...»

Maria strabuzzò gli occhi. «Ma se mi dite tutti quanti che pensa solo a me! Io per questo mi sto facendo un cuore così con queste pezze in mano!»

Elena le si avvicinò e prese le mani tra le sue. Mai l'aveva fatto.

«Facciamo così, chiedo a Giuseppe. Tu lo sai, se lo metto sotto torchio e gli faccio quattro moine, qualche cosa, se la sa, me la dice. Così stai tranquilla tu e fai stare tranquilli pure a noi!»

Maria le fu grata.

«Grazie Elenuccia. È importante per me quello che fai.»

«Embe', se lo vuoi sapere, pure tu hai fatto una cosa bella per me» rispose docile. «Mi piace lavorare. Guadagno qualcosa, sto impegnata e ti aiuto. Mi sono emancipata! Se non fosse stato per te, avrei sprecato tempo e soldi.»

Maria la guardò come se la vedesse per la prima volta.

«È una cosa bellissima quella che hai appena detto. Dov'è finito il tuo caratterino?»

Elena sorrise fina fina, alla maniera sua.

«Non ti abituare. Diciamo che oggi mi trovi dritta!»

A Maria scappò un sorriso. Per rilassarsi e fare una pausa, andò in cucina e preparò un caffè per tutte e due. Quando lo bevve, però, le parve amaro pure il dolce dello zucchero. Teneva una brutta sensazione.

Elena fu di parola e dopo qualche giorno chiese notizie a Giuseppe.

«Non vedo niente di strano in mio fratello, tiene sempre il sorriso, tu lo sai. Certo, a volte è stanco perché resta da solo a bottega fino a tardi, ma poi la mattina canta quelle canzoni sue piene di sentimento...»

«Non è che tiene a qualcun'altra?»

«Ma che vai pensando? Enrico a Maria vuole bene! E poi me l'avrebbe detto, tu lo sai che non mi nasconde niente.»

«Sì, ma si tratta di mia sorella. Che ti doveva dire?»

«Questo pure è vero...» concluse Giuseppe, riflettendo sulla questione.

Quando Elena raccontò a Maria della conversazione, lei prese coraggio e decise di andare a parlargli.

Quando arrivò al vico Forno, scorse la porta della bottega semiaperta. Un lieve luccicore brillava all'interno. C'era un fruscio, una voce, come un sussurro che proveniva dal retrobottega. Il sangue le si gelò addosso per le cose che andava a pensare. Leggera avanzò, gli occhi avevano il dovere di guardare. E videro.

Sul divanetto della stanzetta c'era Enrico che spingeva con forza il bacino nelle cosce aperte di Rina Esposito. Maria provò un ribrezzo pesante. Le venne voglia di prendere qualcosa per spaccare la faccia a tutti e due e invece rimase immobile, a osservare la scena come se la cosa non la riguardasse. Era furiosa. Aveva sacrificato tutto per Enrico: la libertà, casa sua, il lavoro a bottega che, comunque, le aveva dato la possibilità di conservare un poco di denaro senza uccidersi di fatica. Si voltò di spalle e uscì, ma il cappotto si agganciò al pomello e la trattenne. Tentò di fare in fretta, ma lui aveva sentito.

Maria se lo trovò alle spalle.

«Mari'! Aspetta, ti spiego...» supplicò.

Pareva sconvolto, in quegli occhi c'era una realtà brutta che lei non voleva vedere. Nei suoi, solo sdegno. Osservò la bocca, che aveva ancora il fiato e il rossetto di quell'altra. Nemmeno il vento riusciva a toglierle l'odore dalle narici e il disgusto dallo stomaco.

«Nun è niente... solo quello che hai visto, te lo giuro!»

«Per me sei morto.»

Maria si sfilò la fedina e gliela tirò addosso, poi fuggì di corsa, con la testa che sembrava allucinata da una febbre.

Si sentiva umiliata, ferita da una gelosia devastante. Mille volte aveva immaginato di dover competere con qualcun'altra, ma che accadesse davvero era terribile. Le pareva d'aver subito un'amputazione, aveva smarrito il suo sentimento tra le mani di qualcun altro e non poteva riaverlo più. In un solo piccolo istante, aveva perso l'amore, la stima di lui e il loro futuro insieme. Ciò che restava era un'inutile amarezza e un rancore profondo.

Fuori tutto traboccava di nero, la luce pareva svanita, così come i colori. Attraversò la stazione di Mergellina e corse verso casa. Le mura dei palazzi le venivano addosso, dai balconi le pareva che la gente ridesse di lei, e dalla sua bocca uscirono male parole che mai avevo detto.

Scivolò lungo la chiesa di San Francesco e intravide la statua della Madonna bianca con le mani giunte. Entrò e scese lungo la navata, si inginocchiò, la guardò fisso e la pregò di farle ingoiare quel veleno in fretta, di allontanare da lei lo schifo, la miseria e la vergogna che provava nell'essere stata presa in giro un'altra volta dall'amore.

Non poteva fare altro che accettarla, quella gelosia. Nulla, se non tentare di riprendersi la dignità.

PARTE SECONDA

Le lettere

19

Rio de Janeiro, gennaio 1955

Tonino Balestrieri non teneva più il sorriso.

Rio era bella, somigliava un poco a Napoli, piena di luce, di colori, di allegrezza e malinconia, di donne seducenti da togliere il fiato. La sua ultima *menina*, Denise, era una mulatta dalla pelle di bronzo, i capelli ricci e gli occhi verdi come un uccello.

Nei primi tempi, come i turisti facevano di consuetudine, Tonino aveva vissuto come se tutto fosse un gioco. Le notti a giocare a dama nelle taverne, a bere *cachaça*, intrecciare passi complicati a ritmo di samba, oppure sulla *praia*, a suonare la chitarra, a fare l'amore.

Passata la sbornia, tutto accadeva con noia, con una *saudade* al contrario che premeva sulla carne, come se la sua anima fosse divenuta orba. Il lavoro in banca lo assorbiva, la sera era stanco, il caldo gli spezzava le gambe, le distanze da casa erano enormi e a fine giornata desiderava solo la doccia e il riposo.

Qualcosa gli aveva rubato la vitalità.

Gli mancavano le piogge autunnali sul mare di Napoli, gli inverni freddi e le primavere infilate nel sorriso ingenuo di Maria. Quell'accento carnale, la ritrosia e la purezza, forse anche la sua povertà. Aveva un rimorso che stava punendo col rimpianto. Forse era amore?

Chissà se fu per questo che una sera di gennaio, nel caldo afoso della città al tramonto, Tonino prese carta velina e penna.

Rio de Janeiro, 24 gennaio 1955

Cara Maria,

mi sembra di vedere il tuo grande stupore, al ricevere questa lettera. Certamente mi credevi scomparso, oppure morto, perlomeno da cento anni, e la mia audacia ti meraviglierà: quest'uomo, felicemente o infelicemente ancora vivo, si permette di scriverti dopo più di due anni di silenzio.

C'è già abbastanza per farmi diventare viola per la vergogna. Quindi ti prego di perdonarmi, e apprezzare il mio coraggio.

Ti domanderai il motivo per il quale ti scrivo. E in realtà confesso che le ragioni sono inspiegabili perfino a me. Forse sentimentalismo, forse un po' di nostalgia...

Immagino che sarai fidanzata, sposata o in procinto di sposarti. Se così fosse, voglio solo che tu riceva da me un augurio di grande felicità, di amore e di tutto ciò che tu possa desiderare.

Se così non fosse, ti prego di continuare a leggere.

In questo momento mi sento come se mi stessi avvicinando al confessionale, con l'anima nera come la pece dopo anni di peccati. Sto entrando nella chiesa e tu, Maria, con la tua purezza, sei il mio confessore. Per farlo, però, devo riprendere quel filo spezzato più di due anni fa, chiudere gli occhi e ricordare, rientrare in quel tempo. Se tu sapessi com'è cambiato il Tonino di allora...

Ti volevo bene, sai? Magari in un modo tutto mio, ma ti volevo bene. Avevo un difetto grande, una presunzione: mi credevo avventuroso, intraprendente, cuor di ferro, nulla poteva scuotermi. Così, ho calpestato i miei stessi sentimenti. Volevo liberarmi dal nostro legame, perché lo credevo un ostacolo. Sono arrivato a mentire a me stesso, negando un amore che sentivo, ma non volevo dimostrare.

La partenza è capitata al momento giusto, e io l'ho accettata senza combattere. Avrei potuto fare qualcosa, dire di più. Invece sono stato egoista.

Ora, è come se una forza misteriosa mi obbligasse a scriverti.

Da molto tempo non faccio che pensare a te. Persino la notte mi sveglio di soprassalto e allora penso: "Domani scriverò a Maria"... Ma l'indomani il coraggio non arriva.

Invece oggi ho deciso. Forse sarà l'unica lettera che ti scriverò, ma ho voluto spedirla.

Non voglio e non posso pensare che in te rimanga un brutto ricordo di me. Adesso che forse ti ho perso, capisco finalmente che cosa sei stata per me. Ho scritto che ti volevo bene, ed è così. Ma oggi, Maria cara, sono certo di amarti sinceramente.

Hai il diritto di non rispondermi, ma spero che tu lo faccia, perché ancora quest'uomo spera, e ti ama.

Tuo,
Tonino Balestrieri

20

Napoli, 7 febbraio 1955

Maria rimase stordita, con il foglio tra le mani. La velina aveva il profumo di muschio, ma anche qualcosa di simile ai libri di poesia che tanto amava. Composta la ripiegò, infilandola con cura nella busta. Non mosse un muscolo, non respirò. Intorno a sé il silenzio, interrotto solo dal respiro inquieto e sibilante di sua madre.

Il postino era arrivato mezz'ora prima, sventolando la lettera come fosse un biglietto della lotteria.

«Maria, ti scrivono dal Brasile!» s'era sgolato, come se la sua vita fosse appannaggio di tutto il quartiere.

Elena s'era precipitata a prenderla lasciando l'eco degli zoccoli lungo la strada, ed era rientrata in casa ansiosa di sapere cosa contenesse.

«È di Tonino?» Suo padre la supplicò con gli occhi e con la voce.

Nelle notti in bianco passate ad ascoltare il petto di Nunzia tossire, Maria aveva origliato le loro conversazioni. Anche a Giovanni era arrivata voce del tradimento di Enrico, che pareva non fosse stato neanche l'unico. Elena, poi, aveva addirittura alzato la voce con Giuseppe, litigando per la sofferenza e l'umiliazione inflitte a Maria da suo fratello. Ma l'amarezza era stata grande anche per lui, ché voleva molto bene alla cognata.

Per tutta la famiglia, la lettera di Tonino Balestrieri era una sorpresa, e tutti si auguravano che fosse bella.

«È Tonino, sì» rispose, e la porse a Giovanni.

Lui le sfiorò la mano in un gesto che significava il suo amore. Non mise neanche gli occhiali e lesse a voce alta, con qualche difficoltà, quell'italiano curato.

Quando ebbe finito, suo padre la guardò.

«Questo significa che c'è speranza?»

Maria ebbe una stretta al cuore.

«Credo di sì.»

Giovanni si avvicinò di un passo e le parlò con il tono cauto di chi vuole chiedere la cosa giusta.

«Tu... ci tieni ancora a lui?»

La risposta era chiusa a chiave nella bocca di Maria. Aveva fatto di tutto per cancellare Tonino, e ora lui spuntava fuori come un pupazzo a molla da un barattolo.

«Non lo so papà» ammise infine. «Non mi fido, non voglio più soffrire.»

Per due notti Maria non chiuse occhio. Con la scusa del cucito restava sveglia a pensare, fino a quando Elena non le tirava il cuscino gridando: «Ti vuoi coricare, sì o no?!».

La vita la metteva alla prova. Aveva ventitré anni e un carattere duro. Forse una porta s'era riaperta: non poteva ignorare la luce che intravedeva, ma neanche l'inquietudine che provava. Alla fine si decise a rispondere.

Due giorni dopo, a casa Imparato comparve Nicola Satriano. Tutti lo chiamavano Nick 'o Mericano, poiché aveva vissuto un anno a Nuova York e conosceva bene l'inglese. Faceva il ragioniere, dal dopoguerra lavorava in un importante studio notarile di via dei Mille. Era una brava persona, umile, discreta, e aveva un affetto particolare per Giovanni, col quale si intratteneva in lunghe passeggiate e vive conversazioni politiche.

Scriveva bene, in un italiano perfetto. L'ideale per Maria, che, nonostante gli sforzi, con l'italiano scritto non aveva mai preso davvero confidenza.

«Io sbaglio anche le virgole» si scusò, imbarazzata.

«Basta che tu mi dica quello che vuoi rispondere e io gli darò forma» la rassicurò lui.

Il tono suo era delicato, così come la mano bianca che attendeva la dettatura. Maria camminò avanti e indietro per la stanza. I tratti del viso di Tonino erano ormai vivi nella sua mente, e ripensò con sprazzi di nostalgia ai momenti trascorsi con lui. La gioia che provava ricomparve come se fosse andata via solo il giorno prima.

Ragionò, tentando di accucciare i sentimenti. Qual era la sua realtà? Non era disinvolta, né così bella da suscitare l'interesse di qualcuno. L'amore, per lei, pareva quasi una chimera. Ciò che l'aspettava era continuare a cucire senza tregua e rimanere sola. Vivere tentando di governare le proprie emozioni ogni volta che incrociava gli occhi bassi di Giuseppe accanto a Elena, e rischiare, poi, di incontrare Enrico per strada con questa o con quell'altra donna.

Il peso del cielo le piombò sulle spalle.

Nick sedeva al tavolo con la penna tra le mani e il calendario di casa, sul cui retro avrebbe scritto in brutta copia.

Maria aveva chiari i pensieri e glieli espresse:

Caro Tonino,

come tu hai scritto, grande è stato lo stupore nel ricevere la tua lettera dopo ben più di due anni di silenzio.

Il Tonino che mi ha delusa allora, e che tanto mi ha fatta soffrire per l'incostanza e l'incoerenza dei suoi sentimenti, adesso si rivolge a me per farmi sapere che finalmente, ma solo oggi, il mio amore è contraccambiato?

Non sono fidanzata, ma molte cose sono accadute nella mia vita e mi hanno cambiata, facendomi crescere. Anch'io ho pensato a te e alle ore trascorse insieme, e il ricordo della tua indifferenza mi ha resa triste per molto tempo. Se dovessimo riallaccia-

re il nostro rapporto e tu mi deludessi un'altra volta, ne soffrirei ancora di più.

A te dunque la decisione. Dammi una prova della lealtà dei tuoi sentimenti in modo che io possa, fiduciosamente, ricambiarti.

Ti saluto affettuosamente,

Maria

21

Rio de Janeiro, 4 marzo 1955

Carissima Maria,

Devo dirti tante cose, pur non sapendo da dove incominciare.

Mi dici di non essere fidanzata, e che i tuoi sentimenti per me esistono ancora: non puoi immaginare quanto ciò significhi. Vorrei poter essere vicino a te in questo momento. Per lettera è difficile, ma il giorno in cui saremo vicini ti spiegherò tante, tante cose.

Ora vorrei farti alcune domande alle quali voglio che tu risponda sinceramente, così come tu chiedi a me.

1. *Cara Maria, saresti disposta a sposarmi?*
2. *Se dovessi diventare mia moglie, lasceresti Napoli per raggiungermi in America del Sud? Sposandomi, troveresti nella mia famiglia un'altra famiglia. Potremmo vivere con loro, che hanno un grande appartamento, ma se invece vorrai una casa nostra non fa differenza: saresti tu a deciderlo.*
3. *Naturalmente dovremmo sposarci per procura. È una cosa molto facile, ma la faresti?*
4. *La tua famiglia acconsentirebbe alla nostra unione?*

Ti prego di analizzare bene le mie domande e di rispondere chiaramente. La mia situazione economica qui è discreta. Non sono diventato ricco (spero un giorno), ma ho un lavoro onesto. Da circa due anni sono impiegato in una banca, e spero di poter cambiare e migliorare. Qui mio padre è conosciuto, e inoltre è molto facile trovare lavoro, specialmente per chi, come me, ha conoscenza delle lingue.

Desidererei tanto ricevere una tua fotografia. Io non sono cambiato, forse un po' invecchiato, qualche ruga in più, ho ventisette anni ormai!

E tu? Come sei, come stai? Hai ancora il tuo lavoro?

Rimango in febbrile attesa di una tua risposta e ti prego di porgere ai tuoi i miei saluti.

A te invio un bacio, che spero accetterai.

Tuo,
Tonino

Il postino arrivava ormai col sorriso di un fratello. Consegnava la busta trattenendosi un poco, giusto per avere notizie di quella corrispondenza con l'estero. La missiva era sempre più spessa, quindi più fogli, più parole, più speranza. Ma la bocca di Maria era cucita, anche se era certa che tutti sapessero.

La lettera di Tonino la lasciò senza fiato. La lesse accanto a suo padre, a voce alta, nel cucinino, tra l'odore di caffè e l'umido della muffa. Nunzia ascoltava e annuiva, scuoteva la testa, sorrideva, poi tornava a scurirsi. Pareva persa in qualche posto buio, ma i suoi dubbi e i pensieri si leggevano come se fossero stampati sulle pareti di casa.

«Mo' cominciamo n'ata vota cu' Tonino...»

Maria voleva sposarsi, avere dei figli da amare e crescere nell'agio, nel benessere dei giorni buoni che lei non aveva avuto. Senza facce tirate per la fame, senza una guerra impressa negli occhi.

«Tonino ha classe, sapienza e lingua pulita. Una volta sistemata, potrei aiutare anche voi, darvi un sollievo economico.»

Stavano invecchiando, e lo sapevano. Sua madre peggiorava e non riusciva a curarsi.

Giovanni la fissò affranto.

«Maria, ho visto tanto male in questo mondo. La prima guerra, la seconda... I morti ammazzati, gli amici dispersi, dispiaceri e tanta fatica, tanta miseria. Soldi non ne ho, non ne ho mai avuti. Ma non è il denaro che fa ricco l'uomo, ricordatelo sempre. Io non voglio niente, se non la felicità tua e dei tuoi fratelli. Se vuoi sposare Tonino, se il suo amore ti fa contenta, allora sono contento anch'io» le disse. «Non pensare a noi, sei tu che vai lontano. Fatti coraggio e pensa a te stessa.»

Carissimo Tonino,

La tua lettera mi ha riempito il cuore di una grandissima gioia.

Ebbene sì, sono disposta a sposarti!

Tu sai quanto io tenga a mio padre, ai miei cari. Adesso qui a Napoli ho anche avviato una mia attività, lavoro tanto, i soldi sono pochi ma pian piano arrivano. Il sacrificio di staccarmi da tutto questo mi costerebbe molto. Ma pur di stare vicino a te lo farò, con la speranza di poter tornare presto.

Sposarmi per procura è poco simpatico, per una ragazza come me che ha sognato quel giorno immaginandosi in abito bianco e con lo sposo accanto. Ma se così si dovrà fare, lo farò.

La mia famiglia non si opporrà al mio desiderio. A loro importa solo di vedermi felice.

Ora che ho risposto in modo esauriente alle tue domande, voglio fartene una che per me è importantissima: la tua famiglia è al corrente di tutto ciò?

Rispondimi presto.

Tua,
Maria

22

Rio de Janeiro, maggio 1955

Severina Balestrieri sedeva nel soggiorno assolato. Il ventaglio raddoppiò il ritmo e le unghie laccate di rosso formarono strisce ondulate nell'aria. Gli occhi una fessura, un taglio dal quale usciva veleno e dolore. Paula, la domestica, disse qualcosa, ma non ottenne risposta e si dileguò nel corridoio.

Tonino s'era impuntato. Voleva sposare la sartina e non c'era verso di fargli cambiare idea. Quell'incosciente aveva minacciato di lasciare Rio, perché la nostalgia se lo mangiava a morsi e solo Maria l'avrebbe acquietato.

Non era tollerabile, ma bisognava ragionare. Lei non amava Napoli: servi mischiati ai padroni, gente che per un pezzo di pane era disposta a uccidere. Cosa ci trovasse di ammaliante suo figlio in quel luogo, per lei era un mistero.

Il padre della sartina aveva scritto, in una grafia stentata, una lettera di consenso ai due sposi.

"Eh già! La mira è il mio denaro, anche per loro!"

Non c'era altra spiegazione a quella decisione scriteriata.

Silvia si affacciò al soggiorno e la distolse dal pensiero. Scalza, coi capelli biondi sciolti sulle spalle e un pantaloncino cortissimo, pronta per andare alla *praia* di Ipanema. Era bellissima, altro che quella sciacquetta che Tonino andava a sposare. Peccato il carattere, però. Nessuno dei figli aveva ereditato la sua personalità, l'autorevolezza, il piglio dell'uomo che Severina, in cuor suo, avrebbe voluto essere e non era. Nessuno in famiglia, nemmeno suo marito, era in grado di decidere, comandare e gestire le cose come faceva lei. Quello che per tanto tempo aveva vissuto come un difetto, alla fine si era trasformato in un doppio vantaggio: aveva una testa da uomo nel corpo di una donna carica di fascino e temperamento.

Aveva aspettato un mese prima di rispondere agli Imparato: il tempo giusto per lasciar trapelare il suo distacco, la sua indifferenza.

Infine aveva scritto due righe in risposta al loro fiume di piaggeria, e le aveva fatte firmare a Raffaele, che se ne restava ignavo e indifferente a tutto ciò che lo circondava, inclusa la pazzia di Tonino.

Lo avrebbe accontentato, sì. Ma una volta arrivata a Rio, Maria Imparato non avrebbe voluto fare altro che scappare.

23

Napoli, gennaio 1956

Passarono otto mesi. Le lettere di Tonino continuarono ad arrivare puntuali, piene di racconti del Brasile e parole di rassicurazione per Maria.

Le diceva che sarebbero andati a Copacabana a fare i bagni come delfini e che avrebbero trascorso le serate con gli amici all'aria aperta, a gustare cibo buono e a divertirsi nelle giornate di festa.

A un certo punto le comunicò che sarebbero rimasti a casa dei suoi, almeno per qualche tempo, «per mettere da parte un po' di soldi».

L'idea non la entusiasmò affatto. Poche righe s'erano scambiate con i Balestrieri, sempre stringate, formali, di cortesia. In una di queste, Severina aveva sottolineato che Maria avrebbe vissuto per qualche tempo «nel lusso». Un modo sottile per ricordarle che quel lusso non le apparteneva.

La lontananza era uno scoglio gigantesco. La corrispondenza era il filo che legava l'uno all'altra. Si scambiavamo di tutto: fotografie, petali di fiori, quadrifogli, conchiglie. Una volta Maria sporcò di rossetto il filtro di una sigaretta tenendola tra le labbra e gliela inviò. Fu una cosa che Tonino gradì molto.

Alle volte Tonino inseriva pezzi di stoffa nella busta, per far scegliere a Maria i colori dei cuscini, del pouf, delle tende per l'arredo della loro stanza. Alla fine, però, decideva sempre lui.

In quell'anno la situazione cambiò. Nel quartiere, tra i conoscenti, Maria si era tramutata da "sartulella" in "gran signora". I vicini la rispettavano, sorridevano, le lasciavano il passo per strada, mentre fino a qualche giorno prima lei e il muro erano la stessa cosa.

Un pomeriggio incrociò Enrico. Così come tutti, aveva saputo che si sarebbe sposata di lì a poco. Maria avrebbe voluto fingere di non vederlo, ma se lo trovò davanti.

Lui sapeva che sarebbe scappata, la conosceva bene, quindi fu rapido nel dirle quello che teneva in corpo: «Non sono stato niente per te?».

«Lo sai bene cosa sei stato» lo freddò lei.

«Non m'hai fatto mai spiegare... perché?»

«Enri', mo' non ti pulire la coscienza dando la colpa a me!»

Tentò di prenderle un braccio, ma lei sgusciò via e riprese a camminare.

«Speriamo che fai la cosa giusta!» fece alle sue spalle, a voce alta.

«Perché? Stare con te lo era?» rispose lei, con l'odio che le uscì denso dalla bocca.

Sperò di non incontrarlo più. Detestava ammetterlo, ma faceva male, ancora tanto.

Nei giorni a venire, Maria iniziò a preparare i documenti, prima per il matrimonio e poi per l'espatrio. Dopo le file interminabili per il nullaosta, il certificato di nascita, stato civile, battesimo, cresima e carte varie, arrivò una doccia fredda. Con la missiva dell'11 gennaio, Tonino le comunicò d'essersi licenziato dalla banca. Con la liquidazione, aveva rilevato una cartolibreria insieme a Silvia, sua sorella. «Spero così di guadagnare di più» le spiegò, «poiché per il commercio è un periodo fiorente.» Maria voleva credergli, ma le parve una sciocchezza. E soprattutto le seccava che Tonino avesse preso una decisione simile senza confrontarsi con lei. Sebbene in preda a mille incertezze, non rispose nulla al riguardo. Sperò solo che sapesse il fatto suo.

Poi Tonino le fece un'altra richiesta, ancora più dura da digerire: voleva che lei arrivasse in Sud America attraverso il CIME, ovvero che partisse come emigrante.

Maria lesse quella lettera mangiando le parole, andava avanti cercando le ragioni di quella umiliazione. E quelle di Tonino erano chiare. Col CIME lei avrebbe viaggiato gratuitamente e lui avrebbe conservato i soldi per altre spese. I suoi genitori avevano dovuto acquistare il mobilio per arredare la loro stanza matrimoniale e, inoltre, s'erano impegnati a pagare il ricevimento del matrimonio. Di più non potevano, li giustificò.

Lo sconforto le venne addosso. In un istante Maria ebbe di nuovo dodici anni e si vide con Orazio, nel buco alla Cumana. «Emigrare è umiliante.» Tonino la convinceva con parole belle, di garbo e amore, la tranquillizzava dicendole che era la stessa cosa, che alcuni suoi amici sul transatlantico erano stati trattati da signori, ma lei vedeva rosso nell'inchiostro nero.

Avrebbe viaggiato da sola, ed era la prima volta che si allontanava da casa, lei che mai si era sporta oltre la collina di Posillipo. Aveva osato sperare in un viaggio aereo, rapido e sicuro.

Quando lo disse a casa, Nunzia sentenziò: «Piccere', là non ti vogliono. Te la fanno difficile, senti a me!».

La guerra di Maria non finiva mai, ma già tutto era deciso. Si sarebbe sposata per procura l'11 marzo nella chiesa di Piedigrotta, al braccio di suo padre, ed entro sei mesi sarebbe partita per il Sud America. Decise di chiudere quell'umiliazione nelle stanze della mente, come le aveva insegnato Pupella. Giurò che la vita l'avrebbe mangiata a morsi e quindi andò avanti col sorriso. Nessuno avrebbe dovuto sapere la condizione del suo viaggio. Per gli altri, al di fuori delle sue quattro mura, avrebbe viaggiato in cabina, con agio, come una gran signora.

24

Il 9 febbraio 1956, Napoli si svegliò sotto la neve.

I fiocchi venivano giù lievi e si posavano su piante e alberi, strade e piazze, nascondendo ogni miseria. I bambini si precipitarono per le strade imbiancate, disertate anche dalle auto, dai tram e dai filobus, e giocarono tirandosi addosso grosse palle di neve. Nell'aria rigida si avvertivano solo le loro risate cristalline. La città sembrava un paradiso di purezza.

La neve venne giù per ore. L'albero di mandarini pareva una scultura di ghiaccio, così come il roseto e il pergolato all'ingresso.

Gli Imparato restarono a osservare in silenzio lo spettacolo inconsueto, mentre il braciere quietava appena gli spifferi. Maria alitò sul vetro della cucina e disegnò con un dito le onde del mare. Avvertì una gioia intima, come se quella neve fosse un segno per lei.

Elena si voltò a guardarla sorridendo. «Hai visto Mari'? Che ti dicevo? È venuto a nevicare a Napoli e tu ti stai per sposare!»

In quei giorni di gelo, ebbero tutti un gran da fare. L'abito da sposa era pronto e perfetto. Una nuvola di tulle con un corpetto aderente a forma di cuore, e sulle spalle scoperte un giacchino di chiffon. Come promesso, Anna, Rita e Graziella lo avevano confezionato per lei, anche se lo sposo non era più Enrico. Purtroppo non avevamo considerato le temperature di quei giorni, ma Rita l'aveva rassicurata: «Sarai talmente emozionata che il freddo non lo sentirai neanche!».

La notte prima della funzione, Maria non riuscì a chiudere occhio. Sposarsi senza sposo era una cosa triste, ma andava per forza accettata. Era eccitata e aspettava di unirsi presto a Tonino, di ritrovarsi tra le sue braccia. E si immaginò l'amore: come sarebbe stato? Le sarebbe piaciuto? Tonino non era certo uno sconosciuto, eppure aveva la sensazione di fare un tuffo nel vuoto. Tutto era avvenuto così rapidamente che non si era presa la briga di soffermarsi su certi particolari, ma non voleva che nulla turbasse quella felicità.

Grattare e graffiare la vita poteva fare male.

Si sposò con un'ombra di rossetto e il velo tra i capelli, l'11 marzo 1956.

Elena, Rita e Anna l'aiutarono a sistemare l'abito. Era ingombrante, ma Gigino e Giovanni avevano fatto spazio nel soggiorno, anche perché, a fine cerimonia, avrebbero ospitato gli amici per un piccolo brindisi e i confetti. Portavano fortuna i confetti, Maria ci teneva. Tonino le aveva scritto che a Rio non si usava offrirli. A Napoli abbondò.

Cosimo Mennella, che si rese disponibile per il servizio fotografico, arrivò prestissimo. La fece appoggiare come una bambola di pezza ovunque ci fosse una sedia o un divanetto. Addirittura scattò una foto facendola sedere a terra, mentre le amiche allargavano il tulle.

Durante lo scorrere della giornata, Maria si sentì stordita. I minuti correvano senza il suo controllo. Il bagno era sempre occupato, Gigino non trovava la cintura, a Elena s'era smagliata una calza e Nunzia, seduta in disparte su una sedia in cucina, tossiva senza tregua. Maria capì che era una tosse nervosa, che il suo organismo l'aggrediva nei momenti di tensione o di paura. La raggiunse con timidezza, voleva che la vedesse in abito da sposa, con la coroncina che teneva il velo.

Nunzia rimase muta, ma in tutti quegli anni Maria aveva imparato ad ascoltare i silenzi di sua madre. Osservò i suoi occhi lucidi, per lo stento della tosse e per la commozione. Per la prima volta si abbracciarono, ed erano come nude, una nelle braccia dell'altra.

«Comme si' bella, ninne'...»

Maria avrebbe voluto piangere, ma non lo fece.

«Torno mamma', te lo prometto.»

Lei la strinse più forte.

«Voglio solo che sei felice, pure se nun te veche cchiù. Fatti coraggio Mari', tieni carattere... hai sopportato a me!» concluse con un mezzo sorriso.

Giovanni l'aspettava sull'uscio. Era bellissimo, nel suo abito grigio scuro, la cravatta argento con qualche fiorellino bianco appuntato sul reverse, i capelli sale e pepe impomatati e un profumo di Coty.

Le porse il bouquet. Il fioraio aveva intrecciato le foglie di camelia con le zagare appena spuntate dal suo albero di mandarino. Lei lo prese, lo odorò con delicatezza e si commosse profondamente per quel gesto così accorto e affettuoso. L'albero l'avrebbe accompagnata anche all'altare.

Giovanni fece il braccio ad anfora, Maria vi infilò il suo e uscirono di casa tra gli applausi di tutto il quartiere.

25

Esistono codici e leggi imposte per regolare i flussi migratori che sono difficili da affrontare e spesso valicano la ragione.

La mattina del 3 maggio, Maria passò la visita medica. Fu una cosa umiliante. La sede del CIME, il Comitato intergovernativo per le migrazioni europee, si trovava al porto, in un vecchio e fatiscente palazzo. Era un luogo triste, uno di quei posti dove le lacrime restano custodite nelle mura. Dopo aver chiesto informazioni, Maria era stata fatta accomodare in uno stanzone tetro, dove un uomo anziano, dall'aria annoiata e stanca, le aveva fatto una serie di domande relative al viaggio. Lei gli aveva consegnato il nullaosta, il certificato di matrimonio e gli altri documenti, che lui aveva osservato con lentezza estenuante. Dopo aver apposto firme ovunque, era passata in un'altra stanza dove c'era una signora anziana con tre giovani donne e una bambina. Avevano un'aria affranta, la bambina piangeva attaccata alla madre. Anche loro sarebbero partite, per raggiungere in Argentina il marito della primogenita. Erano rimaste in attesa per un quarto d'ora, poi era giunto un medico con dei fogli in mano.

L'uomo diede un'occhiata ai nomi e fece una sorta d'appello, quindi si avvicinò e frugò a turno tra i loro capelli, come se fossero bambole di pezza, senza curarsi di spettinarle o di farle sentire a disagio. Guardò nelle orecchie con un aggeggio strano, poi visitò la gola e ispezionò le mani.

«Spogliatevi» disse monocorde, in tono indifferente, «togliete via tutto.» Le donne si guardarono imbarazzate.

«Cioè… nude?» chiese Maria. Oltre allo specchio di casa, nessuno l'aveva mai vista senza niente addosso.

«Sì, certo. È la prassi.»

Non c'era da fare storie. La scelta di partire era stata fatta tanto tempo prima e bisognava accettarne le regole. Maria tirò via la gonna, la camicetta e la sottana, quindi sfilò mutandine e reggiseno, che pose sulla sedia di fianco. Chiuse gli occhi. Il medico guardò sotto le ascelle e sfiorò la pelle liscia, tastò la schiena, auscultò il petto, la fece tossire. Guardò tra i peli scuri dell'inguine, le labbra della vagina, appena appena tra le natiche e poi scese sui piedi, esaminando anche le dita. Maria pregava Dio che la vergogna passasse in fretta. Quando non sentì più le sue mani addosso, comprese che era passato a ispezionare la donna accanto e si vestì masticando la rabbia.

Dopo circa un'ora, seppe che sarebbe partita il 22 agosto alle sette di sera, e che qualche giorno prima dell'imbarco sarebbe dovuta passare in sala medica per le vaccinazioni, per il visto e il bollo da emigrante.

Sorrise amaro.

Iniziava così la sua nuova, lussuosa vita?

Tre mesi passarono in fretta. L'alba del 22 agosto, a Napoli, trovò Maria già sveglia. Le braccia allacciate alle ginocchia e gli occhi fissi sulle vecchie mura di casa. Era certa che le sarebbe mancato quel gesso male intonacato, e pure i buchi dei tarli nei mobili, la vecchia specchiera di sua madre, le sedie di paglia un poco sfilacciate. Misere cose che aveva odiato e che adesso parevano preziose e insostituibili.

Tre giorni prima, alcuni addetti del CIME erano andati a prendere i due bauli che avrebbe portato in Brasile. Prepararli non era stato semplice. Elena l'aveva aiutata in silenzio, con la bocca tirata all'ingiù. Adagiava i vestiti uno sull'altro, chiusi nel cellophane. Infilava le scarpe nelle scatole, sistemava la biancheria nella carta velina. Maria non avrebbe mai pensato di desiderare una delle sue vecchie battute acide, al posto di quell'addio terribile e muto. Il viso afflitto di sua sorella le faceva presagire che forse a Napoli non ci sarebbe tornata mai più. Gigino si sforzava di sorridere, Giovanni tentava di non piangere, mentre Nunzia si era chiusa nella sua vecchia corazza.

Stava infliggendo loro un dolore che non credeva potessero provare. E questa improvvisa consapevolezza le fece il cuore a pezzi.

«Che so' 'ste facce da funerale!» esclamò, sperando di tirarli su. «Mo' torno, non abbiate paura. Io e Tonino ci mettiamo da parte i soldi e ci compriamo casa a Napoli. Magari a Posillipo, sul mare! E voi vi trasferite insieme a noi. Siate allegri, se no porta male!»

«Ma tu ci credi a queste cose?» fece Elena monocorde, lo sguardo affranto dentro gli occhi azzurri e un sorriso smozzicato. «Alla sfortuna, intendo.»

«Bisogna difendersi anche dalla malasorte, Elenu'!»

Nunzia teneva il viso triste poggiato al vetro.

«Mamma', andiamo, su. È arrivato zio Pasquale col taxi. Non facciamolo aspettare, ché ci fa una grossa cortesia ad accompagnarci al porto.»

Lei distolse gli occhi dal suo nulla e la guardò.

«Mari', a quella gente, se gli fai credere d'essere i padroni, diventeranno schiavi. Non ti scoraggiare, sii forte.»

Si infilò le scarpe storpiando il viso per il dolore e sparì nell'oscurità del corridoio.

Maria bevve la sua voce come una stilla di saggezza. A modo suo Nunzia era sapiente, possedeva l'esperienza che viene dalle privazioni, dal sacrificio. Si illuminò, e capì che se sua madre non fosse stata così dura lei non sarebbe divenuta la donna che era.

Di quell'attimo Maria conservò il ricordo nitido della porta che si chiuse alle sue spalle, il rumore della chiave nella toppa, il respiro di suo padre e, passo dopo passo, la lotta che fece per non dimenticare mai.

26

Il transatlantico *Paolo Toscanelli* toccò Genova all'alba.

Maria non aveva dormito, se non a tratti, e quegli attimi di sonno parevano febbre e delirio. Il puzzo disgustoso e ripugnante di quella stiva non l'avrebbe dimenticato mai più.

I lamenti dei bambini intorno la riportarono indietro, al tempo dei ricoveri. Se teneva gli occhi chiusi era ancora lì, come se non ne fosse mai uscita.

Con le due compagne di letto, Assunta e Teresa, si prepararono facendo la fila al bagno, quindi scesero per il rancio.

I pasti erano distribuiti per gruppi di sei persone, una delle quali, a turno, ritirava le vivande nelle cucine e le portava nella stiva. C'era tanta, troppa gente, infilata ovunque. Non c'era uno spazio a sedere che non fosse occupato da un bambino o da qualche anziano. Le donne più giovani prendevano la razione di cibo e la portavano ai piccoli, che consumavano i pasti seduti a terra, tra gli insetti e lo sporco.

Lo stomaco di Maria si chiuse per l'avvilimento e lei salì di sopra, per prendere un poco d'aria. Strinse gli occhi. Il vento la riportò all'ombra del mandarino, sotto le sue fronde protettrici e sicure. La distanza le fece rendere conto che l'albero stava diventando la cosa più preziosa che aveva, un posto in cui rifugiarsi, il suo luogo della mente che, come le aveva insegnato Pupella, nessuno le avrebbe mai potuto togliere.

Lenta scese la sera. Appoggiata al corrimano, con la tristezza nel cuore, Maria guardò il mare. Quel mare bellissimo poteva essere tomba o futuro. Pensò al suo Paese, un popolo di poeti, santi e navigatori che in realtà si stava trasformando in terra di emigranti afflitti e abbandonati. Si sentì in catene, avrebbe voluto rubare ai marosi un po' di libertà. Avrebbe viaggiato diciassette giorni in quelle condizioni. La bocca le tremò e fu sul punto di piangere, quando scorse il comandante. Le venne incontro camminando con passo deciso, abile sulla sua nave. Poteva avere sessant'anni, la pelle scura, sgualcita come un letto disfatto, i capelli bianchi sotto il berretto e una rada, candida barba.

«Soffre il mare?» le chiese gentile.

«No...»

Lui la osservò, poi prese a guardare l'orizzonte, gli occhi infilati nella luna piena.

«Ho saputo che siete in tre a viaggiare per il Sud America.»

«Sì. Non è facile partire, andare lontano...»

«Lo so» disse lui con rammarico. «Ne porto tanti dall'altra parte dell'oceano. È un dolore continuo.»

Ed ecco che, all'improvviso, a Maria venne alle labbra la parola "esiliata" che racchiudeva lo strazio di chi era costretto a lasciare la propria terra per tentare d'avere una vita migliore.

«Questa è la spartenza. Dividerci dai nostri cari e partire per sempre. La terra nostra ce la portiamo appresso, nel cuore...»

Lo sguardo di compassione del comandante le fece capire che anche lui aveva sentito pronunciare quella parola dura. La spartenza era la faccia amara della partenza. Era un dolore, ma anche una rinascita. Chiudere i sogni nella valigia e tentare di realizzarli per evitare ai propri figli gli stenti dai quali si fugge.

Sulle sue labbra affiorò un sorriso lieve e delicato.

«Da ora passerete al piano intermedio. Di fianco alle scale ci sono quattro letti d'emergenza. Non sono cabine, paiono più cuccette da vagone letto, ma almeno non starete nella pancia della nave. E mangerete nel salone principale. Potrete fare anche il bagno in piscina, quando verrà aperta. Se qualcuno dabbasso dovesse chiedervi qualcosa, direte che c'è stato un errore all'imbarco e che ho io i biglietti di seconda.»

Continuava a guardare l'orizzonte e per un istante Maria pensò che stesse parlando al vento. Quell'uomo la stava salvando da un inferno.

Nella sua testa mille parole si affollarono nel tentativo di trovare quelle giuste. Delle tante, una sola venne alle labbra.

«Grazie...»

PARTE TERZA

La terra delle opportunità

27

Maria arrivò nella Baia di Guanabara il 7 settembre alle quattro del pomeriggio, giorno di festa nazionale della città.

Rio de Janeiro, vista dalla nave, la stordì. Pareva enorme, coi grattacieli infilati nel verde delle colline, il porto immenso, le strade lunghe con auto lussuose che sfilavano veloci. Era emozionata. La luce forte le induceva un turbamento lieto, una pienezza. Da lontano scorse Tonino, sul molo ad aspettarla. Era il sogno che si concretizzava.

Appena scese, gli corse incontro.

«Finalmente... finalmente...» sussurrò lui fra i suoi capelli. Le diede un bacio di fuoco, morse anche la lingua e una goccia di sangue rimase sulle sue labbra. Era passione la sua, forte, Maria doveva viverla, doveva crescere. La pesantezza dell'addio alla sua città si sollevò per rinnovare l'amore che c'era stato un tempo e che ora si ripresentava.

L'auto sfrecciò lungo Copacabana. Alla guida di una lussuosa Dodge Coronet c'era un dipendente del padre di Tonino. Un uomo giovane che l'aveva accompagnata allo sportello come se dovesse salire in carrozza. Dal finestrino sfilò lunghissima la spiaggia, l'orlo del mare che si posava sulla rena. Maria notò che le onde erano quiete, non tempestose come nel golfo di Napoli. Molta gente correva lungo il marciapiede, alcune ragazze in bikini, gli uomini, moltissimi neri, in pantaloncini e canotta, i volti sorridenti, disinvolti. Tonino le accarezzò i capelli, poi armeggiò in una tasca e prese la sua mano.

«Il mio regalo di nozze» disse, infilandole un anello di brillanti all'anulare.

Muta e stordita, Maria osservò la mano ingioiellata.

«Non svegliarmi, sto sognando...»

Lui rise e l'abbracciò di nuovo. Lei era al settimo cielo, tutto pareva bello, fuori e dentro di sé.

In breve l'auto arrivò nel quartiere di Ipanema, dove abitava Tonino. Entrando nel vialetto Maria scorse la casa in cui avrebbe vissuto anche lei. Pareva un cottage americano, con grandi vetrate che si aprivano sul giardino curatissimo. L'esterno era di mattoncini rossi, con un ampio patio e grossi vasi che scoppiavano di fiori e rampicanti di un verde intenso che si avvolgevano a colonnette in legno, accanto alla porta d'ingresso.

Lì, sull'uscio, dritta come un fuso, c'era lei. Severina.

Maria tremò, il sorriso tremò, le mani tremarono. Nonostante la corrispondenza garbata, che s'era infittita in quell'anno, non sapeva come l'avrebbe accolta. Alle sue spalle comparve Silvia, bellissima e raggiante. Le corse incontro e l'abbracciò forte, trasmettendole una serenità di cui aveva davvero bisogno. Anche Raffaele Balestrieri li raggiunse in giardino per accoglierla, e lei si commosse, quando la chiamò "figlia".

Ma aspettava il gesto di Severina, potente nel bene e nel male. Era da lei che dipendeva il suo futuro, Maria ne era certa come lo era d'essere viva. Vide che spegneva la sigaretta nel posacenere, che con eleganza poggiò su un tavolino. Indossava occhiali da sole scuri, a farfalla. Avanzò con lentezza, sfiorando le foglie del giardino, come se stessero girando un film e lei fosse la diva, la protagonista che appariva in pellicola. Era bellissima e regale, vestita in maniera impeccabile. Quando fu a un passo, sfilò le lenti e finse un sorriso. C'era disordine nei suoi occhi, qualcosa che non riusciva a controllare, ma comunque tese le braccia verso Maria.

«Benvenuta nella mia casa» esclamò.

Tutti tornarono a respirare e Maria si rese conto che anche le azioni e le reazioni degli altri dipendevano da lei. Le si avvicinò timida e la strinse, sperando di piacerle, di riuscire a farsi voler bene.

L'interno della casa era bello quanto l'esterno. Silvia, insieme a Paula, la cameriera, le fece fare il giro guidandola come in una visita al museo.

"Modernità", ecco la parola che le veniva in mente. Il salone era ampio e curato, con colori chiari, freschi, i tavoli erano di vetro trasparente e luccicavano, il pavimento splendeva come se si camminasse sull'acqua. C'era una sala adibita a cinema, con uno schermo enorme, qualcosa che non credeva potesse esistere. La cucina era immensa, coi fornelli inox e un doppio acquaio. E c'era un frigo, molto più grande di quello della signora Orlando, con dentro ogni ben di Dio. Severina aveva il bagno in camera, comunicante con l'altro padronale. Parevano acquari, con le vasche in ceramica e docce a spruzzo tra mattonelline celesti e blu. Per la camera degli sposi, Tonino aveva scelto il rosso per le tende, gli scendiletto e le poltrone. C'era una toletta con la specchiera, cassetti e secrétaire, pomelli dorati e armadi in legno di cedro chiaro che arrivavano fino al soffitto. In un angolo c'era il cavalletto con un dipinto non ancora terminato, e pennelli e colori accanto, mentre alle pareti erano esposti i quadri che Tonino aveva dipinto in quegli anni. Maria rimase incantata a guardarli, così come lo fu di tutto il resto. Non aveva mai visto nulla di simile.

Tonino l'abbracciò ma lei restò immobile, con un brutto presentimento.

Non solo Dio: anche il diavolo si nasconde nei dettagli.

Alle otto in punto la famiglia Balestrieri si mise a tavola per la cena. Fuori l'aria era mite e una brezza lieve portava i profumi dalla cucina.

Raffaele aveva preparato un menù italiano. Sartù di riso, brace di carne e, unico sfizio locale, il *pão de queijo*, caldo e filante. Maria pregò d'essere in grado di mangiare bene, usando le posate giuste, non macchiando il tovagliolo di pizzo. Severina sedeva al centro, la faccia imbellettata e un sorriso acquiescente, freddo come una lama. Conversava amabilmente di viaggi, di incontri, di automobili e denari. Poi si parlò di figli.

«Non so se conviene averne...» esordì. «Niente al mondo ti può inchiodare a terra, tranne un figlio.» E poi rise, come se non avesse detto niente di grave, rise, pizzicando il bel visetto di Silvia che la guardò sgranando gli occhi.

A Maria sembrò un parlare a vanvera. Lei aveva la speranza integra della giovinezza, Severina no, forse per questo s'era indurita. Riversava, attraverso piccole acide parole, il suo cruccio d'essere invecchiata, la paura di non avere più voce in capitolo. Sputava veleno, come i serpenti, e poi si richiudeva in gesti tranquilli.

Così decise di rimanere in silenzio, di annuire, sorridere quando veniva servita, dire grazie e prego a seconda dell'occasione.

Dopo cena, si passò a conversare nel patio. Da lontano arrivava la musica di una radio, forse un giradischi, e risate femminili accattivanti. Silvia chiese a Maria del viaggio, e lei le raccontò della gentilezza del comandante, delle compagne che adesso erano in navigazione verso l'Argentina. Silvia le raccontò del suo imminente matrimonio con Alfredo Alves Martins, un ragazzo portoghese di buona famiglia, un affarista agiato, con un buon carattere. Parlarono come vecchie confidenti fino a quando Tonino non prese la chitarra, l'accordò e iniziò a cantare la canzone che aveva scritto per lei: *Maria,'na chitarra e 'a luna...*

Si sentiva frastornata. Tutto era così diverso dalla sua casa, dalla sua gente. Le sembrava d'essere in una bolla iridata e la sensazione l'accompagnò fino a quando, alle dieci precise, Severina non ruppe l'incantesimo.

«Maria, cara, ti informo su alcune abitudini della casa. Mi piace essere chiara sin dall'inizio. Dunque, la colazione viene servita in soggiorno dalle otto alle nove. *Oltre non si può*, poiché Paula dovrà rigovernare la casa. Tu ti occuperai di sistemare la vostra camera. Il pranzo viene servito all'una, la cena alle otto. *Oltre non si può*, perché Paula dovrà riordinare la cucina. Nel pomeriggio io riposo dalle quattro alle cinque, per cui non vorrei essere disturbata. Infine, la sera vado a letto alle dieci e trenta, e dalle undici ti pregherei di non accendere luci né usare il bagno, altrimenti potresti svegliarmi con lo sciacquone. Sono dettagli» concluse perentoria, «ma fondamentali per una pacifica convivenza.»

Quindi si alzò augurando la buonanotte. Le luci nel patio vennero spente e il gruppetto rimase al buio. Raffaele seguì sua moglie dopo un minuto e Silvia si avvicinò.

«Maria, se vuoi puoi dormire con me prima della cerimonia in chiesa. Ma siete sposati e non vi vedete da tanto tempo. La camera è pronta, decidi tu.»

«È tempo che faccia la moglie» rispose decisa.

Silvia le strinse il braccio con affetto e rientrò.

Maria rimase al buio accanto a Tonino. Lui approfittò dell'oscurità per baciarla.

«Andiamo a letto anche noi.»

«Eh sì, sono già le dieci, non vorrei sbagliare orario» rispose ironizzando. «*Oltre non si può*...»

Lui si incupì.

«Mamma è fatta così. Ma in fondo le sue regole sono solo piccole cose senza importanza.»

Maria tentò di contenersi, ma l'ansia la assalì.

«Senza importanza? Non sono neanche arrivata, sono lontana mille miglia da casa... poteva aspettare qualche giorno almeno.»

Poi le venne in mente ciò che le aveva consigliato sua madre: "Falle credere di essere lei la padrona…".

«Hai ragione tu» concluse, «rientriamo.»

Tonino non parlò, le cinse la vita e scivolarono all'interno.

In camera da letto l'abbracciò, la baciò con impeto, la spogliò. Maria era imbarazzata, ma doveva lasciarlo fare. Non sapeva niente sul sesso e sull'amore, mentre lui sì, lo capiva da come toccava e affondava i denti nei punti belli, parti di sé che non credeva potessero dare piacere. Si abbandonò e lui, d'un tratto, armeggiò sul comodino e le mise un tubetto di crema fra le mani.

«Cos'è?»

«Per non restare incinta. Mia madre l'ha presa per te. Spalmala con delicatezza.»

Maria ebbe un turbamento.

«Sei pazzo? 'Sta schifezza non la metto neanche morta!»

«È solo per i primi tempi… Così aspettiamo d'avere più soldi, una casa nostra…»

«M'avevi chiesto di scegliere dove vivere, poi l'hai fatto tu. Hai deciso come dovevo viaggiare, che mobili mettere nella nostra camera. Ora decidi anche questo? Figli ne voglio, altrimenti non mi sposavo!»

Furiosa, indossò la vestaglia e si chiuse nel bagno. Dopo un'ora tirò lo sciacquone, per dispetto. Quando rimise piede in camera, Tonino s'era addormentato.

L'eco dello sciacquone risuonò appena nella stanza padronale e ferì le orecchie di Severina.

«Che insolente!» esclamò, sollevando la mascherina.

Raffaele allungò una mano verso di lei.

«È cosa da niente, non esagerare!»

«Siete tutti impazziti in questa casa?» sibilò tra i denti. Nel buio i suoi occhi si dilatarono come quelli di un uccello.

Raffaele accese la luce e per poco non rovesciò la sveglia. La guardò severo. «Rina, ce l'ho con te stasera e devi saperlo.»

«Con me? Questa è bella!»

«Quella povera ragazza. Ti sembra il caso di trattarla così il primo giorno? L'hai fatta sentire a disagio.»

Si tirò su e costrinse sua moglie a una conversazione che, con ogni probabilità, lei non voleva avere.

«Perché hai acconsentito al matrimonio?» insistette. «Se avessi voluto saresti riuscita a dissuadere Tonino, ne sei stata sempre capace.»

«Se l'avessi fatto mi avrebbe odiata. Maria sarebbe diventata un miraggio e io l'ostacolo alla sua felicità. Questo matrimonio è un capriccio, Raffaele. E Tonino è un uomo, bisogna fargli passare qualche sfizio.»

«Qualche sfizio? Ma che sciocchezza dici? Quella ragazza ha attraversato l'oceano! Sono sposati, Rina, non è un'avventuretta.»

Attonita, Severina si sentì travolta dalle deduzioni di suo marito. Doveva tenere testa ai propri pensieri, ma questi venivano fuori senza controllo.

«Per il momento!» proruppe acida. «Appena Tonino rinsavisce, la rispedisco a Napoli. Non me lo ruba il figlio maschio, non glielo consento!»

«Tonino è innamorato, non è un pazzo. Vuole dei figli, una famiglia.»

«Tonino è innamorato di Napoli, non di lei. E riguardo ai figli, non se ne parla! Ora spegni, s'è fatto tardi.»

Raffaele tentennò, lo sguardo perso sul viso di sua moglie. Per la prima volta si chiese quale fosse il demonio che s'era impossessato di lei. Tuttavia, non aggiunse altro e cercò di richiudersi nel suo equilibrio. Continuare a indispettirla avrebbe solo peggiorato le cose. Del resto non s'era mai intromesso nelle decisioni che riguardavano i figli. Non l'aveva fatto né con Rosa né con Silvia, e non l'avrebbe fatto neanche con Tonino. Era troppo preso dal lavoro e dalle responsabilità per occuparsi di tutto il resto, o almeno così si giustificava, convincendosi che l'assenza in famiglia era compensata dall'agio economico.

A ogni modo, la sua l'aveva detta. L'ordine fu rispettato come sempre, e la luce venne spenta.

28

Di quella prima notte non s'era più parlato. La crema sparì e Maria accolse l'offerta di Silvia di dividere la stanza con lei.

«Non c'è stato alcun litigio» la rassicurò. «Ma preferisco rimandare le questioni amorose a dopo la cerimonia.»

Il 19 settembre lei e Tonino si sposarono nella chiesa di São João Bautista. La sera del ricevimento si trasferirono all'hotel Regente a Copacabana. Avrebbero soggiornato lì due settimane, regalo di nozze dei Balestrieri.

Furono giorni belli, tranne la prima notte. Nuda, impacciata, inesperta, Maria ebbe quasi vergogna. Non provò piacere, ma era sicura che avrebbe imparato l'amore e sperò di disimparare l'odio, in quella sua nuova vita.

Lontano da Severina e dalla sua casa, i suoi occhi vedevano tutto in un altro modo. Ebbe anche il tempo per scrivere ai suoi genitori. Era ansiosa di rassicurarli, così decise di non parlare né della crema né della suocera. Voleva far credere loro che fosse tutto perfetto.

Rio, 25 settembre 1956

Carissimi genitori,

Sono arrivata a Rio, per i bauli è andato tutto bene. La casa di Tonino è molto bella e moderna. Qui è come l'America.

Il giorno del matrimonio è stato il 19 del mese. Ho indossato di nuovo il mio vestito bianco, e non potete immaginare come stavo bene, ero molto più carina dell'altra volta. A Napoli, quel giorno c'era tanta confusione ed ero davvero stanchissima, qui invece avevo un viso fresco e mi hanno pettinato alla perfezione, quasi non sembravo io. Mia suocera era elegantissima. Aveva un vestito scuro con un grande cappello bianco e nero. Non so se si indossa ai matrimoni il nero, ma a lei stava benissimo. Silvia era vestita di rosa ed era stupenda. Alle cinque sono venuti a prenderci con un'automobile grigia, di quelle grandissime. La chiesa era gremita di gente che voleva conoscermi. Gli invitati erano tutti molto eleganti, gente dell'ambasciata, dell'alta società, tutti con il cappello e con lussuose toilette. Tonino, per la cerimonia, ha messo il tait. Sapete, quello con i pantaloni a righine, e il gilet? Poi vedrete dalle fotografie, che spero siano venute bene, perché il fotografo era ubriaco e scattava a casaccio. Comunque è stato un matrimonio di lusso, proprio come desideravo. Ero felice, mancavate solo voi.

All'uscita ci hanno tirato addosso tre chili di riso, che porta fortuna, e poi siamo venuti qui, in questo grande hotel di Copacabana, per il buffet. È diverso da come lo facciamo noi. Prima c'è stato un cocktail in grande stile, proprio come nei film, tutto era sui tavoli addobbati coi fiori e c'era whiskey, guaranà, Coca-Cola, gin, cachaça, champagne infilato nel ghiaccio e tanti stuzzichini. E poi rustici di ogni forma e colore, sartù di riso, vitello tonnato, prosciutto, tacchino e a seguire i pasticcini, i gelati, le creme varie. In ultimo la torta nuziale e il brindisi. Avrei voluto che vedeste tutto questo benessere.

Alle dieci ho messo il vestito da viaggio, quello di seta a fiorellini col cappello. Tutti gli invitati si sono congratulati con me per gli abiti, sembravo davvero una gran signora!

Ora vi scrivo dalla nostra stanza in hotel. Copacabana somiglia un poco al golfo di Napoli, solo manca qualcosa, non saprei dire, il mare fa un rumore diverso. Rio de Janeiro ha delle strade immense, alti palazzi, è moderna, diversa da come mi aspettavo. Sono stata in una funivia che pareva di stare in aereo, fino in cima al Pão de Açúcar, e poi il Corcovado, dove c'è il Cristo

Redentore. Dicono che è così grande per contenere tutte le preghiere. Ne ho fatte tante per voi.

Fra poco esco per la cena. Non vi dico, pranziamo sempre in ristoranti di lusso, andiamo a teatro, insomma, sto facendo una vita brillante, proprio come desideravo. Sono anche un po' ingrassata sui fianchi e sulle braccia, ma il vitino è sempre piccolo. Ho fatto un bel corpicino, i vestiti mi vanno a pennello e a Tonino piacciono così, molto attillati.

Mamma, papà caro, vi ringrazio per avermi aiutata e sostenuta. Qui, da lontano, sento di amarvi ancora di più.

Proprio oggi pensavo, mamma, che non ci siamo mai dette: "Ti voglio bene". Io te ne voglio, tanto, e spero anche tu ne voglia a me.

Sorridete per me, molto e spesso.

Vi stringo,
Maria

29

Rio de Janeiro, 10 ottobre

Il rientro a casa Balestrieri significò tristezza.

Tonino era tornato a lavorare in cartoleria insieme alla sorella e ogni mattina usciva alle otto e trenta, dopo aver fatto colazione. Raffaele Balestrieri all'alba era già fuori di casa, mentre Severina si intravedeva alle otto e dieci per un rapido caffè e poi si ritirava nella sua stanza, dove restava chiusa come in una custodia per almeno un'ora, fino a quando non ne usciva in una scia di creme pregiate e profumi buoni. La toeletta era la sua messa quotidiana, nella sua camera pettini, forcine, rossetti, cipria e pennelli erano allineati come reliquie su un altare. Quando finalmente usciva, infilava una sigaretta nel bocchino e dava disposizioni a Paula per il pranzo.

Nel frattempo, Maria rimaneva sola tra le mura immacolate della villa, muta come lei. Nonostante la luce forte, in quella casa pareva notte anche di giorno.

Era certa che Severina si chiedesse se avesse o meno usato la sua pomata. La osservava mentre impartiva comandi a Paula, al giardiniere, scriveva lettere a chissà chi, telefonava a qualche amica parlando in perfetto portoghese e rideva delicata, organizzando cocktail sulla spiaggia o apertivi in grande stile.

Ogni tanto le chiedeva se stesse bene o se avesse bisogno di qualcosa.

«La camera ti piace? Dormi bene la notte? Puoi chiedere a Paula se ti serve aiuto in qualche modo.»

«Grazie, no… cioè, sì, è tutto molto bello…»

Maria era intimidita, ma doveva tener duro, per cui le rispondeva garbata e tentava un approccio, anche per non morire di solitudine.

«Se posso essere utile, non so, per qualsiasi cosa…»

«No, grazie, non preoccuparti. Pensa a stare bene.»

Erano dialoghi a strappi, faticosi. Lei respingeva i suoi sorrisi, oppure se li prendeva e ne faceva quello che voleva. Ai suoi Maria scriveva sempre dicendo che andava tutto bene, che la nuova vita era perfetta, mentre invece non faceva altro che aspettare l'ora di pranzo per dividere il cibo e qualche parola con Silvia e Tonino.

C'erano sere in cui si giocava a carte, oppure si ospitava qualche amico dell'ambasciata, e lì si divertiva, cominciava pure a imparare qualche parola di portoghese, ma la suocera non mancava di metterla in difficoltà. Seduta al tavolo da gioco la chiamava schioccando le dita, quasi come se non ne ricordasse il nome. «Puoi versarmi da bere?» comandava, oppure le chiedeva di preparare una limonata. Agli altri la presentava dicendo: «Lei è Maria», come se fosse una che si trovava lì per caso. Mai aggiungeva: "Mia nuora, la moglie di Tonino".

L'ozio era un massacro. I minuti non passavano e il caldo peggiorava le cose. Alle volte Maria andava al mare, ma non sapeva nuotare, si reggeva alle boe delle barche, alle cime. Da sola non si divertiva, aveva paura. Così iniziò a leggere con più frequenza. Tonino aveva libri di vario genere, e presto lei si appassionò alle sorelle Brontë, a Dumas, ai gialli di Arthur Conan Doyle e a Oscar Wilde. Un giorno nella libreria trovò un volumetto di Eduardo de Filippo, la commedia *Le voci di dentro*, e ne rimase incantata. Leggere Eduardo era un po' come tornare a Napoli, al chiasso di casa sua, ai pomeriggi all'ombra dell'albero di mandarini. I vicoli assordanti, le passeggiate a Mergellina, la gioia del campanile di Piedigrotta, le voci calde impastate ai profumi… Tutto questo le mancava al punto che si chiese se valesse la pena essere ricchi in un altro posto che non fosse la propria città.

Un pomeriggio accadde un fatto spiacevole. Maria incrociò Silvia nel corridoio e vide che stava per uscire. Anche lei stava per sposarsi, e in quei giorni lasciava spesso Tonino in cartoleria e girava per i negozi in cerca di biancheria e vestiti per il corredo.

Maria si fece coraggio e le si avvicinò sfoderando un sorriso.

«Posso accompagnarti? Mi sento sola, mi piacerebbe andare in giro insieme a te.»

Silvia parve fare uno sforzo nel risponderle. Balbettò qualcosa, agitata, pareva un insetto in fin di vita. Poi comparve Severina alle sue spalle.

«Non mi sembra il caso» proclamò, «è una cosa di famiglia, potresti annoiarti.»

Maria sentì di detestarla, ma scavò dentro di sé per trovare una risposta giusta ed equilibrata.

«Le cose della famiglia adesso appartengono anche a me. Ne faccio parte. E non mi annoierò, vengo volentieri.»

«Magari la prossima volta» rispose Severina, chiudendo la conversazione. Negli attimi di vigore, sembrava che tutte le energie le si radunassero intorno per farla brillare. Ma oltre la luce, Maria vedeva nero.

«Al mio paese le persone non si trattano con questa freddezza!» protestò.

La frase non scalfì la roccia.

«Bene, allora tornaci pure quando vuoi» rispose la suocera, vibrando appena nella voce. Quindi appoggiò la mano sul braccio di Silvia e la trascinò via nel corridoio.

Maria rimase immobile per un istante, poi corse in camera sua e si gettò sul letto col pianto alla gola. Non c'era verso di penetrare nel cuore dei Balestrieri; quel mondo non le apparteneva e Severina non mancava mai di rammentarglielo.

Dal cassetto tirò fuori la spilla di Pupella e la fece brillare al sole. Quell'oggetto con gli anni era divenuto quasi un amuleto che la faceva sentire protetta, era l'unica luce nei suoi momenti oscuri.

Fece quello che avrebbe fatto Pupella: si sciacquò la faccia, si pettinò, mise un velo di rosso sulle labbra. Doveva proteggersi dalle cose tristi e dalle ingiustizie della sua nuova esistenza, e per farlo aveva bisogno di allontanarsi da quella casa.

Come quando era bambina, uscì da sola con qualche cruzeiros, pronta a perdersi nei vicoli, a lasciarsene inghiottire. Solo che a Rio i vicoli non assomigliavano a quelli della sua infanzia. Era molto bella, ma la lasciava perplessa. In alcune zone i grattacieli e i palazzi opprimevano, toglievano il fiato. Era una città che non insegnava.

Doveva esserci qualcosa di più, si disse. Così, dopo un tratto a piedi, su rua Barão da Torre prese un autobus, scese al capolinea e si infilò al volo su una corriera piena di gente. Il mezzo si avviò lento, fece gimcane tra vicoli colorati e proseguì fino a quando la via non si assottigliò e morì davanti a un portone.

In un portoghese stentato, Maria chiese all'autista: «*Onde estamos?*».

Le sembrò che ridesse, forse per il suo accento. Allungò il braccio fuori dal finestrino e indicò una collinetta oltre una grata.

«*Rocinha. Fim da linha!*»

Capì che doveva scendere. Nel sollevare lo sguardo si scontrò con una miriade di colori. Le case si arrampicavano l'una sull'altra come mani intrecciate ed erano tinte di verde, turchese, giallo, rosa, rosso, viola, arancio.

Alle sue spalle il motore della corriera si acquietò e l'autista disse a voce alta: «*Tenha cuidado!*». Maria non comprese e si incamminò.

Non le ci volle molto per capire che doveva stare attenta.

Diede un'occhiata alla guida e lesse la parola *favelas*. Tonino gliene aveva parlato, le aveva detto che erano un luogo di miseria, di droga, prostituzione e mercato nero. Ma lei veniva dai vichi, dai buchi infami della guerra e dalla povertà assoluta.

In uno spiazzo c'erano dei ragazzini che giocavano con un pallone fatto di carta di giornale che si sgretolava a ogni tiro. Non appena la videro, le andarono incontro osservandola, decine di occhietti furbi da topo che la scrutavano da capo a piedi. L'unica cosa che li differenziava dagli scugnizzi era il colore della pelle.

«*Você me dá uma moeda?*» disse uno di loro, mentre le girava intorno tendendo la mano con solo una mutanda slabbrata addosso.

«*Não entendo*» rispose lei allargando le braccia.

Il bimbo si incupì e corse tra i cumuli di immondizia. Maria guardò in alto. C'erano uomini di colore accovacciati sugli angoli dei tetti, come sentinelle a guardia di un fortino. E su ognuno di quei tetti c'erano bacinelle per raccogliere acqua. Giù, invece, spranghe alle finestre di case che spuntavano ovunque, allagate, fetide, circondate da letame. Avanzò tra lenzuola che dividevano pareti scheletriche, tra il caldo asfissiante e un fetore di cose fradicie. Alcuni vecchi se ne stavano sugli usci di casa con le facce intessute di tristezza, le ossa che sporgevano come se solo un filo di pelle scura le coprisse. Donne e bambini spuntavano qui e là e le sorridevano, o sorridevano tra loro, chiedevano l'elemosina e poi correvano a nascondersi in qualche anfratto. I piccoli parevano già vecchi, tra quelle mura colorate nessuno aveva niente, tranne la vita.

Maria vagò tra loro come uno spettro, in silenzio, leggera, poi a un tratto ebbe un capogiro. Si piegò su se stessa, sedette su di un gradino e strinse la testa tra le mani. Una donna alle sue spalle si accorse che era in difficoltà e strillò: «*Àgua, àgua!*», per poi mettersi subito a litigare con un tipo alto, robusto, glabro, con una scazzetta a righe colorate sulla testa e una pancia prominente, il viso olivastro e gli occhi sottili. Dal suo accento Maria capì che non era carioca. Lui le porse un bicchiere d'acqua e l'aiutò ad alzarsi. Quando lo ringraziò, le rispose in un italiano stentato: «Che ci fa tu qui? Turista?».

Maria, spossata, asciugò il sudore e appoggiò la testa al muro di una catapecchia. Ringraziò Dio che qualcuno parlasse la sua lingua.

«No, vivo a Rio. Volevo solo fare una passeggiata.»

«Devi stare attenta qui. Questa è brava gente, ma povera gente. Pericolosa è la miseria, non loro.»

Maria non glielo disse, ma lo sapeva bene.

«Vieni, ti porto fuori, alla corriera» le disse porgendole il braccio. «Come ti chiami?»

«Maria, sono di Napoli.»

«Io Alim, vengo da Istanbul. Vivo a Rio da dieci anni, ma sono stato a Firenze, per tanto tempo.»

«Per questo parli bene la mia lingua.»

Insieme si incamminarono tra i dedali, fino allo spiazzo della corriera. Le girava ancora la testa e aveva una nausea insopportabile. Alim tentò di distrarla e le disse della sua piccola fabbrica, nel quartiere di Botafogo, dove confezionava camici da lavoro, grembiuli e gilet per camerieri. Dava lavoro a qualche donna di Rocinha. Le raccontò che spesso gli uomini sottraevano loro i soldi per pagarsi da bere. C'erano bettole in cui finivano le notti di molti carioca. Cachaça, agua forte, rum. Rio in questo era come Napoli: niente mezze misure, o bianco o nero. Mare, bellezza e una luce forte che abbaglia per rendere più scure le ombre.

Quando arrivò il mezzo, Alim la salutò e scrisse il suo indirizzo su un pezzetto di carta.

«Se tu hai bisogno...»

Maria prese il biglietto, ma non pensò di dargli il numero di telefono e l'indirizzo dei Balestrieri. Era estranea in casa sua.

Quando rientrò, stanca e disturbata di stomaco, trovò Severina fuori sul patio ad aspettarla. Si avvicinò fendendo l'aria come se stesse attraversando l'inferno e le si fece talmente vicina che Maria avvertì l'odore del suo alito. Pensò che forse, non avendola trovata a casa, s'era preoccupata. Invece no.

«Ascoltami bene, Maria» disse con asprezza, «non ti permetto di dare questo indirizzo a degli sconosciuti.»

Maria rimase imbambolata a guardarla e a riflettere. Di certo non poteva già trattarsi di Alim... Ma allora a chi si riferiva?

«Si sono presentati in tre, chiedevano di te, volevano ringraziarti di qualcosa» puntualizzò Severina. «Come ti è saltato in mente di far venire qui una banda di morti di fame?»

A quel punto le venne in mente l'episodio.

Al porto di Napoli, prima di partire, un tale Aniello Paternò le aveva chiesto di portare con sé una fisarmonica da lasciare alla dogana per un gruppo di musicisti suoi amici, emigrati anche loro, che si arrangiavano in feste di piazza. Le aveva fatto tenerezza, era stato gentile. Aveva aiutato lei e suo padre a portare a bordo i bagagli. I destinatari dello strumento dovevano essersi procurati l'indirizzo dei Balestrieri alla dogana, e avevano pensato di andare a ringraziarla.

Adesso il dito accusatore di Severina era puntato su di lei.

«Che non accada più!»

Il sangue le si gelò.

«Ma quando sono venuti?»

«Sono appena andati via. Puoi raggiungerli e dire di non venire più a cercarti.»

Maria non si curò di risponderle e corse fuori, lungo la strada. Da lontano vide i tre musicisti che si allontanavano, li riconobbe dalla fisarmonica che uno di loro aveva in spalla. Li chiamò. Il più giovane si voltò e la raggiunse. Aveva un'aria umile, i capelli arruffati e una camicia aderente e lucida. Le unghie sporche, un dente d'oro che spuntava tra quelli guasti e gli occhi buoni.

«Voi siete Maria Imparato?»

Le mancava il fiato per la corsa. Fece sì con la testa.

«Dove siete capitata, povera voi...» disse, e stentò un sorriso. «Comunque grazie, ci tenevamo a ringraziarvi.»

Poi la salutò e si riunì ai compagni. Maria li osservò mentre si allontanavano con un pezzo di Napoli nell'andatura, e pensò con amarezza alle vite che avrebbe dovuto tenere alla larga per sopravvivere.

Quando tornò, Severina la seguì con gli occhi come se osservasse una bambina cattiva, occhi rugginosi e insaziabili che scrutavano, spiavano la sua carne cercando la fessura per entrare dentro e farle male. Senza parlare, la poneva davanti a un ricatto: se voleva la pace, non avrebbe mai dovuto mischiare il passato con il presente.

Eppure, guardando lei, Maria vide il futuro e riconobbe quello che non voleva. Avere l'agio e diventare così? Non ne valeva la pena.

Un regalo divino, una fortuna, va spartita con gli altri, altrimenti diventa una maledizione.

30

Rio de Janeiro, 20 ottobre 1956

Maria era incinta.

Il ciclo l'era saltato e le nausee non l'abbandonavano. Fece e rifece i conti poiché le sue regole non erano mai puntuali, ma sapeva, sentiva d'aspettare un bambino. Non disse niente a nessuno, tranne a Tonino.

Lui ne fu felice, ma un'ombra passò nei suoi occhi.

«Stai pensando alla reazione di tua madre?»

«Sì.»

Maria si accomodò sul letto.

«Tonino, io voglio questo bambino» disse con voce ferma.

«Anch'io voglio dei figli» la rassicurò lui. «Appena possibile ci troviamo una casa nostra, così sarai più tranquilla. Con mamma non c'è intesa, c'è poco da fare. Volevo che non ti sentissi sola… ma mi sbagliavo.»

Maria rimase interdetta. Lei non s'era mai lamentata. Era evidente che Tonino aveva visto o sentito qualcosa che non voleva dirle.

«Non preoccuparti» disse ancora lui. «I figli portano fortuna. Vedrai, andrà tutto a posto.»

Spensero il lume e si abbracciarono sotto le lenzuola. Dallo spiraglio della finestra aperta entrò una falena nera che emetteva un suono strano, un frullio, simile a un respiro. Maria si inquietò, ebbe una brutta sensazione. Fece per cacciarla, ma questa le veniva addosso e l'aggrediva. Alla fine Tonino riuscì a farla uscire, ma la sensazione oscura la accompagnò fino a notte fonda.

Il mattino seguente la sveglia suonò alla solita ora, ma Tonino non si mosse. Maria si tirò su e poggiò una mano sulla sua spalla. Era in un bagno di sudore, tremava, non rispondeva. Cercò di scuoterlo, lo chiamò ancora, ma nulla. Terrorizzata aprì la porta e chiese aiuto.

Silvia corse nella stanza.

«Cosa c'è, che succede?»

«Tonino non sta bene.»

Lei si avvicinò al letto e gli toccò la fronte.

«Brucia. Ha la febbre alta. Chiamo mio padre.»

Sparì nel corridoio per riapparire subito dopo con Raffaele. Anche lui provò a chiamarlo, ma Tonino pareva in catalessi.

«Come stava ieri sera?» chiese preoccupato. Dietro di lui comparve Severina, che senza esitare prese la cornetta e compose un numero.

«Bene» mormorò Maria, «abbiamo parlato fino a una certa ora, poi ci siamo addormentati.»

«Sei sicura che non abbia preso un farmaco, che so, per riposare meglio?»

«No, nessuna medicina. È entrato un insetto, una grossa falena, ma l'abbiamo cacciata... di certo non l'ha pizzicato.»

Severina parlò col medico, riagganciò e si rivolse agli altri con una calma invidiabile: «Ho chiamato il dottor Da Silva, sta arrivando. Vado a vestirmi».

Maria non la sentì neanche. Le pareti intorno le parevano dissolte, i volti sfocati, il suo corpo era diviso a metà dal dolore e una parte mangiava l'altra. Corse in bagno, si sciacquò il viso, si infilò in fretta qualcosa e sedette accanto a Tonino asciugandogli la fronte, parlandogli, accarezzandolo. Lui tremava, sudava, non si riprendeva.

Dopo circa un'ora arrivò il medico. Lo visitò, misurò la

temperatura, fece un prelievo di sangue, auscultò i polmoni, guardò in tutto il corpo affinché non ci fosse una puntura, una irritazione, un morso d'animale, qualcosa che gli avesse fatto allergia. In silenzio si attese un responso. Silvia traduceva per Maria man mano che il medico parlava. Disse che la temperatura era di quaranta gradi ma non c'era altro di evidente, né problemi alla gola o ai polmoni.

Gli fece un'iniezione per far calare la febbre e portò le analisi in laboratorio per accertarsi che non ci fosse un'infezione occulta. Concluse dicendo che avrebbero dovuto aspettare un paio di giorni.

Severina pagò la parcella, salutò con garbo e si mosse come se niente fosse accaduto. Nel suo silenzio Maria sentì lamenti e bestemmie. Tutte rivolte a lei.

Per il resto della giornata Silvia le fece compagnia in camera, portandole dell'acqua, un po' di frutta, ma lei non volle niente.

«Sono incinta» le confidò con cautela, per parlare con qualcuno, esprimere ciò che la stava attraversando. Avrebbe voluto suo padre accanto, ma questo non era possibile.

Silvia l'abbracciò e sorrise.

«È una bella notizia. Non preoccuparti, vedrai che Tonino presto si riprenderà.»

Paula bussò alla porta e si affacciò appena nella stanza. Disse qualcosa a Silvia in un dialetto stretto che Maria non comprese, poi osservò Tonino e il suo viso si rabbuiò. Fece un passo nella stanza e si guardò intorno. Procedeva quasi a fatica, come se attraversasse una densità invisibile. Chiese il permesso a Silvia di toccare suo fratello. Lei acconsentì. Con delicatezza la donna gli sfiorò il viso, poi disegnò una croce immaginaria sulla sua fronte. Tonino emise un lamento simile a un urlo. Paula ritrasse la mano, sbarrò gli occhi e si segnò. Parve avere fretta di uscire dalla stanza, ma Silvia la trattenne per un braccio e la scosse.

«Cosa c'è? Che succede?»

Gli occhi della donna erano smarriti. Guardavano intorno come se sentisse parole e rumori minacciosi. Strinse le dita di Silvia e disse: «*È uma macumba negra*».

Silvia sgusciò dalla sua mano come se stesse toccando il fuoco.

«Paula, che dici?»

«*È uma macumba, eu vi tantos, todos morreram! Não temos que perder tempo!*»

Maria si sentì come bloccata nel cemento. Aveva attraversato l'oceano per trovarsi negli stessi ingranaggi di superstizione e miseria di pensiero. Ancora ricordava la janara della Torretta e i suoi famigliari che le avevano creduto. Lì era lo stesso. Esisteva una forza, una magia nel Brasile che non si poteva ignorare, così come esisteva a Napoli. C'erano state sere in cui lei e Tonino, sulla *praia* di Botafogo, avevano visto donne di colore danzare intorno a pietre poste in cerchio, con dentro un fuoco che saliva al cielo mentre loro vi spargevano petali di rose. Le era parsa una cosa bella, ma poi aveva saputo che si trattava di stregonerie, riti vudù, macumbe.

«Se così fosse, cosa facciamo?» chiese Silvia a Paula.

«*Exorcismo da macumbeira*» rispose la donna.

Silvia rimase in silenzio, si torceva le mani in grembo, la bocca le tremò e si rivolse a Maria, la faccia impaurita.

«Lo dico a mamma, subito.»

Il medico aveva detto di aspettare e forse avrebbero dovuto farlo. Ma l'espressione di Silvia terrorizzò Maria.

«Tu ci credi?» le chiese. «Davvero pensi che qualcuno gli abbia fatto il malocchio? Mi rifiuto di pensarlo. Sono sua moglie e ti chiedo di aspettare l'effetto della cura.»

Lei parve imbarazzata, sfuggì al suo sguardo, si pose di spalle.

«Devo dirti una cosa, Maria... non avrei voluto, ma è necessario.» Maria la esortò con lo sguardo, e Silvia continuò:

«Quando siete stati in viaggio di nozze, al negozio è venuta una ragazza, una carioca. È passata più volte, senza mai acquistare niente. Sfogliava i giornali, si guardava intorno. Un pomeriggio mi ha chiesto di Tonino. Quando le ho detto che si era sposato ha tirato gli occhi all'indietro, pareva stesse per svenire. L'ho fatta sedere, ma a quel punto lei mi ha guardata con odio, ha bestemmiato e sputato a terra, sui miei piedi. È un gesto di vendetta. Forse se n'era invaghita, mio fratello è sempre gentile, disponibile… potrebbe avere frainteso. Non so, ho paura che gli abbia fatto qualcosa di male. Qui esistono queste magie, molti ci credono. Affidiamoci a Paula. Se Tonino non ha niente, niente gli accadrà».

Maria sentì addosso una stanchezza, come se un macigno le premesse il petto. Ripensò alla sua incoscienza, al suo stupido, incontenibile desiderio di cambiare e migliorare la sua condizione. Per tutta la vita non aveva fatto altro che inseguire una chimera, e ogni volta le sembrava che la corrente la risospingesse indietro. Di nuovo le superstizioni, di nuovo il sospetto e un'altra donna di cui preoccuparsi. Ma stavolta, decise, ci avrebbe pensato dopo. Era temprata in un acciaio finissimo e niente avrebbe perforato la sua corazza.

«Fate come volete» disse a Silvia. «Voglio che stia bene.»

Passò il giorno, poi la notte e la febbre non calò. Il mattino seguente Tonino continuava a tremare e ad agitarsi in un sonno buio. Maria si chiese dove fosse la sua mente, cosa stesse vedendo. Se davvero era in preda a un maleficio, forse era all'inferno.

Severina era preoccupata, entrava e usciva dalla stanza, chiamò ancora il medico, che ritornò e non seppe fare altro che consigliare di portarlo in ospedale. A quel punto, Paula disse che non si poteva più aspettare.

All'imbrunire uscì e ritornò verso le dieci con una donna

dall'età indefinibile, grossa e lenta. Camminava ondeggiando, il grasso le ballava addosso come al ritmo di uno strumento. Faticò a entrare nella stanza e non rivolse lo sguardo a nessuno dei presenti, tranne che a Paula.

Si accostò al letto e scoprì i piedi del malato. Da una sacca prese una coroncina di semi, un sacchetto con delle erbe e un aggeggio di legno da cui spuntava una corda con dei nodi alle punte. Infilò la coroncina tra le dita dei piedi di Tonino, sciolse il sacchetto e gli cosparse le mani e il viso con le erbe. Disegnò un cerchio sulla fronte bollente, quindi indietreggiò. Aprì la finestra e a Maria parve, ma fu una suggestione, che qualcosa di malefico traboccasse all'interno, tingesse di nero la luce, appiattisse i colori e si posasse intorno, su ogni cosa. La donna fece dondolare le corde e i nodi crearono invisibili disegni. Il vento entrò e mosse le tende, soffiò sul letto e arrivò sul lenzuolo. La donna iniziò una cantilena strana, una sorta di preghiera incomprensibile. Il suo tono era basso, qualcosa di cupo che le partiva dalla pancia e scivolava dalla bocca semichiusa. Il ritmo accelerò non appena Tonino iniziò ad agitarsi. Le corde fendevano l'aria, la voce si acuiva stridula. Tonino iniziò a saltare sul letto, pareva sollevato da braccia invisibili e schiumava dalla bocca qualcosa di viscido. Maria era terrorizzata, Silvia le strinse la mano. Severina sembrava di pietra, il viso una maschera. Raffaele, invece, restò sulla porta, gli occhi persi nel nulla. La giaculatoria continuò fino a quando il vento non fu cessato. Tonino si abbandonò sul letto, inerme. La donna sfilò la coroncina, la ripose nella sacca insieme alla corda e al sacchetto di erbe e uscì, seguita da Paula.

Tutti restarono muti, ognuno nascosto nei propri pensieri. Maria non resistette e corse in bagno a vomitare. Quando tornò, Tonino aveva aperto gli occhi.

«Cos'è stato?... Che è successo?»

Pareva morto e resuscitato.

Si sdraiò accanto a lui per abbracciarlo. La febbre era sparita, la sua fronte era fresca, gli occhi lucidi, vivi.

Fuori, intanto, aveva iniziato a piovere. Maria corse a chiudere i vetri. L'acqua rigava lenta e si allargava sul battente. La pioggia le parve il vero miracolo. Qualcosa di puro, che ripuliva gli animi dopo uno spavento terribile.

31

Tonino rimase a letto per giorni, senza alzarsi mai se non per andare in bagno. Era stanco, debilitato, pareva avesse attraversato a nuoto l'oceano, o scalato una montagna. Bisognava aspettare, lo aveva detto anche il medico che, alla fine, aveva attribuito la malattia a una reazione allergica provocata dalla puntura dell'insetto che Maria aveva scacciato dalla stanza, e la guarigione al decorso naturale e ai farmaci somministrati.

Un giorno, Severina trattenne la nuora dopo il pranzo. Il giorno prima c'era stato trambusto, parole scambiate tra lei e Silvia in portoghese, per non far capire a Maria di cosa stessero discutendo.

«Devo parlarti, non ritirarti in camera tua» le disse.

Silvia svanì nella sua stanza. Maria si accomodò all'ombra del suo profilo e attese.

«Sono successe molte cose da quando sei arrivata» cominciò Severina. «Non dico che siano iniziate a causa tua... ma sta di fatto che la quiete che c'era ora non c'è più. Tonino non sta bene, dobbiamo prenderci cura di lui.»

Maria rimase immobile a guardarla e capì dalla sua espressione contrariata che voleva dirle qualcosa di crudele.

«Silvia stamane ha chiuso il negozio. Ieri l'altro Alfredo ha trovato tra gli scaffali, dietro alcuni libri, un topo con tre punte di spillo infilate nella testa. Non credo debba spiegarti cosa significhi. La gente adesso, per superstizione, ha smesso di venire in cartoleria. Io me ne frego di queste cose, ma resta il fatto che ora Tonino e Silvia non hanno più il lavoro. Mia figlia si sposerà, questo lo sai, Alfredo non le farà mancare niente, ma a te dovrà pensare Tonino, e questo è un problema. Ci vorrà tempo per trovare un'altra occupazione. Da lunedì Paula non lavorerà più con noi, quindi tu e Silvia vi occuperete della casa. Non si può fare altrimenti.»

Maria se ne stava zitta ad ascoltare, ma la guardava ostile. Non perché sarebbe diventata una serva, ma perché sapeva che quella era solo una scusa. Severina voleva piegarla. Di soldi ne aveva e tanti, però piangeva miseria come una pezzente. Ma fu ciò che disse subito dopo a gelarle il sangue.

«So che sei incinta. Non hai sporcato panni da quando sei arrivata e hai le nausee. Domani parlo con un medico, un amico che risolverà il problema. Non puoi tenerlo questo figlio, non ora, non in casa mia.»

La bocca di Maria si spalancò e il cuore si contrasse. La collera le salì alla gola e fece per urlare, ma non emise un fiato. Decideva per lei, disponeva della sua vita! Tentò di replicare, ma Severina non le diede il tempo.

«Sei venuta a prenderti mio figlio, l'hai voluto, l'hai avuto. Non dico che tu sia una cattiva ragazza, ma devi capire che gestisco io la mia famiglia, nel bene e nel male. Quando avrete la forza economica di vivere da soli, ci lascerete e avrete dei figli, una schiera di ragazzini, se vorrete.»

«È vostro nipote...» riuscì a dire Maria balbettando, trattenendo in bocca le male parole che avrebbe voluto dire a quella donna orribile che la osservava con supponenza. La stanza le parve asfissiante, il salone divenne ostile, traboccava di fiori taglienti e rose cariche di spine che sentiva addosso, nella carne. Tutto ciò che le era sembrato bello, ora le faceva orrore, non poteva rifiutarsi di vedere i lati sgradevoli della vita. Non considerandoli, la realtà li avrebbe ingigantiti e trasformati in incubi.

Severina continuava a fissarla senza muovere un muscolo.

Avvilita, spaesata, Maria si alzò e percorse il corridoio fino alla sua stanza. Ogni passo le consigliava un atteggiamento. Teneva il sangue che le ribolliva dentro. Era arrabbiata con tutti: con se stessa, con la suocera, con Tonino, quel marito debole e ingenuo che faceva scivolare la vita come un bambino viziato. Era sola, disperata. Ai suoi non scriveva neanche più, perché era stanca di dire che andava tutto bene. Poteva mai raccontare quello che era accaduto?

Quando aprì la porta della stanza, vide che Tonino riposava ancora. Bianco in viso, sciupato. Avrebbe dovuto dirgli che sua madre voleva uccidergli il figlio, ma tentennò. Se lui avesse preso le sue difese, Severina li avrebbe mandati via, e senza lavoro sarebbe stato un problema per loro. Se invece avesse acconsentito alla sua decisione, sarebbe stata Maria a sentirsi ferita e allora sarebbe stata davvero sola, in una terra straniera, senza sapere dove andare, senza denaro, parlando un'altra lingua.

Eppure, Tonino doveva sapere. Il castello di carte era crollato non solo per lei, ma anche per lui che le aveva promesso il paradiso. Provò a svegliarlo. Lui si mosse piano e le sorrise appena.

«Tua madre vuole farmi abortire» buttò fuori, tutto d'un fiato.

Lui si sforzò per alzarsi e la guardò smarrito.

«È arrivata a questo?»

La sua risposta era allarmante. Lui sapeva. Del resto la prima notte di nozze le aveva dato la pomata per non restare incinta.

«Come hai potuto?» esplose Maria, come un animale ferito. «Ti sei messo d'accordo con lei! E tuo padre? Perché non interviene mai, perché non si interessa? Che uomo è uno così?»

«Papà non c'entra» la interruppe lui. «Mia madre mi chiese di aspettare ad avere figli, fu irremovibile. Accettai tutto, per farti venire. Ti prego Maria, ragiona. Ci vorrà un po' di tempo, ma troverò un lavoro. Poi ce ne andremo, conserveremo i soldi e torneremo anche a Napoli, se vuoi. Ma ora fa' quello che dice, altrimenti ci metterà per strada.»

Era in un vicolo cieco, vedeva rosso, la rabbia le salì insieme allo smarrimento. Pareva che pure le pareti si lamentassero assieme a lei.

«Perché mi hai voluta sposare, che capriccio è stato? Sapevi bene che tua madre non mi avrebbe accettata mai. Giocare con me, coi sentimenti... Non avete pietà, coscienza, niente!»

Lui rimase immobile nel letto, come di pietra. La guardò a lungo, osservava con tristezza i suoi capelli, la bocca, le mani. Non lo capiva quel modo di fare. Lui stava male, aveva rischiato di morire, e lei gli stava riversando addosso tutta la sua bile.

«Farò quello che vuole» gli disse infine. «Ma non la perdonerò mai.»

Uscì dalla stanza, senza voltarsi.

Si può pregare d'amore e di odio. E lei odiava e pregava che tutto finisse presto.

32

Rio de Janeiro, 30 ottobre 1956

Papà caro,

anche se adesso vivo lontano, in un'altra famiglia, non potrò mai dimenticare un uomo buono e meraviglioso come te. La lontananza che ci divide mi fa sentire di più l'affetto profondo che ho per te, che sei la mia vita, la mia giovinezza e l'amore. Ti chiamo sempre, anche di notte, Tonino me lo dice. Prego Iddio che tu stia bene e prego anche per tornare a casa da te, presto.

Mamma cara,

non ci siamo mai parlate molto io e te, ma l'affetto che provo è smisurato, proprio perché mai l'ho espresso. Mi manchi tanto, così come mi manca Elena. E Gigino, il piccolino mio, quanto mi manca!

Scrivervi è un po' come stare insieme a voi. Io sto bene, qui è tutto magnifico, ma mi mancate tantissimo. Mi manca Napoli, la musica, le voci. Non mi aspettavo di sentirmi così. Più il tempo passa, più sento l'addio.

Adesso smetto, altrimenti mi rattristo e rattristo pure voi.

Vi voglio bene,
Maria

Piegò la lettera, la mise nella busta e la incollò.

Severina la stava aspettando nel soggiorno. Indossava un

tailleur di cotone leggero, di un beige chiaro, con scarpe di pelle dai tacchi a spillo e bracciali di tartaruga, anelli, occhiali da sole. Luminosa come se stesse andando a uno dei suoi cocktail sulla spiaggia, e non a far abortire sua nuora.

Se ne andarono che Tonino dormiva ancora, e Maria sentì che la sua gioia stava svanendo per sempre. Seguì sua suocera in una quieta disperazione, mentre dentro di sé sbattevano parole di fuoco che bruciavano stomaco e budella. «Se non conosci a fondo il male, non potrai mai capire il bene» le aveva detto Pupella tanti anni prima. Sembrava un'altra vita, a ripensarci adesso. Ma quanto male si doveva sopportare, prima di conoscerlo a fondo?

In taxi attraversarono Ipanema. Dalle *barracas* sulla spiaggia arrivavano note allegre delle danze di bajòn e bossa nova, suoni di vita e onde dell'oceano. L'auto si addentrò in città e poi il verde degli alberi l'aggredì. Lasciò il mare alle spalle e in breve giunse in una villa privata. Fuori c'era scritto VILA MARTA. A Maria parve di non avere più peso né corpo. Era un grumo di ansia, paura, sconcerto, odio e terrore. Temeva di non poter avere più figli, che avrebbero potuto farle del male. Era sola, la sua testa e il suo stomaco chiamarono suo padre sperando che tutto fosse un brutto sogno, poter riaprire gli occhi e ritrovarsi a casa sua, nel suo mondo semplice, quel luogo da cui tanto a lungo aveva sognato di fuggire e che ora le pareva magnifico. Ma non voleva tornare con le mani sulla pancia, col rischio di essere derisa da chi non aveva idea di cosa avesse attraversato. Tornare indietro non si poteva, non subito. Doveva tentare di ricavare qualcosa da quella follia, uscire dall'asfissia della miseria e aiutare la sua famiglia, come aveva promesso.

Severina, con la sua grazia velenosa, la accompagnò dentro

una stanza. Il medico la visitò, parlò in portoghese e le diede dell'acqua e una pillola.

Maria vide i suoi occhi scuri, poi il nulla.

Si riebbe all'imbrunire, chiedendosi cosa ci facesse in un luogo estraneo.

Poi ricordò. Avvertì una fitta alla pancia, maligna. Il dolore del vuoto. Sapeva che a un certo punto sarebbe passato, mentre il macigno che aveva sul petto non l'avrebbe lasciata mai più.

Non dormì in clinica. Sua suocera la riportò a casa, in taxi, come se fossero andate a passeggio. Nel tragitto non si scambiarono neanche una parola.

Maria non cenò, aveva di nuovo la nausea e una sonnolenza strana le ovattava i sensi, come se il corpo fosse diventato di gesso, il sangue paglia e le voci esterne un liquido caldo che le scivolava intorno. Dormì profondamente. La mattina seguente Tonino le disse che tutta la notte aveva pianto chiamando suo padre.

33

Napoli, 15 novembre 1956

Cara Maria,

Mi viene difficile scriverti, però io e te siamo cresciute insieme, e anche se mi snobbavi e io mi indispettivo, ora mi manca la tua voce e senza di te la casa è strana, pare vuota. Questa solitudine mi ha fatto pensare a te diversamente, e solo ora mi accorgo che abbiamo perso un sacco di tempo dietro alle scemenze.

Tu lo sai che se fai qualcosa che mi va storto io non mi tengo, vado in trillavallà e non te le mando a dire. Perciò non la posso ignorare la tristezza che esce dalle tue parole nelle lettere che mandi a mamma e papà. Sei infelice, lo sento, lo leggo. Fai finta di niente, dici che va tutto bene, ma io ti conosco, Mari', e lo so che non è vero. Cosa è successo? Se ti va di raccontarmelo, io sto qua. Ricordati che non sei sola, tieni a me, pure se sto dall'altra parte dell'oceano.

Tuo marito non lo conosco e me ne frego, mi dispiace che è stato poco bene, ma tu sei un'altra cosa, sei sangue mio.

Scrivimi, difenditi.

E torna presto.

Ti abbraccio,
Elena

Maria chiuse la lettera.

Tutto si sarebbe aspettata, tranne uno scritto di sua sorella. Eppure le scaldò il cuore quel foglio vergato male, con le parole un poco storte, ma piene di sentimento. Elena aveva ragione: non era sola, e il suo affetto le era indispensabile in quel momento. Se fosse dipeso da lei, sarebbe tornata di corsa. Di Napoli le mancava tutto, anche cose alle quali prima non prestava attenzione, come il tubare dei colombi al mattino, o il grido dei pescatori di Mergellina sotto le finestre aperte, i taralli spugnati nell'acqua di mare. Ma quella nostalgia crudele doveva rimanere immutata, poiché per lei il matrimonio era una cosa seria.

Sperava che i giorni futuri sarebbero stati diversi, ma la situazione coi Balestrieri peggiorava soltanto. Invece di vergognarsi per ciò che le aveva fatto, Severina si inasprì. Il suo odio traboccava e Maria si perdeva a cercarne la ragione. Tonino ne subiva la pressione, ma anche tra lui e la madre le cose stavano peggiorando, Maria se ne accorgeva dalle risposte che le dava, dai litigi ormai frequenti tra loro.

Quel lutto indotto da Severina aveva scavato dentro la carne di entrambi e trovato il dolore. Un dolore che stava esacerbando gli animi e aprendo voragini affettive.

Tonino amava Maria a modo suo, come lei amava lui, a modo suo. Le era vicino, ma la situazione in famiglia era talmente dura da frantumare ogni attimo di vita insieme.

Un pomeriggio Maria sentì una discussione pesante tra madre e figlio. Tonino era invasato da una furia cieca e parlò a muso duro, coi denti slegati.

«Ma cosa hai fatto, mamma, come hai potuto comportarti così? Hai pensato di toglierti l'impiccio e te ne sei fregata di lei, di me, dei sentimenti, di una vita umana!»

Maria la vedeva di spalle, dallo spicchio di porta che teneva aperto. La sua figura la metteva in soggezione, percepiva il suo potere come se fosse qualcosa di palpabile.

«Tonino» gli rispose semplicemente, con quella voce stentorea, «ne devi mangiare di polvere, per arrivare a ragionare come me!»

«Io non vorrei mai essere come te.» Tonino aveva pianto e rabbia mischiati nella voce. «Sei disumana, vergognati!»

«Vergognarmi?» ribatté lei quasi deridendolo. «E di cosa? Io ero stata chiara sin dal principio, sei stato tu a non volermi ascoltare!»

«L'hai fatta soffrire e hai fatto soffrire anche me. L'hai trattata come una puttana!»

«Questo lo dici tu, ma è solo una questione di parole. Ne ho conosciute tante come lei. Maria è indisponente, aveva un piano ben preciso...»

«È una brava ragazza!» le urlò, ma lei aveva già chiuso la porta di camera sua e così anche la conversazione.

Quando Tonino andò da Maria, lei lo abbracciò forte.

«Siamo soli Toni'...» gli disse triste. «Facciamo che io mi prendo cura di te e tu di me, perché ti voglio bene, e non voglio perderti a causa loro.»

La bocca di Tonino si mosse in un sorriso appassito.

«Ti ho scelta, pure a dispetto di quello che dicevano» rispose, e l'abbracciò. «Non sono un pazzo, ti voglio bene. Non te lo scordare mai.»

Nei giorni a venire uscirono pochissimo, e quando lo facevano restavano nei dintorni per non spendere soldi. Solo una volta andarono al cinema, a vedere *Carosello napoletano*. C'erano centinaia di emigranti, tutti con la stessa espressione malinconica scolpita in faccia e intorno, sopra e sotto di loro, singhiozzi e lacrime. Fu un impasto di dolore, un guardarsi l'un l'altro con la speranza di tornare nella loro terra.

Un pomeriggio visitarono il parco di Boa Vista, sulla parte alta della città. Era splendido, col suo museo di storia, la villa imperiale, gli alberi secolari e verde e fiori ovunque. Appena dietro una collinetta, a ridosso del lago artificiale, Maria vide qualcosa di familiare. Oltre la radura, c'era un'ampia coltivazione di alberi di arance, con i frutti a grappolo che esplodevano nel cielo. Il più piccolo tra questi, pareva il suo albero di mandarini. Corse come se andasse incontro al suo più caro amico. Quando fu sotto l'albero toccò le foglie e si odorò le mani. Era il profumo di casa sua.

«È il navel» fece Tonino alle sue spalle, «un agrume importato dal Nord America.»

«Non importa cosa sia» fece lei, nostalgica, «pare il mio albero di mandarini. Stiamo qui, solo un poco, ti prego.»

Tonino l'accontentò. Restò a guardarla con tenerezza mentre girava intorno al fusto, si sedeva sotto le fronde con la testa appoggiata ai rami e tratteneva le lacrime. Si fece buio quando rientrarono.

Un'altra volta volle andare al porto, poiché sapeva che il *Paolo Toscanelli* arrivava da Napoli e faceva scalo a Rio. Sulla Baia di Guanabara, Maria si perse a osservare le facce smarrite dei suoi compaesani che arrivavano in quella terra bellissima, una chimera di salvezza, per lei divenuta ostile. Guardava tra la gente sperando di scorgere il comandante, ma non lo vide. E dovette sopprimere il desiderio folle di salire a bordo. Perché quello era il mezzo, era il mare che onda dopo onda, dopo onda, l'avrebbe riportata a Napoli. Il cuore le si spezzò, quando Tonino la prese per mano.

«Si fa tardi, Maria, torniamo a casa.»

Quale casa? Non l'aveva, se non dall'altra parte del mondo.

Tonino iniziò a lavorare come commis di sala all'hotel Gloria, distante diversi chilometri da Ipanema. Un lavoro modestissimo, ma cercato con le sue forze e ottenuto senza l'appoggio del padre, che avrebbe potuto trovargli un impiego dignitoso con uno schiocco, ma non l'aveva fatto. Un'altra cosa che Maria si era legata al dito.

La verità era che i Balestrieri stavano ancora cercando di metterli in difficoltà e Maria non ne capiva il motivo. Forse volevano farla scappare, convincerla a lasciare il Brasile e a tornare dai suoi. E probabilmente ci sarebbero riusciti, se non ci fosse stato l'appoggio di Tonino, forte come non era mai stato prima. Uno smacco, per Severina.

Tonino la proteggeva, la difendeva, la sera la abbracciava e si confidava con lei. Una sera parlò a Maria di sua sorella Rosa, che a soli dieci anni era stata allontanata dalla famiglia e chiusa in collegio.

«Ma perché?» gli chiese lei.

«Non lo so. Fu una decisione di mia madre... ma anche quella volta nessuno si oppose.»

Diventata più grande, Rosa era stata costretta a sposare un egiziano violento, dal quale era scappata. Mai più era tornata a casa, e nessuno sapeva dove vivesse. Maria constatò che ormai nessuna cattiveria di Severina era in grado di stupirla; era una donna dall'anima disabitata, priva di ogni umanità. L'unica cosa che poteva fare per difendersene era imparare pian piano ad allontanarsi dal suo pensiero, ignorarla facendo il suo dovere. Le pulizie in casa, però, la sfiancavano. Era pur vero che doveva dividerle con Silvia, ma a Silvia veniva sempre perdonata qualche mancanza, che inevitabilmente piombava su lei. La mattina ci si alternava nel preparare la colazione e poi pulire, così come per il pranzo e la cena. I bagni andavano lustrati, le mattonelle bisognava lavarle in ginocchio, per farle brillare, così come i pavimenti in salotto. Maria non aveva tempo per sé come al principio. Il bagno caldo, la colazione, la cura nell'abbigliamento: ormai tutto le pareva lontano, bello e maestoso.

La sera, quando era sola, stilava lettere discordanti, ma indispensabili alla sopravvivenza. A Elena, pur non addentrandosi nei particolari, e con la preghiera di tenere nascoste quelle confidenze, scriveva la verità su tutto per trovare un poco di consolazione.

La famiglia di Tonino non mi accetta. Non immagini quanto dispiacere inghiotto dalla mattina alla sera. Severina, sua madre, mi ha costretta ad abortire, ho paura che vada tutto a rotoli. Mi sento sola, sola e disperata.

Elena rispondeva con parole condite dalla sua solita sincerità, urticante, ma in fondo benedetta.

Mi spiace tanto Mari'. La vita è complicata, ti ho sempre detto di prendertela più leggera proprio perché da adulti poi si soffre. Tu hai voluto sposare per forza 'sto Tonino, non c'è stato modo di farti cambiare idea. A me non è simpatico lui, figurati i genitori!

'Sta Severina, poi, chi cacchio si crede di essere? Si' troppo signora Mari'! Se stava sotto a me, l'avrei fatta ruciuliare per tutte le scale, e quello che dice gliel'avrei fatto agliuttere a furia 'e paccheri! Difenditi, mandala a quel paese, ché se questo comportamento lo tiene già da mo' che sei arrivata da due mesi, figurati fra un anno che vuole succedere!

Devi tenere duro, altrimenti che sei partita a fare? Tu lo sai come la penso. Tutto quello che si fa nella vita deve portare un qualche guadagno, economico, di sentimento, quello che vuoi tu. Altrimenti non vale la pena.

Sospirava, Maria, leggendo quelle verità. Ai suoi genitori, invece, organizzava frasi d'amore e di quiete, benevole bugie per non addolorarli.

Il Brasile è terra buona, dolce. Il panorama è mozzafiato, come a Napoli, le spiagge sono bellissime e io prendo il sole qui, a Ipanema, col mio cappello largo e qualche chilo in più addosso…

Il mare, invero, non lo vide più. Passeggiate, neanche a parlarne. Crollava dopo pranzo, per poi riprendere a lavorare la sera, per la cena. Tonino aveva i turni in hotel, quattro giorni a settimana rientrava a notte tarda. Insieme contavano le mance che aveva guadagnato e che conservavano in un borsellino. Nonostante facesse attenzione, nello spogliarsi e andare in bagno, i rumori disturbavano sempre Severina, che per dispetto il mattino seguente si alzava alle sei svegliando tutti. Se non riposava lei, nessuno doveva farlo.

I giorni si accavallavano l'uno contro l'altro. Maria aveva la schiena a pezzi, non dormiva, mangiava poco, male e sempre di corsa. I tempi erano ribaltati. Seguendo il ritmo di suo marito aveva perso il suo. Quando Tonino non c'era, si tratteneva a tavola il meno possibile, per non essere costretta a guardare negli occhi i suoceri. La irritava molto l'ignavia di Raffaele, che se ne stava col giornale in mano ignorando tutto ciò che gli accadeva intorno. "Che uomo è uno così?" si chiedeva. Tenuto per la gola da sua moglie, indifferente alle difficoltà dei figli. E lei, come una povera idiota, aveva attraversato l'oceano per fare da serva a loro. Solo Silvia le piaceva, le voleva bene e la trattava come un'amica, una persona di famiglia.

Eppure, fu a causa sua che avvenne la rottura definitiva.

Il giorno del suo fidanzamento ufficiale con Alfredo, il 1° dicembre, ci sarebbe stato un grande ricevimento. Insieme, Maria e Silvia sistemarono la casa, prepararono l'argenteria, il tovagliato, curarono l'accoglienza. Per fortuna, Raffaele per la cena aveva l'aiuto dei suoi camerieri; del resto era un giorno importante, Severina non avrebbe mai fatto la figuraccia di far lavorare la nuora.

Accadde che Silvia, mentre correva avanti e indietro insieme a Maria per preparare i tavoli fuori, aprì il rubinetto dell'acqua nel bagno padronale e si dimenticò di chiuderlo. Se ne resero conto troppo tardi. La casa si allagò, la perdita arrivò fin fuori al giardino. Secchi, bacinelle, ramazze. Insieme si sfiancarono per fare in fretta e asciugare, ma ormai l'acqua s'era infilata ovunque. Quando Severina rientrò, osservò la scena con occhi da pazza. Respirava piano, con le narici spalancate come quelle di un cavallo dopo una corsa.

Silvia, temendo che come al solito desse la colpa a Maria, si affrettò a dire: «Sono stata io, ho lasciato il rubinetto aperto, mi dispiace...».

Si aspettavano di tutto, invece Severina non parlò. Le superò e si infilò nella sua stanza. Maria fu certa che stesse ruminando la vendetta.

Rimase nel suo covo fino a sera, quando uscì per accogliere gli ospiti. Era straordinariamente elegante, in un abito di seta lucida color verde acido, lungo, drappeggiato sui fianchi, con una morbida sciarpa di chiffon al collo. Tese la mano ingioiellata e fece scivolare il dito su ogni superficie per scovare qualche granello di polvere. Osservò i pavimenti, squadrò gli specchi, i quadri, cercando il pelo nell'uovo che non trovò. Solo, quando la guardò, prese le mani di Maria e le trovò ruvide, senza smalto, senza bellezza se non nella fede nuziale. Mani che avevano lavorato per lei, per i suoi cari. Fece una smorfia di disgusto. «Curati di più» le disse, e si avviò all'ingresso.

Fu una bella serata. Silvia era raggiante, Alfredo pure e anche Maria si rilassò. Quando l'ultimo ospite se ne fu andato, lei e Tonino si ritirarono in camera. Ma, dopo qualche minuto, sentirono un tocco alla porta.

Severina entrò con la sigaretta accesa, senza curarsi di riempire la stanza di fumo. Avanzò verso Maria, che se ne stava seduta in punta al letto in procinto di spogliarsi. Il suo corpo proteso e minaccioso spingeva contro di lei.

«Quello che è successo oggi non accadrà più» disse con asprezza. Poi si rivolse a Tonino: «Ve ne dovete andare al più presto. Trovatevi un alloggio».

Maria capì che erano arrivati al limite. E si addolorò non

tanto per sé, ma per Tonino, che la guardava smarrito, tentando di capire quelle parole senza criterio.

«Ma che dici!» sbottò. «Dove possiamo andare, me lo spieghi? Ho bisogno di tempo, non ce la faccio a pagare un fitto e mantenere Maria, e tu lo sai bene! Sto cercando di mettere i soldi da parte proprio per questo! Diamine, mamma, abbiamo accettato tutto, Maria non fa che servirti come una schiava. Ci hai tolto un figlio e l'hai passata liscia, ti rendi conto di questo oppure no?!»

Lo sguardo impetuoso e il tono sprezzante la inacidirono ancora di più. Se ne stava ritta e velenosa, come un serpente pronto all'attacco.

«Non mi interessa, vi voglio fuori. Ora, subito.»

«Tu sei pazza, sei malata...»

Maria si alzò e si pose tra i due. Con occhi coraggiosi sfidò i suoi.

«Ce ne andiamo, certo, e di corsa. Il tempo di trovare una catapecchia qualunque e ti leviamo il disturbo. Meglio in mezzo a una strada che con te!»

«Ecco, brava. Finalmente lo tiri fuori il tuo modo di fare da presuntuosa ignorante, finalmente lo dimostri che pensavi di venire qui e aggiustare le tue pezzenterie!»

Maria si rese conto che non l'ascoltava più. Sorda e muta, iniziò a imbastire pazienti tele che avrebbero costruito il suo futuro lontano da lì, da quella casa, da quella gente. Tonino, invece, si alzò e l'aggredì peggio di prima.

«Ma che ti inventi? Chi li vuole i tuoi soldi! Va' al diavolo, mamma, andate a farvi fottere tutti quanti!»

Gli occhi invasati di Severina stornarono lo sguardo. Si ricompose, aggiustò i capelli. Poi lei e il suo cuore infame lasciarono la stanza.

34

Da quel momento, l'inferno.

Maria si sentiva tirata giù in fondo a un pozzo dal quale non riusciva a risalire. Era smarrita, perduta.

Ogni mattina usciva insieme a Tonino e restava in città con lui fino al turno di lavoro. Mangiava qualcosa per strada, coi pochi spiccioli delle mance, usava il bagno delle *barracas*, oppure di qualche *cafetería*.

In una settimana videro tanti appartamenti. I costi delle case nei quartieri buoni erano altissimi. Tonino guadagnava cinquemila cruzeiros, loro avrebbero potuto spenderne la metà, che non bastava se non per una topaia. La sera si ritiravamo stanchi e, pure se digiuni, non usavano la cucina. Quando Tonino aveva i turni di notte, Maria restava ad aspettarlo sveglia, con un magone nel cuore e la paura in petto, come un seme di odio. Mai si era sentita così, neanche in tempo di guerra. Si era vergognata di partire come emigrante, ma un'emigrante avrebbe avuto più fortuna di lei, poiché non s'aspettava niente.

Una notte Tonino tornò e le disse d'aver trovato un alloggio in una villa, vicino all'hotel. «Una fortuna, risparmierò anche i soldi dei mezzi pubblici.» Un suo collega gli aveva fornito numero e indirizzo. «Si tratta di un'unica stanza, il bagno e la cucina sono in comune con altre due famiglie. Tremila cruzeiros al mese, ce ne avanzano duemila per vivere.» Era una miseria, ma dovevano tentare. «O qui, oppure Dona Marta o Rocinha. Altro non trovo per quel prezzo.»

Maria cercò di essere chiara: «So che non è facile per te, ma non possiamo arrenderci».

Lui si passò una mano tra i capelli e la osservò con tenerezza. Il primo sguardo dolce dopo giorni di piombo.

«Non mi frega niente dei soldi, forse non l'hai capito...»

«Non te ne importa perché ce li hai sempre avuti, Toni'.»

Lui si fece più vicino e l'accarezzò.

«Non essere ingiusta, io non sono quel pazzo che crede mia madre. Ho vissuto da solo, in Egitto, in Germania, e sempre in difficoltà. È vero, tenevo i genitori alle spalle, ma è diverso che sentirli vicini. So come cavarmela e devo farlo, al diavolo i loro soldi. Iniziamo a costruirci la nostra vita; proviamoci, almeno. Non voglio che la gente pensi che hai sposato un uomo da niente. Ti prometto che appena possibile torneremo a Napoli.»

In quell'istante, Maria comprese che non lo conosceva affatto. E capì che avrebbe dovuto guardare meglio dentro se stessa, con maggiore umiltà. Una furia la sua vita, una serie di azzardi alla ricerca della felicità. Ora era come osservare uno specchio. Lei e Tonino sapevano d'aver corso un rischio, avevano sbagliato, perciò dovevano aiutarsi, difendersi.

«Troverò un lavoro» gli disse, mentre cercava nella borsa l'indirizzo di Alim. «Ecco, questo è un turco che ha bisogno di lavoranti. Cucirò in casa.»

In quel momento lui guardò lontano, tra la gente che sfilava indifferente davanti a loro.

«Mi perdonerai mai?»

«Per cosa?»

«Per il bambino.»

Maria rimase un attimo in silenzio. Poi rispose: «Toni', tu non stavi bene».

«Non lo so...»

«Cosa non sai?»

«Se riuscirà a passarmi il rimorso.»

Lei lo guardò triste.

«Avrei potuto dire di no, ma ho avuto paura. Quindi siamo in due a dover campare con questo dispiacere.»

Appoggiò la testa sulla sua spalla. Si arresero.

35

Quello del 1956 fu un Natale triste.

Il giorno della vigilia Maria andò al mercato a comprare gamberetti, fravagli da friggere e dei *brigadeiros* al cioccolato. Si era riabituata a mercanteggiare, come a Napoli, aveva indossato di nuovo la sua corazza e combatteva.

L'intenzione, per quella sera della vigilia, era di avere una tregua prima di lasciare la casa, aprire una feritoia attraverso la quale guardare ogni tanto, per non sentirsi soli, abbandonati. I Balestrieri erano pur sempre i genitori di Tonino, e poi c'era Silvia, alla quale Maria teneva tanto. Ma quando rientrò dall'hotel, lui le disse che i suoi avevano deciso di trascorrere la festività con alcuni amici nel quartiere di Botafogo. La feritoia divenne una ferita. Nessuno spiraglio, nessuna apertura, niente.

Cenarono da soli, brindarono e si chiusero in camera prima che la famiglia rientrasse. Fu un momento triste. Maria ripensava al freddo di dicembre a Napoli, alle luci degli alberelli apparecchiati a festa che spuntavano dalle finestre, ai presepi, ai pescivendoli che inseguivano i capitoni sgusciati dalle tinozze, al profumo dei mandarini. A Rio faceva molto caldo, si festeggiava il Natale sulla spiaggia. Se lei e Tonino non avessero avuto un buco nel cuore, forse sarebbe stato bello.

Tre giorni passarono in fretta, tra porte sempre chiuse e neanche mezza parola scambiata. Solo Silvia lasciava loro il caffè caldo nel bricco prima di uscire per le sue commissioni e dava un tocco leggero alla porta della stanza per salutarli con un cenno della mano. Stava arredando il villino nel quale avrebbe abitato una volta sposata, e Severina non le dava respiro, le stava addosso, probabilmente per indurla ad abbandonare anche lei suo fratello.

Così, il 28 dicembre, arrivò il furgone per caricare il mobilio. Anche quella mattina, sebbene fosse prestissimo, al risveglio trovarono la casa deserta. I quattro ragazzi che diedero loro una mano lavoravano in hotel e si sfiancavano facendo due o tre mestieri. Per pochi cruzeiros avevano anche imbiancato le pareti della camera nuova. Furono rapidi nel trasloco, esperti. Smontarono l'armadio e il letto e li sistemarono sul camioncino, insieme al tavolino e al secrétaire. Caricarono i due bauli che Maria aveva riempito con la biancheria e i piatti del corredo. Tonino portò le valigie con i vestiti. Quando furono pronti, Maria accostò la porta della stanza che aveva abitato e percorse il soggiorno in punta di piedi, attraversando quel luogo bellissimo e silenzioso nel quale aveva sperato di essere felice. Le venne un groppo alla gola. Non sapeva cosa l'aspettasse e si chiese se non fosse tutto già segnato. Chiuse la porta e infilò la chiave sotto lo zerbino. Si allontanò dal vialetto con il cigolio delle ruote nelle orecchie e l'amarezza nel cuore.

Il Capodanno li trovò intenti a sistemare la stanza.

Il 31 dicembre era anche il giorno del compleanno di Tonino, quindi lui riuscì a sfilare un giorno di ferie che sfruttò per lavorare in casa senza sosta.

Alla fine della giornata erano sfiniti. Avevano pulito, sistemato i mobili, riempito gli armadi. Maria si guardò intorno avvilita. Uno dei bauli era stato addossato alla parete per essere usato come divanetto, mentre l'altro serviva da panca, per sedersi accanto al tavolino e mangiare. Le sembrò d'aver camminato sul filo d'un cerchio. Era tornata alla più oscura miseria. L'uso del bagno era un problema, nella cucina i rispettivi stipetti venivano chiusi con catenacci che umiliavano la fiducia degli altri. Solo il sapore della libertà aveva il fascino della speranza. Affrontare il futuro, cambiare le carte in tavola, credere nella risalita.

Le coppie con cui coabitavano nella villetta erano giovani sposi come loro. Due italiani, Felicia e Luigi di Trieste, e Mariama e Amadou del Senegal, che pareva vivessero solo d'amore, poiché si tenevano sempre stretti l'uno all'altra e passavano il tempo avvinghiati a baciarsi, pure quando erano sudati o stanchi.

«Non farci caso...» le disse Felicia un pomeriggio. «Siamo arrivati insieme a loro, otto mesi fa, e mai, mai si sono lasciati la mano!»

«È bello, no?»

«Dipende. Io ci tengo a Luigi, ma se si incollasse addosso non lo sopporterei.»

Aveva un figlio Felicia, si chiamava Luca, un bimbo di tre anni tutto pepe e smorfie. Luigi lavorava in un cantiere dalle sei del mattino alle due del pomeriggio e quando rientrava non desiderava altro che mangiare e dormire fino a tardi. Anche Tonino c'era poco, a causa dei turni e degli straordinari, così, lei e Felicia, avevano molto tempo per stare insieme. La mattina uscivano a fare la spesa, imparavano insieme il portoghese: *Podemos?*; *attravessar à estrada*; *bom dia*; *quanto custa este vestido?*

Al rientro preparavano il pranzo. Maria si era offerta di cucinare, in modo da lasciare a Felicia più tempo da dedicare al bimbo. Luca le era sempre in braccio, si attaccava, le penzolava addosso giocando coi capelli, con la gonna, infilando le dita nelle asole dei suoi vestiti. Quella donna a Maria piaceva, alle volte si incantava a guardare i suoi capelli biondi, quasi trasparenti, gli occhi chiarissimi, la pelle rosa. Aveva l'accento elegante del nord, non gesticolava con le mani ma gli occhi le sorridevano o si intristivano a seconda dell'argomento di conversazione. Era semplice, molto schietta, non le mandava a dire. Un bene per Maria, che apprezzava la sincerità sopra ogni cosa.

Luigi, invece, era un lavoratore serio, preciso, più vecchio della moglie. Si complimentava sempre con lei per il suo modo di cucinare, la parmigiana di melanzane, le fritture, i dolci, e quando la vedeva in cucina si fermava volentieri. Maria aveva intuito che erano emigrati per via di qualche problema che lo riguardava, ma Felicia non si sbottonava, quindi lei non chiese mai. Sapeva che non avevano denaro e che, come lei e Tonino, cercavano di conservare qualcosa per tornare in Italia appena possibile.

Un pomeriggio tardi, durante uno di quei crepuscoli afosi di Rio, con il sole che resta come una palla di fuoco sul fondo del cielo, lei e Felicia si trattennero fuori a parlare e Maria si aprì come non aveva fatto mai con nessuno. Le raccontò tutto, del primo periodo con Tonino, poi di Enrico e ancora Tonino, la sua famiglia. Felicia aveva seguito il suo racconto, a tratti ingarbugliato, con interesse. Però fu cruda nel commentare.

«Insomma, vi hanno trattato da estranei! E tuo marito ora riesce a vivere in questa miseria? Non pare ci sia abituato...»

«Lo credevo anch'io. Invece no. Sta giornate intere all'albergo per cercare di fare carriera, guadagnare più soldi. Non pensavo ce la facesse...»

«Be', non mi pare che vi conosciate molto... In fondo è da solo quattro mesi che vivete insieme. Però, non ho capito se tu ci tieni o pensi ancora a quell'altro, quel bel tipo, lì, di Napoli.»

Maria nascose il viso dietro l'ombra del banano, più per se stessa che per Felicia.

«Qualche volta» ammise. «Non per amore, ma per odio.»

«È la stessa cosa.»

«Tu dici?»

«Sì, è così. Odio e amore sono due facce della stessa medaglia» sentenziò. Poi aggiunse: «E quindi? Lo ami, Tonino?».

Che avrebbe dovuto dire? Si sentiva come buttata fuori dal palcoscenico dopo una commedia. L'amore disilluso, il tentativo di riscatto, la delusione e il tormento. Che altro poteva restarle?

«Gli voglio bene, assai. Ma...» esitò. «La verità è che ho paura, ne ho sempre avuta. Non sono mai stata corteggiata, non ho mai frequentato nessuno, non lo so capire l'amore. Forse al principio lo amavo, sì.» Pensò a quando veniva a prenderla in sartoria, con le mani fredde infilate nelle tasche e quel sorriso vivo. «E poi, mannaggia a lui, tutto quel silenzio. Che dovevo fare? Per me era finito, finito tutto... Poi è arrivato Enrico che ci sapeva fare, tutte quelle parole, tutti quei baci... Però non gli bastavo, spariva e andava con le altre. E così, quando Tonino è ricomparso, ho pensato che la vita mi stava dando un'opportunità, che il mio destino era lui. Potevo aiutare anche i miei, mandare qualcosa, non so, un po' di denaro. Invece, ecco quello che è successo. Ho buttato nella miseria pure a lui...»

Trattenne le lacrime e le girò lo stomaco per le verità che andava sciorinando. Ma Felicia non la giudicò, e già fu tanto.

«Fatti forza, Maria. Se desideri una cosa, combatti e l'avrai. Ora pensa solo a te e a tuo marito, e gli altri si arrangino.»

Maria non rispose.

Nell'aria, nel buio della sera, scesa adagio nel giardino, si avvertiva solo il vento caldo tra le foglie e qualche risata infantile.

36

La mattina del 20 gennaio, a Maria consegnarono la macchina per cucire. L'avrebbe pagata a piccole rate, un collega di Tonino aveva fatto da garante. Perciò aveva attrezzato un angolo della stanza per il lavoro e stava attendendo che arrivasse Alim. Le aveva promesso di darle da cucire e fu di parola. Alle dieci bussò alla porta.

«Ecco, tende di albergo. Devono essere pronte fra tre giorni» disse, mentre posava un bustone sul letto, sopra il lenzuolo pulito, senza curarsi di macchiarlo. Vi fu un attimo di silenzio nel quale Maria si accorse dei suoi occhi addosso. L'aveva trovata intenta nelle pulizie, con la vestaglia di casa appena sbottonata. Si ricompose, guardandolo di taglio.

«Passate fra tre giorni, il lavoro sarà pronto» chiuse secca.

Alim uscì e Maria osservò le sue spalle enormi, il peso della pancia che appesantiva il suo passo, ma nonostante ciò aveva una sicumera nell'incedere che metteva paura. Comunque gli era grata, le dava da vivere. Spostò lo sguardo da lui e prese il bustone. Lo poggiò a terra e l'aprì. C'era da fare l'orlo a tende lunghe e larghe, di un bianco immacolato. Le mise sul baule per non farle sporcare. Per cinque pidocchiosi cruzeiros avrebbe dovuto misurare, tagliare, imbastire, cucire, pulire e stirare. Tende pesanti anche da tenere sulle ginocchia. Ma andava bene, anche se il cuore si infiammava per la rabbia, anche se il passato non moriva mai. Lo stomaco brontolava e, quando non mangiava con Felicia, era pane e banana quello che l'aspettava per il pranzo.

Da quel giorno, per tutto il mese, cucì. Mani e dita piegate, punture e sangue, la vista annebbiata sopra stoffe d'ogni trama e colore. Tuttavia avvertiva un dolore quasi benefico, un compiacimento nella sofferenza che teneva stretto a sé, perché le dava guadagno. Non si arrendeva e le mani doloranti aspettavano che Alim consegnasse altre tende, grembiuli, tovaglie. "Questa è la terra delle opportunità" dicevano tutti. In realtà, Maria sapeva solo che lei e Tonino andavano a letto distrutti dalla fatica. Non riusciva neanche più a leggere, crollava. Una volta si pesarono. Sessanta chili lui, quarantacinque lei, ma c'era poco da fare; si doveva risparmiare e stringere la cinghia.

Col passare dei giorni, Maria si rese conto che non era solo la scarsità di cibo a farla dimagrire. C'era un fetore stagnante nel bagno che le torceva lo stomaco e giaceva sulle pareti di quel posto promiscuo. Erano in sette a usare la tazza, il lavabo, la doccia, e non tutti lasciavano pulito ciò che trovavano pulito. Una volta ebbe una cistite fortissima, con fili di sangue e dolori indicibili. Lei e Felicia si facevano in quattro, ma non bastava mai. Le sembrava di fare un passo avanti e due indietro, ma l'importante era non fermarsi, non inchiodare mai i piedi nel cemento.

Dopo un mese di quella vita d'inferno, una mattina Maria incontrò Alfredo e Silvia per strada. Tornava dal quartiere di Botafogo, dove era andata a consegnare delle tovaglie ad Alim. Silvia stentò a riconoscerla, tale era il suo aspetto. Sciatta, coi capelli che le erano cresciuti a vanvera, nessuna traccia più del taglio alla Lollo col quale era arrivata a fine estate. Portava una camicetta bianca con un nodo e pantaloncini. Doveva stare fresca e comoda, il caldo era soffocante in quel periodo dell'anno.

Silvia, invece, era più bella di prima, elegante come sempre. Quando la vide, le scappò un tremore alle labbra e gli occhi le divennero lucidi.

«Come stai? Come sta Tonino?» chiese.

Maria rimase di ghiaccio. Nonostante l'affetto che aveva nutrito per lei, si toccò di nervi.

«Perché non glielo chiedi di persona? Sai dove lavora, vallo a trovare» rispose con durezza.

Silvia abbassò gli occhi e si scontrò con le sue mani gonfie.

«È vero... Scusami... Scusatemi tutti e due.»

Alfredo parlava solo portoghese e non capì, se non guardando il volto della compagna, che si trattava di un momento difficile. Disse qualcosa a Silvia.

«Alfredo dice che se avete bisogno potete rivolgervi a lui.»

«Ci arrangeremo, ti ringrazio» le disse. Non voleva niente da loro. Li avevano abbandonati, e adesso pretendevano di consolarli. Non le sembrò dignitoso. La salutò frettolosamente e a testa alta si allontanò. Le rimase addosso il profumo dei capelli di Silvia. Un profumo buono, di cose belle, di vita serena.

Si diresse verso casa con un nodo alla gola. Rio de Janeiro era vivace, piena di gente che si divertiva, donne e uomini che, pure nella povertà assoluta, vivevano in allegria. Mentre lei l'attraversava così, senza guardarsi intorno, pensando ai fatti suoi. C'era il Carnevale in quei giorni, nell'aria si arrampicavano musiche aggressive, martellanti. La gente ballava, travolgeva i passanti, si fondeva e sciamava verso le piazze, lungo le spiagge. Chiunque aveva una bottiglia tra le mani, qualcuno si ubriacava di cachaça stramazzando al suolo con risate ebeti. Maria invidiava tutti. A differenza sua, parevano felici in qualche modo di stare al mondo.

Quando imboccò la strada, aveva la testa talmente per aria che un tacco dei sandaletti le si infilò nel tombino. Si inginocchiò, ma non riuscì a tirarlo fuori. Per fortuna comparve Luigi, il marito di Felicia, che tornava dal lavoro. Con abilità districò il tacco e le infilò la scarpa al piede. Rientrarono insieme, Maria lo ringraziò e corse in camera sua. Chiuse la porta, si abbandonò sul letto e rimase a guardare il soffitto per un'ora.

Avrebbe dovuto scrivere ai suoi, ma penna e fogli le ballavano davanti agli occhi. Ancora non se la sentiva. Soffriva molto la solitudine, l'abbandono, ma non poteva scaricare su di loro le sue angosce, e non voleva più mentire. Sapeva di tenerli in ansia, ma era sconfitta e gli sconfitti devono diventare piccoli, quasi invisibili, per recuperare forza e poi risorgere.

Nello sconforto di quella stanza angusta, Maria prese la spilla di Pupella. Si stese sul letto, la strinse tra le mani e ricordò tutto come in un sogno. Il bombardamento, i biscotti con lo zucchero a velo, la testa bionda intravista di sfuggita, le sue calde parole...

Mi sono innamorata. L'amore quando arriva non ti avvisa, ti paralizza e tiene sempre qualcosa di sbagliato. Non pare mai quello giusto, eppure tu lo riconosci, lo sai che è lui. Mo' che tutto è sottosopra, mi rubo un poco di felicità in mezzo a tutta 'sta desolazione...

Pensò con tristezza che Pupella aveva sacrificato la sua vita per amore, e che ora anche l'amore suo era divenuto sacrificio.

37

Nei primi giorni di marzo, Maria si accorse che l'atteggiamento di Felicia era cambiato. Più volte si era interrogata su cosa potesse essere accaduto, ma non le venne in mente niente. Quando scendeva in cucina per darle una mano per il pranzo, diventava immobile, di pietra. Le rispondeva a monosillabi, rifiutava il suo aiuto. Al principio Maria pensò che stesse male. Ma con gli altri, persino con Tonino, Felicia aveva la gentilezza di sempre.

Era con lei che ce l'aveva.

Si disperò. Per due giorni fece su e giù dalla cucina per incontrarla, ma appena la sentiva arrivare quella si ritirava in camera. Resistette per un giorno ancora, poi una mattina bussò alla sua porta.

Sentì un tramestio all'interno. Quando aprì, la guardò con una faccia vuota.

«Che vuoi?»

«Solo sapere cos'hai contro di me.»

«Fai la finta tonta?» Maria la guardò senza capire, così Felicia rincarò la dose: «Voi napoletane vi credete furbe, non è vero?».

Quelle parole riuscirono a farle saltare la pazienza.

«Sputa fuori, che tieni da ridire sui napoletani?»

Le rise in faccia e tirò su il mento, come a sfotterla.

«Che siete tutte zoccole, nessuna esclusa!»

Nella testa Maria vide rosso. Ecco come doveva sentirsi sua madre quando sfuriava! Era lei, era il suo sangue che diventava lava e fuoco e le correva nelle vene. L'angoscia e l'odio si mischiarono e fece qualcosa di fetente della quale subito si pentì: le tirò uno schiaffo talmente forte che rimbombò nel corridoio.

Felicia si toccò la guancia, sgranò gli occhi e, come caricata a molla, saltò e la prese per i capelli, affondò le unghie selvagge nella carne e continuò fino a quando Mariama non sbucò dal nulla e le divise.

«Che cazzo vuoi?» strillò Maria. I suoi capelli sembravano cespugli di rovo, la voce arrivava da un luogo sconosciuto.

«Tu e Luigi...» biascicò Felicia.

«Io e Luigi cosa?»

«Vi ho visti, credi che io sia stupida? Ti fa gli occhi dolci, ti fa i complimenti per come cucini. L'altro giorno ti ha pure riaccompagnata a casa...»

A Maria piombò addosso un macigno.

«Ti sbagli, non dire sciocchezze. Luigi è gentile, niente di più!»

Ma ormai Felicia aveva deciso.

«Sparisci, non ti voglio più vedere! Da oggi in poi ognuno per i fatti suoi!»

Mariama la lasciò andare. Maria non disse più niente, perché poco o niente c'era da dire. Se quella era la sua ossessione, Felicia avrebbe sempre visto il male dappertutto.

Si ricompose, asciugò il sangue che scorreva dal graffio sulla tempia e si chiuse nel bagno. Andò avanti e indietro tentando di calmarsi. Era furiosa, le pareva di rapinare la vita ogni minuto. Cercava la serenità, la rubava e doveva sempre restituirla. Ogni giorno che scendeva in Terra era una prova.

Si sciacquò più volte la faccia e dopo mezz'ora uscì per ritirarsi in camera. Quando Tonino tornò, vide che era sconvolta.

«Che è successo?»

«La vita mia è uno strazio!» esplose, sconfortata. Voleva tirare fuori la faccia dall'oscurità in cui l'aveva infilata, ma pareva un'impresa disperante.

Spiegò a Tonino l'accaduto, ma lui non diede alcuna importanza alla cosa, anzi, parve prendersela con lei.

«Cose di donnette, non ci cascare più, non è da signora comportarsi così! Dovevi snobbarla punto e basta. Quella non è gente che fa per noi.»

«E chi sarebbero le persone da frequentare? Guardati intorno. Siamo soli e siamo alla fame, tutti e due!»

Lui la guardò sprezzante, e Maria lo odiò. Era stanca di stare nelle ragioni degli altri e affogare le sue. Le cose di donne erano pazzielle a cui non s'attaccava? Ebbene, lei veniva da un posto oscuro, senza tranquillità, un'eredità scomoda che non riusciva a scrollarsi di dosso. L'aveva dentro, giaceva in lei, era innegabile. E la sentiva più forte tra quelle mura nemiche.

La mattina seguente si svegliò da sola nel letto. E sola rimase fino a sera.

38

Rio de Janeiro, marzo 1957

Tornarono i lucchetti ai pensili in cucina. Tornò la paura della solitudine. Tornò la voglia di casa sua.

Da quel terribile litigio con Felicia, furono tacitamente stabiliti dei turni per l'uso della cucina e del bagno. Maria non incontrava più nessuno dei triestini e poco o niente i senegalesi. Alle volte sentiva il bambino di Felicia chiedere di lei. Seguiva un silenzio lungo e poi lei, esasperata, che rispondeva: «Luca, Maria non esiste più!».

Già, lei non esisteva. Nel bene e nel male. Vizi non ne aveva, niente vestiti, gioielli, automobili, viaggi, ristoranti, cinema o teatro. Non beveva e neppure fumava. Amici neanche a parlarne. Lavorava solo, ma essere donna in terra straniera voleva dire piegarsi a qualsiasi condizione, pur di lavorare. Maria faticava a scoprire le insidie nascoste nelle parole che non comprendeva, e aveva sempre la sensazione che le mancasse un braccio, oppure una gamba. Accettava uno sfruttamento ingiusto, l'unica condizione per portare a casa un po' di denaro. E il denaro, comunque, non bastava mai.

Così si attaccava alle pezze per guadagnare di più, e la giornata sfilava in fretta. Ascoltava la radio, ripeteva le parole carioca e cuciva, poi mangiava un po' di riso e riprendeva a cucire.

Una mattina, guardando il calendario sul quale segnava le spese, le entrate, le uscite, gli spiccioli conservati, si accorse che aveva saltato il ciclo. Fece e rifece i conti. Dal capoparto a metà dicembre, aveva avuto il mestruo solo una volta in gennaio. Era incinta! Una gioia la percorse all'improvviso, e la paura anche. Avrebbero dovuto sacrificare ancora tanto, lavorare di più, se possibile. Ma il figlio era arrivato, lo voleva e lo avrebbe avuto, anche a costo di chiedere la carità.

Quando lo disse a Tonino la sera, lui sbiancò.

«Com'è possibile?»

«Toni', ci siamo amati. Abbiamo solo quello, fuori è tutto un incubo. Doveva capitare prima o poi, e ringraziamo Dio, perché io tremavo al pensiero di non poterne avere più...»

Si strinse il ventre. A diventare ricca non ci pensava più. C'era la vita da affrontare adesso, che era cosa seria.

Due settimane dopo, il medico in ospedale le confermò la gravidanza e le diede delle vitamine da prendere poiché era sottopeso. Gli spiccioli che avevano conservato servirono anche per questo.

Non volle avvilirsi, sapeva che un figlio avrebbe comportato molte spese, ma era contenta, come se fosse stata perdonata da Dio. Una vaga serenità, un benessere inspiegabile, quella creatura le cresceva dentro come una benedizione.

Tornò a casa serena. Si scontrò con Felicia all'ingresso, ma neanche la sua faccia storta riuscì a farla innervosire. Dopo aver fatto la doccia, si chiuse in camera. Mentre si asciugava, Alim arrivò con la sua sacca piena di cose da cucire. Bussò alla porta, lei ne aprì una fetta e gli chiese di aspettare, ma lui insistette.

«Devo tornare in fabbrica, ci vuole un minuto» le disse.

Un po' contrariata, Maria si strinse nell'accappatoio e si fece da parte affinché poggiasse come al solito le cose sul letto. Invece lui entrò e la sacca gli scivolò per terra. Un equivoco sorriso gli spuntò sulla faccia verde, e in un istante capì quello che voleva. Quando avanzò e tentò di baciarla, Maria gli graffiò la faccia. Lui si toccò la ferita, raccolse la sacca da terra e gliel'agitò davanti come a dire: "Questa non la vedi più". Poi sparì, portandosi dietro le sue quattro pezze.

Suo marito la trovò seduta sul letto, le braccia allacciate alle gambe.

«È finita... Mi arrendo...»

Maria sentì che Tonino si accasciava sul baule. Quando si voltò, vide che si teneva la testa tra le mani, avvilito. Aspettava che lei raccontasse.

Gli disse poche parole: «Quel turco schifoso, quell'animale...».

Quando ebbe finito di raccontare, osservò il suo sguardo calmo all'ombra dei riccioli, una sorta di incoscienza infantile che lo rendeva bello e stupido. Muto, fissava il muro bianco e male intonacato. E allora fu lei a parlare.

«Voglio tornare a casa mia, a Napoli, Toni'. Non ce la faccio più.»

Neanche allora si voltò a guardarla. Il muro assorbiva il suo sguardo disincantato.

«E cosa faccio a Napoli? Qui almeno ho il lavoro» le disse senza espressione.

«Sì, ma guadagni una miseria. E mo', senza le pezze mie, come facciamo? Poveri qui o poveri là è lo stesso. Ma stiamo per avere un bambino e i nostri figli devono crescere tra gente che ci vuole bene. Vendiamoci le quattro cose che abbiamo e torniamo. Chiederemo aiuto ai miei, a zio Pasqualino che conosce tanta gente. Ti prego, riportami a casa!»

Trattenne il respiro in attesa di un suo rifiuto, invece la stupì.

«Hai ragione. Proviamoci, scriviamo...»

Quella sola piccola frase accese in lei un fuoco. Per la prima volta dopo mesi si concesse di rivedere gli occhi di suo padre, esiliati dalla sofferenza. Poi pensò che anche a Tonino, in qualche modo, sarebbe mancata la famiglia.

«Sei sicuro di quello che dici? Qui ci sono tua madre e tuo padre, c'è Silvia...»

La sua voce parve di vetro quando rispose.

«Stavo morendo e loro ne hanno approfittato per toglierti un figlio. Ci ho pensato tante volte, è uno schifo quello che hanno fatto.»

Non fu necessario dire altro.

In fretta scrissero una lettera, ma non ricevettero risposta.

Un'attesa muta, quattro settimane, ventotto giorni da incubo, ore e minuti ad aspettare, e la disperazione crebbe.

Maria aveva sentito dire che la verità andava inventata. Loro non avevano inventato niente, ma forse avrebbero dovuto dire qualcosa di più, fare capire il loro dramma?

Passarono altri cinque giorni e poi una mattina, dopo una notte agitata e senza sogni, le venne in mente che, nella fretta, non avevano indicato il nuovo indirizzo.

Le vennero i brividi: la risposta era a casa Balestrieri.

39

Il giorno stesso Tonino andò dai suoi per controllare, e tornò con una faccia scura. In venticinque giorni, Nunzia e Giovanni avevano inviato ben due lettere.

«Eccole, le aveva mamma.»

Maria lo tallonava per sapere dell'incontro con Severina.

«Le ha lette?»

«No, sono chiuse.»

«Le hai detto che vogliamo tornare a Napoli?»

«Sì.»

«Toni', dimmi qualcosa di più. Ci vuole la tenaglia per tirarti fuori le parole!»

«C'è poco da dire. Al solito suo, era di ghiaccio.»

Maria sapeva, per esperienza, che Severina era più pericolosa quando taceva.

«Speriamo Iddio che non ci impedisca in qualche modo di partire...»

«Non ti mettere brutti pensieri in testa. È solo molto risentita e vuole che sia chiaro che non partiamo a causa loro.»

«Ah no? E secondo lei chi ci avrebbe messo in mezzo a una strada? Si vuole salvare la faccia coi miei, la stronza!»

Tonino sedette e sbottonò il colletto della camicia. Il suo corpo parlava, si spingeva verso di lei e arretrava, aveva un'infelicità negli occhi, nella bocca. Giravano intorno a lui le colpe, i rimorsi, la tristezza. Quel suo modo oscuro di comunicare la turbava. Erano cresciuti in pochi mesi, ed erano alla resa dei conti, entrambi.

Con amarezza Maria giunse a una considerazione: lui l'aveva sposata per la passione che aveva per Napoli, per la sua semplice ingenuità ma, sopra ogni cosa, per allontanarsi da quella madre ingombrante, per sfuggirle in qualche modo. Lei, invece, aveva acconsentito al matrimonio per salire un gradino, per sollevarsi dal fango. Ognuno aveva approfittato dell'altro. Ma nel quotidiano avevano imparato a rispettarsi, a volersi bene. Anche quello era amore. C'erano volte in cui lei lo spiava, da lontano, lo osservava quando chiudeva un libro e si perdeva, con la testa infilata chissà dove. C'era qualcosa che non conosceva, ma negli occhi gli vedeva fette di luce bianca che parevano comparire dal nulla. Forse era l'Egitto, qualche cosa del suo passato che lo immalinconiva e lo illuminava. Si chiese se anche lui scrutasse in lei qualcosa di vietato.

«Sono stanco» concluse Tonino. «Non possiamo cambiare quello che non è possibile cambiare. Non parliamone più.»

Maria non battagliò. Ora, il suo unico pensiero era quello di tornare a casa.

Le lettere vennero aperte in fretta e furia. Nella prima Giovanni era preoccupato, chiedeva spiegazioni, tentava di rassicurare. Nella seconda, invece, era smarrito, voleva chiarezza, soprattutto chiedeva uno scritto di Tonino, un confronto da uomo a uomo. A Maria il cuore scoppiò di tenerezza nel leggere lo sforzo che suo padre faceva per restare educato e rivolgersi a Tonino secondo etichetta. Suo marito era un uomo di ceto sociale alto, qualcuno che in altre circostanze Giovanni avrebbe al massimo portato a bordo del suo tram.

Quando terminò di leggere, Tonino prese subito carta e penna. Maria gli chiese di tenersi a pelo d'acqua, non affondare. La verità l'avrebbero raccontata poi, in un secondo momento.

Fu così che Giovanni Imparato chiese loro di mettere fine a quel colpo di testa e rientrare in patria. Lui e Nunzia li avrebbero accolti, aiutati. Lo scritto ridiede a Maria forza e fiducia.

Oltre a questo, accadde qualcosa di importante. Le fu recapitata una lettera di Nunzia. Era solo sua, lo seppe ancora prima d'aprirla: aveva usato una pagina del calendario, per cui Maria capì che aveva agito di nascosto. Le prese un'emozione forte, la vergogna e la felicità di chi riconosce l'amore, esiliato e ritrovato, come un bambino ritrova tra cento bambole quella che aveva perso.

Sua madre aveva usato due penne, una blu e una nera. Al solito in casa ce n'erano poche e scrivevano male. Il foglio era tutto macchiato, quando lo aprì ne uscì un odore familiare che le strinse il petto.

Nell'osservare la grafia stentata, le parve d'averla davanti, in carne e ossa.

Mari', non mi piace scrivere, e tu lo sai, ma tu ora devi dire a me quello che veramente sta succedendo, perché sei sangue mio e non è facile a sta' tranquilla! Mi manchi Mari', ho avuto mesi duri! È vero, so' stata fetente con te, ma ho pagato e sto pagando. Però adesso devi dirmi tutte cose. Nessuno può capirti meglio di tua madre.

Maria si rasserenò, e stava decidendo se rispondere subito quando Tonino rientrò con una nuova, scomoda novità.

«Ho parlato con mia madre e lei vuole riparare, aggiustare in qualche modo quello che è successo fra di voi. Mi ha fatto un'offerta che mi pare intelligente. Mi darà i soldi per farti partire, in aereo, alla svelta, pure la settimana prossima. Mi preparerai il terreno a Napoli e io ti seguirò tra qualche mese. Mi sembra una buona cosa, che ne dici?»

Maria sentì il sangue pesarle dentro. In petto si aprì una voragine dove finirono i suoi desideri, accartocciati e buttati via.

«Tornare da sola, con una creatura in pancia? No, Toni', non è una bella idea, mi dispiace!»

Lui la osservò con gli occhi affilati, in collera per essere stato contraddetto.

«Maria, ma tu hai capito bene? Napoli, torni subito a Napoli! La tua famiglia, la tua casa, il tuo prezioso albero di mandarini!»

«Non m'importa la fretta, aspettare un altro mese che cambia?»

«Cambia che non ci dobbiamo sfiancare a vendere le cose, cambia che metto lo stipendio da parte, cambia che so che sei serena, a casa coi tuoi genitori!»

«E tu? Che farai? Torni là, da quelli che ti hanno buttato in mezzo a una strada? Non eri tu a dire che t'avevano fatto soffrire?»

«Uh, Mari', quante domande! Rifletti bene, è la cosa giusta. Tu sei mia moglie, una volta a Napoli potrai portare le mie credenziali a chi di dovere, cercare una casa per noi. Avanti, su, si tratta solo di pochi mesi. Arriverò in tempo per la nascita di nostro figlio, te lo prometto.»

Maria non gli credeva, le lunghe riflessioni portavano sempre in luoghi lontani dalla realtà della vita. Le sue parole rotolavano per terra. Non voleva fare un altro gesto incosciente. Però non era semplice decidere. Tonino aveva le occhiaie, era magro, provato. Aveva capito ormai com'era fatto suo marito: non prendeva mai l'iniziativa finché, improvvisamente, faceva qualche colpo di testa. Ora pareva un giocattolo rotto. Maria guardò le sue mani che stringevano le gambe come a tenerne insieme i pezzi.

Era anche lei spezzata a metà. Voleva restare, voleva partire…

«Va bene, Tonino. Fa' questo biglietto» gli disse. «Però ti avverto, se entro due mesi non arrivi a Napoli, giuro che incinta o meno salgo sulla prima nave, arrivo a casa dei tuoi e spacco la faccia a tutti quanti.»

40

Napoli, aprile 1957

Giovanni riemerse dalle sue meditazioni, più che mai dispiaciuto per Maria, che aveva inseguito chimere e sogni che si erano presto trasformati in incubi.

Certo, lui avrebbe potuto opporsi, ma l'ingenuità che aveva accompagnato la scelta della figlia era anche sua, e pure l'ottimismo, che in fondo era una specie di istinto di conservazione, e la speranza.

Posò gli occhi su Nunzia, che si muoveva lenta verso di lui e lo fissava con malinconia.

«Non è andato niente come doveva andare…» disse avvilita. «E non possiamo prendercela co' nisciuno. Abbiamo sbagliato tutti, ce sta poco 'a fa'!»

«Qualcosa è successo con la famiglia di Tonino, altrimenti perché avrebbero lasciato casa loro?»

Nunzia accarezzò i capelli bianchi di suo marito in un gesto significativo.

«E che importanza tiene ormai? La verità è che nun avimme insegnato niente ai nostri figli, Giovanni', e questi so' i risultati. Perciò quando sbagliano, la colpa è solo nostra.»

Gli occhi di Giovanni si persero nel nulla. Comprendeva le parole di sua moglie, ma ora bisognava mettere riparo, fare qualcosa, prima che fosse tardi. Teneva le due lettere in mano e le stirò sul tavolo.

«Ha scritto a te, devi rispondere. E pure se me l'abbraccerei mo' mo', in quest'istante, dille che non può tornare. Lo sai pure tu. Se torna sola, sola rimane, ché Tonino sicuro resta in Brasile.»

Di questo era certa anche Nunzia. Tonino era un uomo fragile, era chiaro a tutti.

«Abbiamo sbagliato, e mo' la dobbiamo aiutare» concluse, risoluta. «Lei la famiglia ce l'ha. Lui no!»

La lettera arrivò dopo quindici giorni. Era uno scritto teso, pieno di parole secche e determinate. Sua madre era stanca e addolorata, ma aveva ben chiare le idee. Maria a Napoli doveva tornarci con suo marito, e una volta lì lei e Giovanni li avrebbero aiutati, anche economicamente.

Anche dall'altra parte del mondo, avere l'appoggio e l'affetto di sua madre era tutto per Maria. Ora si sentiva forte.

Invece Tonino accartocciò la lettera e ci fu un litigio.

«Ecco qua! Ti sembra una cosa onorevole per me? È umiliante accettare soldi dai tuoi!»

«E perché? L'offerta di tua madre era diversa?»

«Che c'entra. Mia madre voleva trovare una soluzione intelligente.»

«E già, perché i miei sono ignoranti! Ma com'è che a me tanto intelligente la sua soluzione non mi pare?»

«Ma cosa vuoi saperne tu!»

«Che vuoi dire, Toni'?»

«Niente, non voglio dire niente. Sono stanco e scocciato!»

«Pure io, però non me la prendo con te!»

«Io me la prendo con questa vita di merda!»

Maria si teneva di spalle, non lo guardava. Sentì che respirava forte, poi le arrivò il rumore di un pugno sulla cassapanca.

«È andato tutto storto! Il lavoro, la casa, la mia famiglia! Che potevo saperne io?»

Quella reazione non la sconvolse. Era abituata alla difficoltà che rende aggressivi, che fa male al corpo, fa dire cattiverie. E sapeva anche quand'era il momento di frenare una discussione che non portava da nessuna parte.

«Finiamola, Toni', è una guerra inutile la nostra. Mia madre ha ragione, e tu lo sai. Io resto qua, dillo pure ai tuoi, ringrazia-li da parte mia e digli di tenersi i loro soldi.»

Lui non le rispose. Era uno di quei momenti in cui bisognava tacere, accettare e chinare il capo. Aveva capito d'aver reso infelice sua moglie trascinandola in una terra che non gli aveva consentito di mantenere le promesse.

Il giorno dopo scrisse agli Imparato una lunga lettera in cui dava ragione a Nunzia, ma rinunciava alla loro offerta economica. Non pretendeva anche questo sacrificio.

Sapeva di dover affrontare un altro momento difficile, ma sperò che fosse l'ultimo. Voleva salvare il loro matrimonio e sperare nella tranquillità.

41

La mattina seguente, Tonino andò a Ipanema per parlare con sua madre e le mostrò la lettera di Nunzia.

Severina rimase ad ascoltare con il sangue che le saliva alla testa. Lui non se ne accorse, perché era perfetta pure nella rabbia.

«Si può sapere che ti ha fatto Maria?» le chiese. «Perché la odi così tanto?»

«Sono stanca di ripetere sempre le stesse cose, Tonino. Maria per me è robetta. Hai preso la tua decisione? Allora va', parti, sparisci!»

«È tutta qui la tua spiegazione? Fino all'ultimo hai tentato di uccidere questo matrimonio. Adesso volevi pure bloccarmi in Brasile!»

«Sembrava una buona idea anche a te, se ben ricordo.»

«Perché sono un ingenuo e ti ho creduto. Ma tu giochi sporco, mamma, l'hai sempre fatto!»

Severina sedette al sole, indossò gli occhiali scuri e parlò piano.

«Volevo una donna speciale per te, ma è evidente che non la meriti. Sei stato una grande delusione, Tonino.» Abbassò di un tanto le lenti e tagliò il suo sguardo a metà. «Ma dimmi tu una cosa, piuttosto. Io ti ho viziato. Ti piaceva dipingere, suonare, viaggiare. Ora ti vedo in ginocchio, non fai altro che faticare come uno schiavo, e se parti con lei dovrai continuare a farlo per tutta la vita. Sei proprio sicuro d'aver fatto la scelta giusta? Di riuscire a farcela senza soldi, senza frequentare ristoranti alla moda e indossare abiti di classe?»

Tonino sbiancò e strinse i pugni.

«Sei crudele» disse. Poi si riebbe: «Ho solo pena per te».

Quindi si allontanò con la fretta nelle gambe e il cuore nero di rabbia.

Sua madre lo osservò di spalle. Non le importava di quella partenza, era certa che suo figlio l'avrebbe rivisto, glielo diceva il sangue.

Però, l'ultima parola sulla faccenda doveva dirla lei. Per cui prese carta e penna e scrisse una lettera fingendo che a scrivere fosse suo marito. Questa volta persino la firma era poco credibile. Forse Raffaele Balestrieri non voleva più entrarci, in quella sporca storia.

Gentilissimo signor Giovanni,

ho aspettato invano che mi giungesse un suo scritto, speravo lo ritenesse necessario, viste le circostanze. Ma, come vedo, il mio parere non serve!

Innanzitutto ci tengo a informarla che sua figlia dal suo arrivo in Brasile non ha fatto che arrecarci dispiaceri e delusioni. Nonostante la nostra ospitalità, appena le è stato possibile ha fatto affittare una casa a mio figlio per poter star soli, con l'intento dichiarato di allontanarlo da noi e convincerlo a rifiutare tutto quello che, con grande amore, io e mia moglie offrivamo. In questi mesi Tonino ha fatto di tutto per convincere Maria a restare ancora un po' di tempo in Brasile. Per il momento non guadagna molto, ma non c'è da preoccuparsi, perché ci sono io alle sue spalle e posso aiutarlo finché la loro situazione economica non si sistemerà. Ma non è stato possibile convincerla. Sua figlia ha una sola parola d'ordine: Napoli!

Lei non lo fa dormire tranquillo, e Tonino è stanco di combattere. Per questo aveva preso la decisione di far partire prima lei: voleva mettere un po' di soldi da parte e riprendersi un poco di salute.

Sono molto triste per tutto questo, desidero vedere mio fi-

glio felice e invece ogni giorno lo trovo più deluso e angustiato! Perché non avete pensato di avvisare Maria che la moglie deve obbedire al marito?

Spero di ricevere un suo scritto presto,
Raffaele Balestrieri

42

Il 15 luglio Tonino andò al porto per prenotare i biglietti.

Aveva dato le dimissioni, e avrebbe dovuto aspettare trenta giorni per avere l'ultimo stipendio e la liquidazione.

Ciò nonostante, quando lui e Maria fecero i conti scoprirono che i soldi ancora non bastavano.

«Com'è possibile? Ci vogliono tutti questi cruzeiros per tornare in Italia?»

«Non rientriamo per causa di forza maggiore, non siamo emigranti, Maria. Quindi dobbiamo pagare il viaggio, l'imbarco, i bagagli, tutto.»

«E come si fa? A questa cifra non ci arriveremo mai!»

«Dobbiamo vendere tutto e subito, sperare di racimolare il più possibile.»

Maria gli strinse la mano e appoggiò la testa sulla sua spalla. Sapeva a cosa stesse rinunciando e gliene fu intimamente grata.

Lasciava la possibilità di una vita agiata per lei, per il figlio in arrivo.

Ed era certa che fosse spaventato, ma non glielo disse mai.

«Non ci avviliamo, Toni'. Teniamo duro.»

Quelli che seguirono furono momenti talmente convulsi che pareva notte anche di giorno.

La pancia cresceva e per Maria muoversi diveniva sempre più faticoso. Sentiva piedini e manine spingere verso l'esterno, era attenta, ma sfinita. Tonino mancava quasi sempre, per cui fu lei a doversi occupare della vendita. I triestini l'avevano esiliata dal loro mondo, ma Amadou e Mariama avevano messo voce tra i loro amici e in pochi giorni la casa divenne un mercatino. Maria non parlava bene il portoghese, per cui Mariama divenne indispensabile. La maggior parte delle volte comunicavano a gesti, in una sorta di alfabeto strano che rendeva unica la loro intesa. La sera, a tavola, tra fritturine e cachaça, Amadou e Tonino ridevano a crepapelle e le prendevano in giro. Erano momenti di gioia e di attesa, attimi sospesi tra il passato e il futuro.

Maria mise in vendita tutto, persino l'abito da sposa. Mentre Tonino finiva il preavviso, vide sfilare davanti ai suoi occhi i vestiti belli ed eleganti, l'abito da cocktail, i cappellini, i guanti, le perle, le scarpe col tacco a spillo. Piatti, posate, tazze e bicchieri, l'anello di fidanzamento, i regali avuti per il matrimonio, vasi di fiori, trine e merletti. Erano solo cose, ma dentro quelle cose c'erano i suoi occhi, il suo tempo, ore e ore di lavoro eseguito rincorrendo quel sogno che era diventato un incubo.

Tennero solo la biancheria intima e quattro vestiti per uno. Di prezioso rimasero solo la spilla di Pupella e le fedi nuziali.

Maria aveva la paura in corpo. Paura di non riuscire a racimolare i soldi, paura che Tonino cambiasse idea, paura che accadesse qualcosa all'improvviso e non potessero più partire, paura che Severina potesse tornare a farle male. Più si avvicinava la partenza e meno Maria sentiva la terra sotto i piedi.

Invece, per fortuna, i conti tornarono.

Quando tutto fu venduto, Tonino fece i biglietti.

La nave sarebbe salpata il 20 agosto e loro sarebbero arrivati a Napoli venti giorni dopo, l'8 settembre, a un anno esatto dalla partenza.

Maria tornava così, con solo la pelle addosso e un bambino nella pancia.

43

Rio de Janeiro, 20 agosto 1957

Piovigginava, quel pomeriggio. Rio de Janeiro non somigliava a se stessa. Il mare e il cielo avevano lo stesso colore grigio, e scorrendo la città attraverso il finestrino Maria divenne malinconica. Tutto intorno era prosperità, armonia, eppure lei in quella terra bellissima era stata profondamente infelice. I carioca, quelli poveri, confinati nelle *favelas*, dietro la spinta potente della vita avevano creato una città suggestiva e reso il territorio un luogo magico e folle, carico di nostalgia. Ma nei quartieri alti, la ricchezza evidente si opponeva a quell'immensa povertà, e pareva non ci fosse modo di realizzare una linea intermedia vivibile. Usciti da Ipanema, Rio diventava un suburbio di spietata miseria.

Tonino, due giorni prima, era stato a salutare i suoi. Maria non volle sapere cosa si erano detti, non le interessava. L'unica conseguenza visibile di quell'incontro era stato Alfredo, il fidanzato di Silvia, che era venuto a prenderli con l'auto per accompagnarli al porto.

Ora il transatlantico *Currientes* li aspettava e l'avrebbe riportata a casa, a Napoli, tra i vichi, in quella povertà regina, il modo sottosopra di vivere ogni cosa, la malinconia sulagna, le strane pianticelle che uscivano dai muri, il mare antico, con i porticcioli corrosi dall'acqua e dal vento. E il suo albero di mandarini. Provò il dolore bello della felicità.

Appena scese dall'auto, e dopo aver preso le valigie e i bauli che dovevano essere caricati nella stiva, Tonino tornò indietro con la faccia buia.

«Non ci fanno salire se non paghiamo l'imbarco dei bagagli...»

Maria si sentì smarrita. Guardò lui, poi l'ufficiale di bordo che scosse la testa.

«Ma come? Non sapevi che bisognava pagare?»

«Non lo so, m'è sfuggito! Ho fatto i biglietti, guarda, c'è scritto tutto: la cuccetta, il viaggio, il servizio. Non ho pensato fosse escluso il costo del bagaglio.»

«E mo'? Possibile mai che resti sempre qualcosa in sospeso, che sempre qualcosa vada storto?»

Tonino non le rispose e guardò Alfredo. Per un breve, piccolissimo istante, Maria sperò che li aiutasse, che avesse pietà di loro. Invece, quando Tonino gli parlò, capì che non avrebbe prestato loro i mille cruzeiros che chiedevano. Tonino era conciliante, lo supplicava quasi, perché si rischiava di non partire. Lui restava serio e scuoteva la testa. Non avrebbe tirato fuori dei soldi che non avrebbe riavuto.

Quando Maria vide Tonino sfilarsi la fede, lo stomaco si contrasse. Avanzò e si pose tra i due. Gli fece rinfilare l'anello e dalla borsa tirò fuori un sacchetto.

La spilla di Pupella brillò. La porse ad Alfredo, tenendola con delicatezza, come una reliquia, col pianto agli occhi trattenuto dall'orgoglio. L'unico bene che aveva stava per finire tra le mani di uno sconosciuto che non solo ne ignorava il valore, ma probabilmente lo avrebbe venduto a chissà chi.

L'oggetto scivolò lieve sul palmo di Alfredo, l'ago gli punse il dito. Maria pensò, ma fu un attimo, che quella spilla fosse una spada pronta a castigarlo. Osservò le pietre brillare e il ricordo salì a galla come la schiuma del mare. Nitido apparve l'attimo in cui Pupella le aveva regalato la spilla, quel mattino in cui tutto intorno era follia e morte, e c'erano solo loro due a spartirsi un pizzico di umanità. Maria rivide i suoi occhi buoni, sentì la sua voce un poco roca, sensuale, avvolgente. Non poteva sapere che, voltandole le spalle, non l'avrebbe vista viva mai più.

Si guardò attorno come smarrita. I consigli di Pupella le rimbombavano nelle orecchie e pensò che li aveva seguiti poco e male. Gli anni si erano scavalcati l'uno con l'altro e l'avevano aggredita, lasciando poco spazio ai vagheggiamenti. Il ricordo intimo, sì, quello solo le restava, il ricordo che scalda il cuore, l'unico sentimento che non ti lascia mai e che anche un piccolo oggetto può far rivivere.

Maria sapeva bene che lasciando andare la spilla, una parte di Pupella sarebbe andata via con lei. La consolò solo la certezza che quel dono prezioso le stava salvando la vita, che forse era proprio lei, Pupella, che ancora le tendeva la mano, e in quell'istante stregato sentì quasi la sua voce dire: "Va' piccere', va', salvati la vita…".

Nell'attimo in cui Alfredo la prese, sentì una forza entrarle in petto.

«È oro» gli disse sprezzante. «E quelli sono brillanti.»

Lui aprì il portafogli e contò mille cruzeiros, giusti giusti.

Lei li prese e si voltò verso Tonino, che la guardava muto.

«Ti dovrai abituare a vivere così» disse, la testa alta, la voce dura. «Arrangiandoti, sacrificando il bene, rinunciando alle cose belle. Proprio come io fino a mo' ho fatto per te!»

Lui sorrise slabbrato. Una smorfia, la sua, di consapevolezza.

Poi, finalmente, furono in punta alla scaletta. E Maria pensò che da lì iniziava tutto, dalle punte delle cose, dagli spigoli, e poi ci si allarga, si aderisce alla vita, si resiste per sopravvivere. Desiderava un istante di pensiero suo, un attimo di equilibrio, poiché davvero tutto era svanito. La vita da ragazza, le ambizioni. Il terremoto che erano state la sua infanzia e l'adolescenza aveva aperto crepe nella maturità, un disincanto quasi, che l'aveva resa vecchia anzitempo. Era come se avesse la gioia e la serenità alle spalle, pur non avendole mai sfiorate.

Scese le scale con prudenza e trovò la cabina. Vi entrò di

fretta, da sola, mentre Tonino si curava di quelle quattro cianfrusaglie che tornavano con loro. Sedette sul bordo del letto stringendosi le gambe, guardandosi intorno smarrita, mentre mille e mille pensieri le sfilavano nella testa: "Cosa accadrà ora? Che ne sarà di noi? Sto portando scompiglio anche nella mia famiglia?". Lo avrebbe scoperto solo poi, una volta a casa. "Casa", quella parola l'acquietò. La lontananza da Napoli ha qualcosa di misterioso, ti fa sentire straniero in ogni altra terra, ti strugge, è una città che nasconde la bellezza nel dolore, c'è qualcosa in lei che non c'è in alcun luogo. Chi nasce a Napoli, a Napoli vuole morire.

Quando l'ancora fu issata a bordo, con un fragore che la scosse, Maria sentì il mare sotto di sé, e scoppiò in un pianto dirotto.

PARTE QUARTA

Giorno dopo giorno

44

Napoli, 8 settembre 1957

Quando Maria giunse al porto, ebbe la sensazione di non essere mai partita. Tutto era come un anno prima: le luci, le ombre, i colombi che volavano verso pezzi di pane spugnati dal mare, gli scaricatori con le loro voci carnali, il cigolio dei carretti, il Vesuvio che ombreggiava la valle.

Suo padre se ne stava in fondo al molo, con un sorriso che lo trasfigurava. L'emozione le spaccò il cuore! Tutto quello che desiderava era chiuso in un vecchio vestito troppo largo. Il loro fu un abbraccio lungo, inquieto, un guardarsi senza voce, prendersi e riprendersi le mani.

Tonino si avvicinò timido. Tutto pareva capovolto, senza un ordine o una regola. Maria avrebbe dovuto presentare il marito al padre mentre aveva una pancia grossa così.

Tonino, a disagio, tese la mano a Giovanni, lui, invece, l'abbracciò e gli rivolse poche parole, quelle giuste, al solito suo.

«Sono felice che siete tornati...»

Tonino ricambiò l'abbraccio.

«Mi dispiace, vi abbiamo fatto stare in pena e ora daremo anche fastidio in casa, ma spero si risolva tutto il prima possibile.»

Giovanni abbozzò un sorriso mite. Lui, che avrebbe dovuto essere furente per come erano andate le cose, adesso si sentiva fiero d'essere necessario.

«Non ci pensate, tutto si aggiusta» disse guardandolo dritto negli occhi.

Maria si voltò verso la strada e vide suo zio Ciccillo. Era venuto a prenderli con il furgoncino della pasticceria. Caricò i bagagli e guidò fino a Villa Santa Maria con le lacrime di gioia agli occhi. Ripeteva: «Pensavo che non tornassi più...».

Quando furono nei pressi e scesero dal furgone, Maria ebbe una morsa al cuore. Lasciò tutti dietro e iniziò a correre verso le fronde del suo mandarino che svettava sopra le case malconce. Ripensò a tutte le volte in cui l'aveva sognato, aveva avvertito il rumore delle sue foglie al vento e pure il profumo dei suoi spicchi sbucciati. Sotto la sua ombra era cresciuta, aveva imparato la vita, nel bene e nel male. E ora, sempre sotto quell'ombra, scorse sua madre. Piccola, magra come un chiodo. Teneva le braccia sottili sopra i fianchi e non sorrideva, ma gli occhi le brillavano. I suoi capelli erano divenuti tutti bianchi, come se una mano li avesse sbiaditi in una notte. Maria si fermò a un passo. Lei tossicchiò, e quel suono le parve il più meraviglioso sulla Terra. La strinse forte e lei nascose il viso nel suo collo. Maria piangeva le lacrime trattenute da una vita e Nunzia ripeteva fra i suoi capelli: «Nun 'o fa' cchiù...».

Elena li aspettava al balconcino e teneva un mezzo sorriso pittato sulla bocca. Maria era consapevole di portare scompiglio, ed Elena nelle loro lettere era sempre stata sincera e disarmante a tal proposito: voleva che tornasse, ma non nella loro piccola casa. Di certo non era la sola a fare quel pensiero: Maria era partita piena di sogni di gloria, e quei sogni si erano frantumati strada facendo. Tutto il quartiere avrebbe riso alle sue spalle. Era tornata incudine, doveva stare zitta e pronta a ogni botta di martello. Ma non si scoraggiò. Lei e Tonino erano giovani e avrebbero combattuto per cambiare le carte in tavola.

«Lenuccia, non scendi a salutarmi?»

«Sali tu!» fu la risposta immediata. Poi vide Tonino alle sue spalle e, tenendolo un poco puntato, le montò in petto la sorellanza. Il suo sguardo infine scivolò sul pancione e si ammansì. «Vabbe'... mo' ti vengo ad aiutare.»

Dopo pochi istanti spuntò dal portoncino e le prese dalla mano la valigia. Sopra, Gigino sgusciò dalla cucina con il fiato che sapeva ancora di caffè. Era un giovanotto ormai, lungo e un poco allampanato. Non fece smancerie, non era tipo, ma abbracciò prima sua sorella e poi Tonino con affetto.

Maria notò che il loro arrivo aveva portato diverse modifiche in casa. Il piccolo soggiorno era stato sacrificato. Il tavolo era finito contro il muro per fare spazio a due brandine affiancate, con le lenzuola candide e odorose di bucato. La madia era stata messa a forza nel cucinino, sostituita da un vecchio armadio che sarebbe servito a tutti e due. Le si strinse il cuore nell'immaginare lo sforzo, il sacrificio anche economico che avrebbero fatto i suoi poveri genitori. Osservò Tonino e vide nei suoi occhi un lampo di sconforto, ma non una parola salì alle sue labbra. In breve si sistemarono per poi sedere a tavola, tra le risate, i racconti e le stupide parole che si dicono quando si vuole a tutti i costi evitare un argomento. Era grave quello che era successo, ma come in un tacito accordo nulla veniva spiattellato, per non ingrigire il momento del ritorno, per non togliere speranza alle loro esistenze. Maria si sentiva minuscola, e quando si è piccoli bisogna ripararsi bene, altrimenti basta un alito di vento per volare via.

Nei giorni a seguire, Tonino consegnò le sue credenziali negli alberghi della città. Di notte, nel silenzio della casa, che era raro in quell'affollamento, scriveva e compilava proposte di lavoro da inviare agli hotel della costiera e delle isole, dove c'era più turismo e quindi maggiore necessità d'avere qualcuno che parlasse le lingue alla *conciergerie*. Nel frattempo, lui e Maria cercavano di mangiare il minimo indispensabile, di spegnere la luce appena si mettevano a letto e di consumare poca acqua per lavarsi, per non gravare sulle spese. Con un figlio in arrivo tutto si sbilanciava, quindi bisognava che fossero più attenti.

Maria aveva superato il nono mese, eppure le doglie tardavano a venire. La mattina del 20 settembre era stata a visita all'ospedale dell'Annunziata e il medico le aveva detto di tornare a casa, ché era ancora presto e forse aveva sbagliato a fare i conti.

Se ne tornò a piedi da Forcella, piano piano. La testa le girava e all'improvviso sentì come se la pancia volesse cadere a terra da un momento all'altro. Quando raggiunse Villa Santa Maria, scivolò sotto l'albero di mandarini e perse i sensi. Fu lì che la trovò Giovanni, con le sue acque che bagnavano la terra e le radici.

All'ospedale dell'Annunziata le monache la sistemarono in uno stanzone squallido, tra la finestra e il bagno puzzolente, con altre dieci partorienti e una flebo per accelerare il travaglio. La creatura non ne voleva sapere di uscire. In cuor suo, Maria era convinta che si rifiutasse di vedere il mondo. Forse aveva ragione. Nascere nello squallore di quel posto, con il freddo che oltrepassava i vetri e i lamenti delle altre donne, tutta povera gente assistita poco e male... Cosa poteva mai esserci di bello?

Alle sei di sera le suore sparivano e le pazienti si sentivano disperate e sole. Nessuno dei parenti poteva entrare, dare un sorso d'acqua, tenere la mano a chi aspettava di partorire. Quella di Maria fu una notte straziante. Le doglie durarono diciassette ore. All'alba era un mucchietto di dolore e niente altro. Il medico la visitò e attese fino al pomeriggio. Infine la portarono in sala parto, la fecero stendere, divaricare le gambe e lì le parve che una mano entrasse nella pancia e le tirasse via gli intestini fino allo stomaco. Perse più volte i sensi e, quando rinvenne, seppe che avevano preso la sua creatura con il forcipe.

Era una bambina, piena di capelli neri. Nel suo cuore Maria avrebbe voluto chiamarla Anna, poiché era un nome semplice, ma Tonino, per la sua passione per l'archeologia, soprattutto pompeiana, ne aveva scelto uno che ricordasse la Roma antica, per cui sarebbe stata Livia Ottavia.

45

Napoli, marzo 1958

La ninnella cresceva con due occhi neri e il viso paffuto, di porcellana. Fece impazzire tutti di gioia, passava di braccia in braccia come se fosse finta. Una pupattola sorridente e piena d'affetto.

I primi tempi furono solo pace e amore, poi Elena si sturbò.

Maria si accorse del suo fastidio perché cantava tra i denti, continuamente, in una specie di nenia tremenda e inesauribile. Un pomeriggio la sentì sfogarsi con Giuseppe.

«Sono stanca morta, di notte tra i pianti e le poppate non si dorme più. La casa è sempre in disordine, non c'è un attimo di tregua tra bagno e cucina... Sarò pure stronza, ma io rivoglio la mia intimità, Giuse'. Quand'è che se ne vanno e si trovano una casa loro?»

Maria rientrò in casa che le scoppiava il pianto. Elena aveva ragione. Tonino aveva iniziato da due mesi a lavorare, per cui contribuivano economicamente, ma la vita della famiglia s'era scombinata. Giuseppe non veniva più la sera a trovarli, poiché, di fatto, non c'era un posto vero e proprio per trattenersi a conversare, e neppure per starsene un po' da soli lui ed Elena, come accadeva prima. A complicare le cose, Nunzia e Giovanni s'erano talmente affezionati a Livia che adesso il solo pensiero che andassero via li metteva in apprensione.

Elena andava avanti ingoiando il rospo. Lei e Giuseppe stavano pianificando con tranquillità il loro futuro, conservando i soldi, lavorando duro. Giuseppe s'era messo in proprio. Sfruttando il talento di fine intagliatore di legno, s'era staccato dai fratelli e aveva aperto una piccola bottega che stava appena ingranando. Elena aveva mantenuto la sartoria artigianale, se pure con piccoli guadagni, che ora rischiava di sacrificare. Lo spazio s'era ridotto, così come il tempo destinato al cucito. Pur senza intenzione, l'arrivo della sorella stava rallentando ogni loro progetto.

La crisi vera e propria accadde quando Maria scoprì di aspettare un altro figlio. Se ne accorse per caso e solo perché vide la pancia crescere. Guardandosi allo specchio le venne un dubbio. Allattava pulito, ovvero senza il mestruo, e il medico dell'Annunziata le aveva detto che era quasi impossibile che rimanesse gravida senza avere avuto il capoparto. Invece fu lui stesso a constatare, con grande meraviglia, che era incinta di tre mesi.

«Sei sicura Mari'?» le chiese Tonino passandosi la mano tra i capelli.

«Mi devi fare sempre la stessa domanda?» rispose piccata. «Certe cose si fanno in due!»

Pensò che nella vita coniugale l'arrivo di un figlio doveva essere accolto con gioia, invece per loro era sempre e solo un incidente. Per cui facce buie, torcimenti di pancia. Quando lo comunicarono quella sera a tavola, Elena sbottò.

«Ecco qua, io lo sapevo! Scusa Mari', ma non esiste proprio! Io mi sono scocciata di fare da serva!»

Maria si aspettava quel momento, conosceva il carattere di Elena. Sua sorella non avrebbe rinunciato a dire la sua né in tempo di pace né in tempo di guerra. Si alzò per fronteggiarla e la guardò dritto negli occhi.

«Io non ti ho fatto alzare mai neanche un mio capello da terra!»

Il resto della famiglia se ne stava in silenzio. Ognuno blindato nei propri pensieri. Tonino lasciava fare, anche perché della rabbia della cognata se ne fregava. Nunzia e Giovannino accettavano con rassegnazione ogni accadimento perché l'arrivo di un nuovo bambino per loro era comunque una gioia. Quella sera c'era anche Giuseppe, che commentò: «Senza soldi non si cantano messe, ma a lava' 'a capa 'o ciuccio se perde l'acqua e 'o sapone...».

Maria guardò Tonino aspettandosi una risposta, un rintuzzo, ma lui continuò a mangiare, indifferente. Forse non aveva capito il napoletano stretto, che è una lingua che va succhiata con il latte, o forse, più semplicemente, non gli importava di quello che diceva Giuseppe perché non lo considerava suo pari. Non sfuggiva all'occhio di nessuno che Tonino continuasse a muoversi tra la gente misera con l'eleganza di un tempo. Sebbene vivesse anche lui in uno stato di povertà evidente, il suo aspetto e i suoi modi di fare, le parole, rimarcavano una signorilità quasi stonata. Non lo faceva per sfregio, ma per incoscienza. In ogni caso, Maria si convinse che se lui non dava importanza alle parole di suo cognato, forse importanza non avevano.

Quella sera, nell'intimità del letto, non ci furono discussioni sterili. Troppe volte lei e Tonino si erano scornati con parole dure e tanta rabbia. Semplicemente, decisero di andare via non appena trovata una sistemazione dignitosa. La convivenza era divenuta insostenibile. Passavano da una complicanza all'altra senza tregua, c'era sempre un chiodo storto che andava raddrizzato. Ma la colpa era solo loro. Erano stati due incoscienti. Non si può tenere in piedi un matrimonio aspettandosi l'appoggio degli altri, e invece loro questo avevano fatto, prima in Brasile e adesso in Italia. Avrebbero dovuto iniziare a camminare con le loro gambe.

La mattina seguente Maria parlò con Giovanni, che le disse: «Questa è la seconda cosa triste della giornata».

«Che è successo?»

«Ci trasferiscono al corso Vittorio Emanuele, per due anni. Butteranno giù tutto per costruire uno di quei palazzi eleganti. La Chiesa, però, ha venduto a condizione che a noi della Villa ci siano dati degli appartamenti allo stesso prezzo che paghiamo ora.»

«Non mi sembra una cosa brutta. Avrete la casa nuova, moderna...»

Giovanni guardò fuori con una malinconia avvelenata.

«Forse non hai capito bene, Mari'. Questa è campagna, terra, natura. Guarda quanta luce, quanto verde. Tutto verrà riempito di cemento e proprio qui di fronte verrà alzato un muro che ci dividerà dal resto del quartiere. Chiusi dentro, come nei ghetti.»

Lei lo raggiunse alla finestra e capì ciò che intendeva. Il pergolato, il campo di pomodori e il suo albero di mandarini sarebbero stati strappati dalla terra e gettati a morire.

«Quando inizieranno i lavori?»

«Alla fine dell'estate. Tengo un dispiacere troppo grande...»

Gli strinse la spalla. Uno spasimo si ficcò nei suoi pensieri, ma non glielo diede a vedere.

«Io e Tonino troveremo una casa qua vicino, papà. Non ti lascio più se non di qualche passo, te lo giuro!»

Mantennero la promessa. In quei tempi di ripresa economica non fu difficile trovare una casa che fosse dignitosa e, soprattutto, vicino a quella degli Imparato.

Fittarono un quartino in via Schipa, al piano interrato di un palazzo nuovo. Affacciavano sui garage, ma c'erano due ampi balconi che al pomeriggio si riempivano di fette di luce. Quelle di cui Maria aveva bisogno dopo mesi di buio.

46

Napoli, settembre 1958

Il 1° settembre, di ritorno dalla spesa al mercato, Maria passò a salutare i suoi nel piccolo appartamento in cui si erano trasferiti temporaneamente, poche strade più in basso rispetto alla vecchia casa. Appena ebbe poggiato i sacchetti all'ingresso, sentì un rumore pesante: il frastuono di un camion che a fatica saliva la stradina. Si affacciò e capì cosa stava per accadere: avrebbero strappato via il suo mandarino.

Scese dabbasso e arrivò quando il mezzo stava già scavando nella terra. Maria guardò l'albero come si guarda un padre. Era bello, rigoglioso, e si disperò in cuor suo per quello che stava accadendo.

«Signo', statevi accorta, che vi fate male!» le ordinò un operaio, guardando il suo pancione.

«Quello è il mio albero, da qua non mi muovo!»

L'uomo la osservò come se fosse pazza, ma cercò di acquietarla.

«Non vi preoccupate, lo pianteranno in qualche terra nei dintorni.»

«E dove? Ditemi almeno dove lo porteranno!» urlò, per superare il rumore della ruspa.

L'operaio scosse la testa e allargò le braccia. Maria sperò che fosse la verità, che davvero il suo mandarino avrebbe continuato a vivere in qualche bel luogo, a parte che nei suoi sogni.

I germogli non sapevano che avrebbero perso la vita in pochi istanti. Il rumore della ruspa che tirava il fusto era assordante. Le foglie e le schegge di legno che saltavano per aria le parevano sangue e carne. L'albero non voleva saperne di venire via, restava attaccato al suolo con una forza che non poteva essere terrena, eppure c'era. Le lacrime uscirono da sole. Più l'albero veniva sbattuto da quell'aggeggio infernale, più il suo cuore si scuoteva, come se una parte di lei stesse morendo per sempre. Alla fine si arrese, le radici vennero alla luce con un rumore secco e il fusto fu caricato su di un grosso camion. Ferito a morte.

Quando le passò accanto, l'autista fece cenno di scansarsi. Lei corse invece, nonostante la pancia grossa, e afferrò un ramo pieno di foglie e fiori. Era riuscita a prendere qualcosa di lui, che avrebbe conservato per sempre.

Due giorni dopo nacque Flavia, di domenica a mezzogiorno. Non le fece male, e anche dopo il parto non le diede fastidio: s'attaccava al seno e poi dormiva. Guardandola, Maria si acquietava, la bimba le dava un senso di tranquillità. Aveva i capelli a ricciolini fitti e biondi e una faccia tonda con una puntella di naso. Non sembrava sua. Lei e suo marito avevano i capelli scuri come Livia.

«Pare finta...» disse Tonino quando la prese in braccio con un sorriso lieve. Flavia metteva allegria pure a lui.

Maria rimase tre giorni in ospedale e poi la mandarono via. Il parto era stato perfetto e la ripresa pure.

A casa, i parenti s'erano adunati per una gran festa. Livia camminava appena e le venne in braccio trotterellando. Le voci, tutte, parevano fresche, serene e ridenti. Elena intonò addirittura un canto guardando la bambina, *Io te vurria vasa'*, e poi se la spupazzò come in un gioco. Fu un giorno bello, fino a sera.

Dopo aver dato la poppata a Flavia, e aver messo a letto

Livia, si accorse che Tonino tardava ad arrivare. Lo raggiunse in soggiorno e lo trovò intento a leggere una lettera. Di fianco a lui, in un posacenere, qualcosa bruciava. Come un dono medianico, Maria sentì che qualcosa stava accadendo.

«Che è stato, Toni'?»

Lui soffiò sul piccolo incendio e la carta bruciò più in fretta. Senza scomporsi le mostrò la lettera che aveva tra le mani.

«Hanno accettato di assumermi, a Roma.»

Lei lo guardò inebetita e cadde sulla sedia.

«Quindi ci dobbiamo trasferire?»

«No, non è necessario. Parto io, lì ho vitto e alloggio insieme al personale. Ho libero il sabato pomeriggio e la domenica, potrei venire a Napoli nei fine settimana. Lo stipendio è alto, non mi conviene rifiutare, faccio carriera.»

Maria chiuse gli occhi e si passò una mano tra i capelli. Il dispiacere che scorreva parlava per lei.

«E resti là, pe' sempe?»

Lui la fissò con un'insolita pace nello sguardo.

«Ho fatto tutto questo per tornare a Napoli, figurati se resto a Roma. Lo faccio per noi, per le bimbe. Mo' è il momento di lavorare e fare i soldi, altrimenti il futuro è triste.»

Tonino aveva ragione, ma lei sarebbe rimasta un'altra volta da sola, senza marito. Guardò il posacenere e poi i suoi occhi.

«E che bruciavi? L'assunzione?»

«No, che dici. Quella è un'altra cosa, è una sciocchezza.» Prese con una mano il posacenere e con l'altra la lettera dell'hotel, quindi si alzò e svuotò tutto nella pattumiera. Tornò nella stanza e la chiamò sottovoce. «Andiamocene a letto, è tardi.»

«Avviati, mo' vengo. Faccio passare un poco d'aria.»

Maria sentì che andava nel bagno e scivolò in cucina. Aprì l'immondizia e scovò tra lo sporco qualche brandello di ciò a cui aveva dato a fuoco. Tutto era nero, ma in fondo scorse qualche pezzettino dove a stento si leggeva: "Papà è nei guai" e poi: "Con affetto, Silvia".

Lo sciacquone le urtò i nervi, nel ricordo del fastidio che dava a Severina. Dal Brasile niente era finito. Era stata una stupida a pensare che Tonino avesse chiuso i ponti con la famiglia. Ripensò d'un tratto a una frase che Pupella le aveva detto stringendole la mano: «Le cose più tremende della vita sono sempre quelle che all'inizio appaiono bellissime».

47

Maria avrebbe preferito che suo marito non scegliesse quel periodo per un trasferimento di lavoro. Poteva aspettare che le bimbe crescessero, ma pareva non si potesse fare altrimenti.

C'era suo padre, che l'aiutava molto e le era sempre accanto, ma certi giorni le sembrava d'essere punto e a capo, spaiata, ma con i figli a cui badare.

Suo marito, tra le altre cose, non fu di parola. Anziché ogni settimana, spesso veniva ogni quindici giorni a trovare lei e le bambine. Per risparmiare i soldi, diceva, ma lei era convinta che se davvero gli mancava, come scriveva nelle sue lunghe lettere, il sacrificio lo avrebbe fatto volentieri.

Anche perché certe cose una moglie e un marito dovrebbero affrontarle insieme. A fine ottobre Maria si accorse che Livia, la ninnella, non muoveva bene la parte sinistra del corpo: il braccio era flessibile, la mano non si apriva come l'altra e anche la gamba pareva leggermente più piccola della destra. Non stava in piedi dritta, zoppicava. E Tonino non c'era.

Con Giovanni andarono all'ospedale Pausilipon a Chiaia. La bimba piangeva, non voleva essere toccata. Il medico fu paziente e comprensivo. Fece una visita accurata e riscontrò una lieve anomalia nello sviluppo. Per un istante rimase muto a scrutare lei e suo padre che se ne stavano con gli occhi spalancati, seduti in punta alla sedia pronti a scappare via per non ascoltare una notizia brutta.

«La situazione è questa. La bimba alla nascita ha avuto problemi al plesso brachiale. Quando si tira fuori un neonato col forcipe, capita che la spalla si blocchi sull'osso pelvico della madre. Il bambino non può flettersi e ruotare il braccio, per cui i nervi si strappano e possono causare danni permanenti.»

La stanza le girò intorno.

«Che significa dottore? Parlate chiaro con me, niente storie per addolcire la pillola.»

Il medico giunse le mani come se pregasse e le spiegò.

«Il lato sinistro di Livia svilupperà meno di quello destro. La mano non l'articolerà mai bene, c'è questa flessione limitata delle dita. La gamba perderà più o meno un centimetro rispetto all'altra. Però mi creda, sono stati fatti danni peggiori con il forcipe.»

Maria si voltò a guardare suo padre. I gomiti appoggiati sulle ginocchia e il viso affondato tra le mani bianche. Quante preoccupazioni gli stava dando. Si fece coraggio, per tutti e due.

«Che cosa possiamo fare, diteci dove dobbiamo andare.»

«Le metteremo un busto per immobilizzare l'arto, ma per poco tempo. Poi inizieremo con l'elettroterapia, la ginnastica riabilitativa. Vedremo passo passo cosa fare.»

Scrisse qualcosa su un biglietto che le porse con garbo. «Portatela qua il giorno 5 di questo mese, al quarto piano. Iniziamo con il gesso.» Diede una carezza alla ninnella e nessuno disse più una parola.

Quando uscirono, Maria trovò il cielo grigio che pareva una carta sporca. Come il suo cuore.

La sera stessa chiamò Tonino, che rimase muto dall'altro capo del telefono.

«Dovrà essere seguita tutti i giorni, le terapie, le visite fino all'ospedale, e io tengo Flavia ancora troppo piccola. Lo so che devi lavorare, ma ho bisogno di te vicino, anche solo per un conforto. Almeno il sabato torna a casa. Mio padre va avanti e indietro, ma deve badare a mamma che è malata, a Gigino che a vent'anni, pure se ha imparato il mestiere di guantaio, non riesce a trovare una vrenzola di lavoro, e a nonno Mimì che ne tiene quasi ottanta. Tu lo sai, io resisto a tutto, ma adesso sto avvilita, perché quando c'è una malattia non tengo armi...»

«Sabato torno» le disse a voce rotta, e attaccò.

Maria andò a letto con le bimbe, si accucciò accanto a loro, ma non riuscì a dormire. Alle tre si preparò una camomilla. Prese a ciondolare nel soggiorno mentre aspettava che bollisse l'acqua. Sfilò dalla libreria qualche libro di Tonino, pensando a quando leggeva, tanto tempo prima. Eduardo, Dumas, Wilde... Per lei di leggibile ora c'era ben poco. Suo marito aveva portato in Italia solo i grossi tomi di archeologia, storia antica e preistoria. Aprì uno scritto su Pompei e si perse a guardare le figure: la via dell'Abbondanza, il Lupanare, la Casa degli Amorini Dorati, Venere in conchiglia. Poi, mentre sfogliava, un mezzo biglietto le scivolò tra le mani. Conosceva bene quella velina, Tonino l'aveva usata per scriverle dal Brasile. Era di casa Balestrieri. Ingoiò le parole con il desiderio di sapere. Mancava la pagina iniziale, ma si fece un'idea di ciò che stava accadendo:

... papà ha dovuto vendere le quote del Meridien per la perdita in Borsa. È stato sfortunato, perché Alfredo ha fatto dei buoni affari e ottimi investimenti. Ora vogliono venire in Italia, non so come né quando, per acquistare una casa, che per te è un bene. Hanno saputo che sulla collina di via Petrarca sono stati costruiti dei palazzi bellissimi che hanno un prezzo basso perché sono zone lontane dal centro. Ci può essere la possibilità che papà voglia tornare a vivere a Napoli un giorno. Si lamenta spesso del caldo soffocante, non so, forse ha anche nostalgia. Mamma è irremovibile però, e tu lo sai, la spunta sempre lei.

Salutami Maria, sempre se le fa piacere, e se riesci chiamami al telefono, dall'hotel so che puoi usare la linea intercontinentale.

A presto,
Silvia

Per un breve, minuscolo istante, ebbe di nuovo quella sensazione di nausea che non l'aveva lasciata per tutto il suo soggiorno in Brasile. Quel misto di stizza, rabbia, rancore inutile e impotente che la prendeva alla bocca dello stomaco. In fondo al cuore avvertiva una crudele gioia nel sapere che i suoceri erano in difficoltà, ma poi pensò che era meglio che fossero ricchi e lontani. Pensò che Tonino era stato bravo a nascondere le lettere e capì anche che, quando poteva, chiamava Rio dall'hotel. Era giusto, non pretendeva un distacco definitivo, in fondo era pur sempre la sua famiglia.

Ma decise che avrebbe affrontato un problema alla volta e, in quel momento, la famiglia Balestrieri era l'ultimo della lista.

Infilò il foglio dove l'aveva trovato e ripose il libro.

48

Napoli, primavera 1959

Tonino tornò tutti i fine settimana.

"Volere è potere" pensava Maria ogni volta che lo vedeva scendere dalle scale. Mai veniva a mani vuote. Portava sempre dei giocattoli alle piccole e lei era felice più che se le avesse comprato un gioiello.

La prima volta che vide Livia con il gesso, si mise a piangere. La ninnella gli andò incontro inciampando nei suoi stessi piedi. Aveva il pullover infilato in un solo braccino e il muco che le scendeva dal naso, e Tonino scoppiò. Da giovani si piange poco, si è convinti di tenere duro e di dominare le emozioni. Così lui pianse per la figlia, per il passato, le mancanze, le incomprensioni. Livia e Flavia erano solo amore. Gli restavano attaccate addosso ore e ore, persino quando mangiava. Aprivano e chiudevano i bottoni della camicia, infilavano le manine ovunque, anche nelle sue orecchie, e poi lo riempivano di piccoli baci sonori. Lui lasciava fare, divertito e innamorato.

A maggio Livia tolse il gesso e iniziò la cura coi "forni", come Maria chiamava l'elettroterapia. Trascorse un mese di speranza e sacrifici. La manina cresceva poco e s'apriva un niente, e Maria non faceva che baciare quel braccino pigro, forte degli incoraggiamenti del medico: la bambina era bella e florida e, con le cure adatte, sarebbe cresciuta in perfetta salute. Lei e Tonino s'erano infranti in quel primo dispiacere, ma adesso si erano uniti ancora di più.

Ciò che li divideva era una cosa sola. Ma, per fortuna, distava miglia e miglia da loro.

A causa della sua assenza prolungata, le bimbe s'erano abituate a dormire con lei nel letto grande, per cui il modo e il tempo di avere intimità con Tonino era sempre più difficile. Nonostante questo, a giugno Maria saltò il mestruo. A differenza delle altre gravidanze, sentì che c'era qualcosa di insolito. Non stava bene. Il suo corpo parlava. Tutte e tre le volte precedenti in cui era stata in attesa, aveva avuto come la sensazione che la grazia fiorisse in lei. Adesso no. Si sentiva stanca, dimagriva, c'erano momenti in cui non riusciva a stare in piedi. E le dispiacque sentirsi così, anche perché per la prima volta Tonino, quando seppe che aspettava un altro figlio, sorrise a denti pieni.

«C'è qualcosa che non va» le disse il medico dopo averla visitata. «Le analisi non sono buone e sento una massa, qui, all'imbocco dello stomaco.» Maria si sentì mancare.

«Che devo fare?»

«Una radiografia, subito.»

Fece sì con la testa e strinse il manico della borsa.

«Cosa succederà alla mia creatura?»

Il medico si sporse verso di lei. Aveva un viso buono, ma le sue parole fecero paura.

«Se c'è qualcosa di serio, e mi auguro di no, non può portare avanti la gravidanza. Sarebbe un pericolo per tutt'e due.»

In petto si schiantò qualcosa. Dal giorno dell'aborto in Brasile, aveva giurato a Dio che mai più avrebbe rinunciato a un figlio. Ma guardando il medico comprese ciò che pensava e non voleva sembrargli una stupida.

Ringraziò e uscì. Pareva uno spettro che attraversava i corpi della gente. E, come se non bastasse, all'uscita del vicolo si scontrò con Enrico Mennella.

Al principio sentì le gambe molli, ma in un istante riprese l'equilibrio. Lui la guardò fisso, passandosi la mano sulla bocca.

«Maria…»

Lei si accorse subito che, anche se era passato tanto tempo, il suo nome su quelle labbra pareva ancora una bestemmia.

«Che vuoi?»

«Salutarti!» esclamò lui. Come tutti gli incoscienti, aveva la coscienza tranquilla. Una sorta di contraddizione all'onestà.

Si girò per non dargli retta, ma poi pensò che lui avrebbe frainteso, si sarebbe convinto che ancora c'era un sentimento. Si guardò intorno osservando la gente che li sfiorava indifferente, con quella luce di giugno intorno che è uno sfavillio che viene dal mare e dal cielo della bella stagione.

«Ho saputo che hai due figlie bellissime» le disse. «Hanno preso da te…»

Le parlava come se il tempo avesse cancellato ogni traccia, come se lui non fosse altro che un vecchio amico incontrato per caso.

«Assomigliano al padre» rispose secca, e poi tagliò corto. «Mi ha fatto piacere incontrarti, ora devo andare.»

Lui la bloccò.

«Mi sposo, Mari', mi fa piacere se venite al matrimonio, tu e tuo marito.»

La notizia non forò la sua corazza, anche se pensò che Elena avrebbe potuto dirglielo, non fosse altro per evitarle lo stupore che di certo le si leggeva in faccia.

«Se Tonino è a Napoli, veniamo in chiesa. È stato un piacere rivederti.»

Gli strinse la mano, lui la trattenne. Ci fu un lampo nei suoi occhi che arrivò dritto in quelli di Maria, ma lei si scostò. Era passato il tempo del batticuore. Troppa polvere, troppe cose le erano successe nella vita, impossibile che si scuotesse per chi non le aveva voluto bene più di tanto. Si voltò di spalle e riprese il filo dei suoi pensieri.

Arrivata a casa si scontrò con Elena.

«Ho incrociato Enrico. Mi ha detto che si sposa. Tu lo sapevi, perché non me l'hai detto? C'ho fatto la figura della scema.»

«Non volevo che ti dispiacessi...»

Maria prese in braccio Flavia e strinse la mano a Livia, ma teneva il sangue agli occhi.

«Che vuoi che me ne importi di uno che m'ha trattata 'na schifezza?»

«Si sposa co' quella gattamorta di Rina, la figlia del parrucchiere...»

E lì, il filo della lama la tagliò. Non le importava di Enrico, ma lo stesso le salì il pianto, forse perché in quel momento aveva il cuore delicato come una corda di violino. Un tempo si rifugiava sotto il mandarino e ritrovava la pace fra i rami che frusciavano e parevano accarezzarla. Ora non c'era nulla che le desse ristoro. Andò all'ingresso per prendere il fazzoletto dalla borsa e vide la vecchia divisa da tranviere di suo padre. Vi fece scorrere delicatamente le dita e provò un'emozione grande, una nostalgia per un passato morto e sepolto. Flavia, in braccio, giocava coi suoi capelli e poi l'accarezzava con le mani cicciottelle. La strinse forte, la strinse di paura.

Quella notte rimase a casa dei suoi genitori. Tonino era a Roma e non se la sentì di stare sola. La sera, nella fredda luce del neon della cucina, raccontò sottovoce a sua madre della visita e del tormento che aveva.

Nunzia fu schietta come sempre: «Maria, io lo capisco il pensiero tuo, ma nun te scurda' che tieni altri due figli, e pure un marito. Hanno bisogno di te, e devi stare bene. Si' femmina, fatti forza».

Il bagliore di una stella, unica tra le nuvole che pareva entrassero dalla finestra, le arrivò come un segno divino. E si ricordò di ciò che le aveva detto Pupella a proposito delle grazie, tanto tempo prima.

«Domani vado a Pompei, la Madonna mi deve aiuta'!»

Nunzia sorrise, e Maria non capì se lo facesse per la sua ingenuità o per la tenerezza. Fino ad allora Maria aveva avuto con la fede un rapporto che esulava dalle superstizioni, nel senso che macumbe e fatture significavano per lei un senso di ignoranza lontana da Dio. Eppure, una cosa non poteva escludere l'altra. C'era il potere del bene e quello del male. Ora si era radicato in lei il pensiero d'amore, la certezza che la devozione cristiana era forte e lei l'avrebbe seguita, si sarebbe affidata.

Il giorno dopo salì in corriera, digiuna per dedizione, con la nausea in pancia e la fiacchezza nelle gambe. Scese alla fermata prima, per arrivare a piedi stanchi davanti alla Madonna. La cattedrale le parve enorme, magnifica. All'interno tutto era nella penombra, la compiutezza perfetta tra luce e oscurità. C'era un brusio sommesso che era la voce del posto e Maria pensò a quante lacrime, preghiere e suppliche dovevano essere scivolate tra le colonne di quel luogo sacro. In fondo vide il dipinto della Vergine del Rosario. Si avvicinò, ma non troppo, per non essere invadente. Sedette su di una panca, poi si inginocchiò per pregare e pregò, con tutto il cuore, con tutta l'anima. Sentì un calore dentro, qualcosa di forte che l'avvolse, e con quella suggestione addosso supplicò la Madonna di farla stare bene per la creatura che portava in grembo, per le bambine a casa, per quella testa strana di suo marito, che le faceva rabbia e amore tutt'insieme, per sua madre e sua sorella, che aveva ritrovato, e per suo padre, che non aveva mai perduto.

Restò molto tempo così, ferma, immobile in quel luogo calmo, rassicurante. Lì nessuno poteva farle male. Infine guardò l'orologio e si accorse che rischiava di perdere l'ultima corsa di ritorno. Fece il segno della croce e promise alla Madonna del Rosario che il figlio, se l'avesse fatto nascere, avrebbe portato il suo nome. Scivolò fuori lenta in mezzo agli altri pellegrini, e avvertì la consolazione di chi ritrova la luce.

Dopo quindici giorni di attesa, Maria riuscì a fare la radiografia. La fecero mettere in tutte le posizioni possibili, la sera era una larva e per la prima volta in vita sua prese un taxi per tornare a casa. Strisciava appoggiandosi ogni tanto al letto o alla poltrona. Flavia la osservava in silenzio, con quel suo fatato luccichio negli occhi, mentre Livia la seguiva come un gattino con la sua mamma.

Quella notte dormì poco e male. La mattina seguente sua madre bussò alla porta. Aveva cucinato una pasta al forno e gliel'aveva portata, per non farla stancare. Lei, che a ogni passo le mancava il fiato.

Quando si fu seduta, e dopo un bicchiere d'acqua, prese degli spiccioli dalla tasca e glieli diede.

«Me li rubo dai pantaloni di tuo padre. Non se ne accorge, nun te preoccupa'.»

Maria si commosse.

«Mamma', non posso, mi arrangio.»

«Mari', le spese sono troppe e mo' arriva pure un terzo figlio. Tu lo sai che la gente dice che tu e tuo marito vi dovreste stare attenti, ma io non ti critico, ti ho già messo in croce quand'eri una ragazza. Però le vedo le creature tue con le magliette rinacciate addosso. Prendili, io mo' posso solo arrubba', ché a fatica' non ce la faccio più.»

Lei l'abbracciò e sentì le ossa piccole sotto le sue mani. Rimasero insieme tutta la mattina e anche il pomeriggio.

Il giorno seguente tornò all'ospedale. Il tempo d'attesa pareva infinito. Era seduta in un cupo corridoio, di fronte a una porta dove c'era scritto REPARTO DI GASTROENTEROLOGIA. Non sapeva ripetere quelle parole senza che le si imbrogliasse la lingua. Quando toccò a lei di entrare, si accorse subito che il medico sorrideva. Le diede le lastre nere delle radiografie, parevano dipinte all'interno con il fumo di una sigaretta.

«Non c'è niente che non va allo stomaco, nessuna massa» disse, con voce calma, rasserenante. «Piuttosto controlli la tiroide, probabilmente c'è una disfunzione, per questo si sente stanca e dimagrisce.»

Involontariamente si sfiorò la gola. Pur non sapendo dove fosse il male, la sua mano l'aveva individuato.

«È cosa grave?»

«Si cura, Maria, siamo ottimisti!»

Quando uscì era morta e resuscitata. Intorno soffiava un vento bianco e pulito. Accarezzò l'aria e le foglie degli alberelli e pure i muri secchi di sole. E si sfiorò la pancia. Dal fondo della strada una voce gridò: «Guagliu', venite a mangia', ché è pronto!». E intorno a lei spuntò una folla di bambini che si spingevano ridendo e pazziando mentre inseguivano l'odore del ragù.

Le tornò l'appetito, e anche l'allegrezza.

49

Napoli, dicembre 1959

Così come diagnosticato dal medico, Maria scoprì che il dimagrimento veniva da un marcato ipertiroidismo. Ci volle un po' per aggiustare la cura, ma alla fine riprese le forze.

Per quel Natale avrebbe voluto un po' di pace, una tregua, una parola segreta che aprisse le porte della serenità. Invece non le bastò gettare sale negli angoli e pregare tutti i santi.

Il giorno dell'Immacolata, Tonino venne da Roma con una faccia buia. Maria aspettava il suo arrivo con ansia, poiché voleva fare un presepe e montare l'albero di Natale, creare un poco di armonia.

«Tonino, andiamo a San Gregorio Armeno? Mamma e papà ci tengono le bimbe e noi facciamo quattro passi, ché non usciamo mai.»

Lui non si voltò neanche a guardarla. Fissava fuori.

«Sta piovendo, non tengo voglia.»

«Ma è 'na pioggerella fina. Su, Toni', fammi contenta.»

«Tu stai in vena di passeggiate? Mo' ti faccio passare la voglia, com'è passata a me.»

Maria aveva messo il caffè sul fuoco e sentì che stava bruciando, ma non si mosse. Il fumo le fece lacrimare gli occhi, che si riempirono di mille spilli.

«I miei genitori vengono qua per Natale.»

Il gelo piombò tra loro. Maria frugò dentro di sé per trovare il buonsenso, ma vivido le apparve il viso tirato di Severina Balestrieri, la sua arroganza sprezzante, il taglio ad aquila degli occhi vicini e cattivi. Cercò di placarsi, guardò intorno spulciando la stanza e, infine, fece una domanda stupida.

«E dove li mettiamo?»

Tonino la guardò di sottecchi. Vedeva solo un lato del viso della moglie, l'altro era nascosto dall'ombra.

«Andranno in albergo. Non è questo il problema.»

«E quale è il problema?»

«Che resteranno con noi a pranzo, a cena, vorranno conoscere i tuoi...»

A Maria venne da ridere, avrebbe riso fino al parossismo e alla disperazione. Cosa rispondere a una simile sciocchezza? I Balestrieri li avevano cacciati di casa, abbandonati, umiliati, e ora si ripresentavano come se niente fosse?

«Toni', te lo scordi che mischio la mia famiglia con la tua! Non li voglio vedere, fattene una ragione!»

Lui la fissò con una espressione assente e morta negli occhi.

«Vogliono comprare casa a Napoli.»

«Non esiste.»

«Ragiona, Maria, cerchiamo di pensare al futuro...»

«No, Toni', già una volta mi hai fregato con questa storia. Quelli mi disprezzano, e te lo metto per iscritto che la casa a Napoli non la compreranno mai!»

Livia scoppiò a piangere per le urla. Maria la prese in braccio, imbarazzandosi per averla fatta spaventare.

«Non ne voglio parlare, Toni', non li voglio vedere!»

Si allontanò di qualche passo e lui la raggiunse.

«Fallo per le bimbe. Ti prego...»

Maria rimase un attimo in silenzio e pensò che avrebbe affrontato la situazione a testa alta, alla maniera sua.

«A Natale ci vuole tempo» concluse, «mo' non ci intossichiamo.»

Fuori continuava a piovere, il cielo divenne bianco come

un velo d'ovatta. Andò in camera da letto con Livia che aveva poggiato la testa nell'incavo della sua spalla. Guardò i particolari disadorni della sua casa e si chiese a cosa avrebbero pensato i Balestrieri di quella umiltà, dei sacrifici, dei figli che continuavano ad arrivare perché lei e Tonino si volevano bene. E ragionò sul fatto che poteva essere fiera. Non aveva niente, eppure non le mancava niente. Soprattutto la dignità.

Nonostante la fermezza e la disciplina che si era imposta, il 20 dicembre, giorno in cui Tonino andò a prendere i genitori all'aeroporto, con la 600 che stava faticosamente pagando a rate, Maria si sentiva agitata come una pazza alla catena.

Alla fine aveva acconsentito a vederli per Natale, e adesso in casa niente le sembrava abbastanza in ordine e pulito. Alle bimbe aveva comprato due vestitini di mussola, uno rosa e uno verde, con gli scaldacuore in tinta, ma neanche loro le parvero all'altezza.

«Mari', quelli sono due palloni gonfiati, fai un buco e schiattali, te lo do io lo spillo!» le aveva detto Elena con la sua sincera ironia. Nunzia, di rimando, aveva aggiunto: «Io la mano a quei fetenti non gliela stringo. Se non vuoi pensieri, di' che sto malata coi bronchi, na' malattia pesante, che mischia...». Suo padre invece si era offerto di incontrarli insieme a lei, per starle vicino, e in quel momento aspettavano entrambi con apprensione.

Alle dodici in punto, sentì i loro passi sul pianerottolo e chiaro le arrivò il riso della donna che più detestava al mondo. Il cuore le batteva così forte che ebbe l'impressione che si vedesse attraverso il vestito. Il campanello suonò e Maria aprì.

Severina era appena dietro Tonino, l'ombra sul muro la faceva apparire enorme. Era tutta vestita di nero e fumava. Si sfilò gli occhiali e la squadrò da capo a piedi, soffermandosi sul pancione. Maria era d'acciaio, si aspettava di tutto e per questo non le avrebbe consentito di farle del male. Sotto la fioca luce della lampadina apparve anche Raffaele. Imbarazzato, non sorrideva.

Non ci furono convenevoli, Maria fu gentile e fredda, così come erano stati loro, quando lei era arrivata in Brasile.

«Entrate, prego, andiamo nel soggiorno.»

Severina l'abbracciò lieve e viscida, un po' come fanno i pitoni quando avvolgono tra le spire. Il suo tocco le fece ribrezzo. Si tolse il cappotto e glielo mise in braccio come a una serva.

Giovanni andò loro incontro sorridendo.

«Ci conosciamo, finalmente!» esclamò.

Il suo sorriso abbassava le armi e spuntava i coltelli. Severina, infatti, non poté che essere gentile. Gli strinse la mano e iniziò ad ammaliarlo, come faceva con tutti gli uomini che incontrava sulla sua strada.

Le bimbe facevano tenerezza. Era evidente che avessero avvertito una sorta di pericolo e se ne stavano immobili come bambole di cera, sedute una attaccata all'altra sul divanetto.

Raffaele andò in bagno e tornò con le mani pulite per accarezzarle. Livia parlò con meravigliosa dolcezza. Come Maria le aveva insegnato disse: «Buongiorno nonni, benvenuti!». E poi, scornosa, andò a nascondersi sotto la sua gonna. Quella vocina spense il disagio e la giornata trascorse tra una finta allegrezza e l'odio nascosto sotto il tappeto.

Il giorno della vigilia di Natale, Maria lo trascorse per la maggior parte in cucina per preparare il cenone. Spaghetti ai frutti di mare, frittura di gamberi e calamari, baccalà, i broccoli, l'insalata di rinforzo e persino gli struffoli della pasticceria Fontana, che zio Ciccillo le aveva regalato.

I Balestrieri erano stati tutto il pomeriggio in giro per negozi ed erano arrivati carichi di pacchi. Entrati nel soggiorno, li poggiarono frettolosamente accanto all'albero e poi sedettero a tavola. La cosa stupì Maria e, in verità, un poco si emozionò. Evidentemente Raffaele, essendo napoletano, sapeva che per tradizione addobbare l'albero con i doni agevolava fortuna e abbondanza. Le manine di Flavia andarono a scavare nelle buste per guardare i pacchetti, sfiorando i fiocchi e ridendo. Livia intravide una palla colorata che spuntava da uno scatolo chiuso male e disse al suo orecchio: «Voglio quella» indicandola col ditino cicciottello.

Al momento di cenare, Maria si rivolse a Severina, guardandola negli occhi.

«Vogliamo aprire subito i regali, così le bimbe poi vanno a nanna, o porto gli antipasti?»

Lei girò appena la testa e parlò con un velato disappunto nel tono della voce.

«Mi spiace, davvero, ma c'è un fraintendimento. I regali non sono per le tue bambine, ma per Riccardo, il figlio di Silvia. Raffaele li ha poggiati accanto all'albero perché non sapeva dove sistemarli. Per non tardare, ci è mancato il tempo per portarli in albergo...»

Lo schifo salì alla bocca di Maria. Rimase un attimo in silenzio e in quell'attimo le mani, che stringevano il tovagliolo, le caddero sui fianchi.

«Giusto, perché voi tenete solo Riccardo come nipote, no? Le figlie mie non contano...»

«Su, andiamo, Severina!» fece Raffaele dall'altro lato del tavolo. «Prima di partire ne compriamo altri. Dai 'sti regali alle bambine.»

«Non ne hanno bisogno» ribatté Giovanni, serio in volto. «Domani avranno i nostri, non toglieteli a vostro nipote.»

Severina osservò la pancia di Maria che spuntava dal grembiule e rispose con una nuova intonazione, spavalda e pungente.

«Facciamo così: se partorisci un maschio, te lo faccio un regalo.»

Il sangue le pulsò alla testa, voleva trattenersi, ma non ci riuscì.

«Meno male che Silvia ha avuto un figlio, allora, altrimenti manco a lui regalavate niente. Io neanche lo sapevo, tra l'altro.»

«Certo che no, perché ti interessi solo delle tue cose.»
«Forse perché qualcuno me le tiene nascoste.»
«Nessuno ti nasconde niente. Pensa a fare un maschio. Sei sempre incinta, prima o poi ne sarai capace!»
Maria tentò di contenersi, ma quegli occhi crudeli tiravano fuori il peggio di lei. Cercò le parole giuste per ferirla e il rancore venne alla bocca senza che potesse trattenerlo. Si avvicinò all'orecchio e vi alitò dentro.
«Forse il maschio era quello che mi hai fatto ammazzare in Brasile.»
Severina tagliò il suo sguardo. «Nessuno ti ha costretta» sibilò.
In quell'istante duro, se Maria avesse avuto un coltello glielo avrebbe piantato in gola. Andò di là in cucina. Dopo poco suo padre la raggiunse e preparò il piatto per Nunzia, che le avrebbe riscaldato una volta tornato a casa. Mise la pasta con un poco di pesce a fianco, coprì con un altro piatto e chiuse tutto in un canovaccio con quattro nodi. Aveva gli occhi bui del dispiacere.
«Hai ragione, Mari', so' due fetenti.» Osservò fuori, forse per trovare un po' di luce, e continuò: «Povera figlia mia, fai bene a non fidarti».
Maria l'abbracciò, per assorbire un poco del suo dispiacere. Poi prese la zuppiera fumante e tornò di là.
Sedette facendosi il segno della croce, dopodiché si spartirono pane e veleno, e sperarono tutti che quella vigilia passasse in fretta.

Il 3 gennaio i Balestrieri andarono in via Petrarca insieme a un sensale per decidere l'acquisto di una casa.
Gli appartamenti, sopra Posillipo, erano moderni e bellissimi. Non c'era balcone che non avesse una veduta a mare, le finestre erano ampie e i pavimenti splendevano di marmi rosa oppure crema. I prezzi erano ancora accessibili poiché la stra-

da che portava alle nuove costruzioni era in salita, isolata, non ben collegata con il resto della città. Ma con la lungimiranza di chi fiuta un affare, l'acquisto sarebbe stato indovinato. C'era tanto verde intorno, con alberi da frutta e discese a mare mozzafiato. La strada collegava Mergellina con Marechiaro, era un sogno passeggiare su quella collina.

I Balestrieri sarebbero partiti il giorno 8, per cui non c'era molto tempo per decidere.

Maria era ansiosa all'idea di averli di nuovo così vicini, se l'acquisto fosse andato a buon fine. Ma, con lucidità, pensava anche al futuro. Lei e Tonino a stento riuscivano a pagare il fitto, il cibo e le bollette. Mai un divertimento, un cinema, una vacanza. Stare con due piedi in una scarpa e non fare debiti, questo era importante. L'unico modo d'avere in futuro una casa di loro proprietà era ereditarla dai Balestrieri. Ma ciò che sentì, nascosta dietro l'uscio del soggiorno, la raggelò.

«No Raffaele, non sono d'accordo. Sì, la città è bella, il posto pure, ma che facciamo? Lasciamo il Brasile, Silvia e Riccardo? E poi, un domani? La casa di Napoli resta a Tonino e a quella là?»

La voce di lui non si sentiva. Lo teneva in pugno, come sempre.

La sera, nel bagno, Maria riferì a Tonino ciò che aveva ascoltato e lui diede un pugno al mobiletto.

«Non rompere niente, ché soldi per comprare cose nuove non ne abbiamo!»

Ma in fondo lo capiva, rispettava il suo livore. Lo abbracciò. Era il suo sangue a essere tossico, lo aveva dentro, e sperò che non fosse arrivato alle sue figlie, che la linea corrotta si fosse, col tempo, purificata. Lo abbracciò, perché gli fece pena. Maria conosceva bene il dolore che si prova quando un genitore non ti ama.

Tre giorni dopo i Balestrieri erano in partenza. Senza aver acquistato la casa, naturalmente.

Severina scompigliò i capelli alle bambine. Le dita ingioiellate si incastrarono nei boccoli di Flavia che, arricciando il naso, con la mano spolverò via la carezza. Raffaele salutò Maria con garbo, mentre la moglie frugava nella borsetta. Ne tirò fuori una bottiglina di Cabochard.

«Per te. È un profumo esclusivo, di classe.»

Lei aveva bisogno di vestitini e scarpette, sua suocera lo sapeva, soprattutto per Livia che aveva tre anni e stava diventando grande. La guardò con un mezzo sorriso appuntato sulla bocca. Il vero regalo era che stavano andando via. Appena chiuse la porta, si avviò spedita in camera da letto, aprì i cassetti del comò, arrivò all'ultimo, il più scomodo e, in fondo a tutto, tra le cose dimenticate, sistemò la bottiglina di Cabochard.

Non l'avrebbe buttata mai, per non dimenticare.

Il 10 febbraio 1960 nacque Rosaria.

Quando gliela misero in braccio le parve di riavere Flavia. Gli stessi ricciolini, il naso invisibile e persino le orecchie, con la destra più sporgente della sinistra. Erano identiche, gemelle distanti diciotto mesi.

Pure Tonino se ne accorse. «Sembra Flavia appena nata!» esclamò, e sorrise.

Quando la portò a casa, Livia fu felice come se Rosaria fosse una bambola con cui giocare. Flavia, invece, col tempo, la custodiva. Nei mesi a venire, assunse un atteggiamento materno con la piccina. Sgattaiolava accanto a lei per sussurrarle cose misteriose, in una sorta di magica comunione. Diveniva seria, poi sorrideva, toccava le sue labbra, la baciava e le metteva la mano sul cuore, in un affetto commovente e puro. Non la perdeva mai di vista, neanche per un istante. Quando Maria le dava la poppata, Flavia le si metteva quieta accanto, e ogni tanto chiedeva se avesse finito. Infine, ne controllava il sonno. Quando si sincerava che stesse riposando si allontanava, ma non appena sentiva un rumore s'allertava. Correva accanto alla culla e poi diceva: «Mamma, sta ommendo Osaia» e agitava la manina come a dire: “Stai tranquilla, non s’è svegliata”. Maria provava una grande tenerezza. Le sue figlie si volevano bene, c’era solo amore tra loro, e questo, per lei, era il dono più grande.

Ad aprile dello stesso anno, si sposò Elena.

L’organizzazione fu sfiancante. Elena cercò la perfezione negli sponsali mettendo in croce pasticcieri, fotografi, fiorai e, soprattutto, Giuseppe, che in tutti quei lunghi anni di fidanzamento non aveva smesso mai, nemmeno per un istante, di accontentarla, di esaudire ogni suo desiderio. Avevano rimandato di mese in mese e di anno in anno per mettere da parte una cifra che avrebbe consentito loro un matrimonio da sogno, un viaggio di nozze a Parigi, una vita decorosa e dei bambini che mai avrebbero dovuto lesinare su qualcosa.

Così, dopo attente ricerche per la casa e una infinità di tempo per scegliere il luogo per il ricevimento e il buffet che avrebbero servito, la cerimonia si tenne sulla terrazza di un ristorante a Posillipo.

Si sperava in una giornata quieta di primavera, invece, sebbene l’aria fosse frizzante e pulita, tirava un forte vento. Le condizioni climatiche erano l’unica cosa che non si poteva programmare. Maria tentava di tenere sotto controllo la gonna della sposa, che si sollevava a ogni soffio, mentre era intenta a inseguire le bimbe che trotterellavano tra un tavolo e l’altro.

C’era Enrico, naturalmente, con Rina. Si diresse verso di lei, poi si fermò bruscamente quando scorse Tonino alle spalle. Le fece un accenno di saluto con la testa e null’altro. Rina gli strinse il braccio e lo baciò, col puro intento di sancire la proprietà. A Maria torse lo stomaco, e non per la gelosia. Era la rabbia. Enrico, un tempo, l’aveva miracolosamente liberata dai suoi fardelli, dalle perplessità della vita, e poi, improvvisamente, l’aveva fatta cadere, facendole conoscere un dolore nuovo e crudele. Ma sua sorella stava sposando il fratello di Enrico e questo stabiliva tra loro un legame di parentela, per quanto labile. Quindi Maria si convinse che il buon viso a cattivo gioco era la cosa più diplomatica da fare. Ricambiò il gesto cortese e tornò al suo tavolo, con le bambine e Tonino al seguito.

Elena, che temeva quell'accadimento, le si avvicinò con un sorriso lieve sulle labbra lucide di rossetto. Mentre i capelli biondi le volavano da tutte le parti scompigliandole l'acconciatura, sfilò una rosa bianca dal bouquet, gliela porse e le disse all'orecchio: «Brava, Mari'. Non tengo più niente da insegnarti».

50

12 settembre 1961

Faceva un caldo soffocante.

Il cielo era nero, con una leggera nebbiolina afosa che s'azzeccava addosso. Maria non aveva dormito bene. Spesso, come quella notte, le mancava Tonino e un'ansia le attanagliava lo stomaco. "È solo un poco di stanchezza" si ripeteva, per farsi forza, pensare a cose belle.

Era il giorno del suo onomastico. La mattina presto preparò latte e biscotti per le piccine. Si accorse che Flavia scottava un poco e le misurò la febbre. Un trentasette preciso non la preoccupò più di tanto, ma le chiese di non giocare fuori sul balcone e di rimanere in casa. Diede la poppata a Rosaria e decise di preparare un dolce. Con il taglio degli occhi, vide Flavia accanto alla culla della piccina. Si reggeva malamente alla sbarra. Si pulì le mani piene di farina sul grembiule e la chiamò. Flavia la raggiunse camminando lenta. Non lo faceva mai, correva sempre. Arrivò ai suoi piedi e tese le braccine, quindi scivolò per terra. Maria l'afferrò. La sua testolina si voltò all'indietro, così come gli occhi, che mostrarono il bianco.

Maria, atterrita, aprì la porta e chiese aiuto con la bambina svenuta in braccio. Livia scoppiò a piangere perché capì che qualcosa non andava. Amalia, la sua vicina di casa, spalancò l'uscio e vide che era stravolta.

«Stai tranquilla, Mari', mo' chiamo tuo padre, la portiamo subito al Loreto!»

Maria era sorda, muta e cieca. Sapeva che stava accadendo qualcosa di terribile alla sua creatura. Infilò le scarpe, avvolse Flavia in una coperta e chiese ad Amalia di rimanere con le bambine, in attesa di suo padre.

Arrivò in ospedale, con il pianto che le soffocava in gola e non usciva. Attraversò di corsa l'ingresso con la speranza e la paura in faccia. Un medico pietoso capì subito, e le tolse la piccola dalle mani. Maria ebbe un mancamento e cadde a terra, tra gente estranea che la circondava spaventata. Sentiva le loro voci, ma non riusciva a comprendere cosa stessero dicendo. Si trascinò nella cappella fino ai piedi della Madonna e pregò, col cuore a pezzi.

«Ti prego, ti supplico, non te la prendere... non te la prendere...»

In quel crudele istante pensò che forse Flavia non era mai stata sua. Aveva già supplicato la Madonna di non farle perdere Rosaria, e se fosse stato scritto che avrebbe dovuto renderle un figlio, così sarebbe stato, nonostante le preghiere che aveva in corpo.

Quando risalì al piano, un medico le venne incontro e scosse la testa.

Il buio l'avvolse, perché Flavia non c'era più.

Tonino diede le dimissioni dall'hotel di Roma e grazie al direttore, addolorato per l'accaduto, riuscì a ottenere il trasferimento a Napoli, in un albergo dello stesso gruppo azionario. La sera stessa partì. Fece il viaggio più brutto della sua vita. Quando arrivò a casa sembrò trasfigurato. Da quel terribile giorno, in lui si ruppe qualcosa che non si aggiustò mai più.

Il giorno dopo il funerale, arrivò un telegramma dei Balestrieri, una lettera compunta, ma senza cuore. Maria lesse e buttò tutto nella pattumiera.

Il resto dei giorni fu solo un susseguirsi di albe e tramonti. Maria si sentiva come precipitata in un pozzo nero e senza fondo. Il momento più terribile fu proprio il risveglio dopo il primo sonno, quando la realtà è tutto ciò che resta. Una sorta di torpore s'era infilato nel suo cervello e la rendeva impassibile.

Poi una mattina, al ritorno dal cimitero, accadde una cosa stupida a Elena. Restò impigliata con la gonna nelle porte dell'autobus da cui erano scese. La stoffa si strappò, lasciandola in mutande. Era talmente buffa mentre tentava di coprirsi con le buste della spesa che Maria esplose in una risata talmente forte che l'aria le mancò. Fiumi di lacrime uscirono tra le risa, che si tramutarono in pianto. Lacrime vecchie, stipate da giorni, che le diedero una sorta di sollievo. Al principio Elena s'arrabbiò: «Che tieni da ridere, cretina!». Poi comprese che quelle lacrime a forza dovevano uscire. Era il dolore che diventava liquido e trovava la sua via.

In quel periodo di malinconia, non fu facile prendersi cura di se stessa e di qualcun altro insieme, eppure fu necessario.

Alle volte, forse troppo spesso, piangeva dando il latte a Rosaria. Non avrebbe dovuto, i bambini assorbono gioia e dolore. Ma la piccola era talmente uguale a Flavia che trattenersi era impossibile.

Quando crebbe, la somiglianza con sua sorella divenne inverosimile. C'era addirittura chi, con una scusa, andava a trovarla "per rivedere Flavia", la bambina che non c'era più. Rosaria non era sua figlia, era l'altra figlia: quella che aveva preso il posto di una creatura divenuta irreale.

«Mamma, cos'è la morte?» le chiese un giorno, mentre addentava una mela. Fu allora che Maria comprese di dover mettere via le cose di Flavia, chiuderne il ricordo nelle stanze della mente, come le aveva insegnato Pupella, e concedere a Rosaria di vivere la propria vita. Ma non bastò. Sebbene fosse una bambina adorabile, vivace e comunicativa, Rosaria viveva in un mondo tutto suo. C'era una sorta di allegrezza segreta e d'improvvisa serietà nei suoi gesti, come se dividesse il gioco con qualcuno di invisibile. Spesso metteva sua madre in imbarazzo con degli sguardi fissi e indagatori. Una volta, ormai aveva iniziato le elementari, le fece una domanda scomoda: «Come mai a scuola non insegnano la felicità?».

Maria rimase a osservarla con la bocca aperta e vuota. Con sforzo penoso tentò di darle una risposta decente.

«La felicità è una cosa che parte dal cuore, dalla famiglia, non è una materia che si insegna... Perché, tu non sei felice?»

«Solo quando immagino cose» rispose secca.

51

Napoli, maggio 1972

Vennero tempi belli, giorni sereni, senza nuvole. Solo fiori che sbocciavano sui davanzali e fumi di pietanze allegre dalle pentole.

Una sera di maggio del 1971 Tonino arrivò a casa raggiante. Cinse la vita di Maria e le fece fare mezzo giro. Lei scoppiò a ridere.

«Che c'è, Toni'? Hai vinto un terno al lotto?»

Lo sguardo lucente, gli occhi fieri.

«Più o meno!»

«Uh Gesù! Che è successo? Mi vuoi far morire di curiosità?»

Tonino sventolò sotto il suo naso dei fogli di carta. I denti, abituati a morsi di difesa, splendettero in un sorriso.

«Sono stato nominato direttore dell'hotel Majestic! Ce l'ho fatta, Maria!»

La gioia le scoppiò in petto. L'abbracciò e gli diede un bacio premuto sulle labbra. Sedettero sul sofà e lui le parlò, accarezzandole la mano. Si guardava intorno come se le pareti non esistessero più.

«Voglio cambiare casa. Qui stiamo troppo stretti, voglio una bella camera da letto, il salotto grande, la stanza per le ragazze, uno studiolo...»

A Maria parve che tutto intorno vorticasse.

«Quanto prenderai in più, rispetto alla mansione di capo ricevimento?»

«Quel tanto che basta per cambiare vita!»

Per circa un anno si risparmiò tutto ciò che si poteva, infine Maria e Tonino diedero inizio alla ricerca della nuova casa.

L'intento fu quello di trovare un bell'appartamento al Parco Comola Ricci. Il parco era nuovo, negli anni Cinquanta Maria ne aveva seguito la costruzione da lontano, da Villa Santa Maria. Seduta all'ombra del mandarino, immaginava i visi di chi un giorno avrebbe abitato in un luogo così bello. Non le sembrava vero che uno di quei volti potesse essere il suo.

La strada si inerpicava dal corso Vittorio Emanuele e arrivava fin su via Tasso. Era residenziale, panoramica, centrale ed elegante. E poi era vicino ai suoi genitori.

Dopo vari sopralluoghi, visitarono un appartamento al quarto piano di una palazzina elegante. La vista era mozzafiato, dritta sul golfo di Napoli, con il Vesuvio che si stagliava in fondo e la collina di Posillipo di lato. Un ampio ingresso si apriva su di un salone doppio, con due balconi e un piccolo terrazzo. Oltre c'era un lungo corridoio, con le stanze posizionate una di fronte all'altra. Centocinquanta metri quadri di raffinata bellezza. Maria si affacciò alla finestra della camera da letto. Da lì si vedeva Villa Santa Maria e tra i palazzi spuntò il balconcino dei suoi genitori.

«Mi piace assai!» disse a Tonino. «È al quarto piano e tu lo sai, quando si trasloca bisogna salire, mai scendere! Parliamo con la proprietaria?»

«La proprietaria è morta. L'eredità è passata alla nuora, perché il figlio ha avuto problemi con la giustizia. Insomma vuole fittare presto, ha bisogno di soldi e non può vendere, perché la casa appartiene alla figlia.»

«E quanti anni ha la ragazza? Non è che ci fa entrare e dopo poco ci mette fuori?»

«Tiene tre anni, non ti preoccupare.»

La gioia la fece allungare nel corridoio come se fosse già roba sua. Si fermò nella camera che avrebbe destinato alle ragazze, la più luminosa. All'interno c'era una vecchia macchina per cucire, identica a quella di Nunzia. A Maria sembrò un segno, qualcosa di familiare che l'accoglieva nel suo nuovo mondo.

«Allora? Che si fa?» chiese Tonino alle sue spalle.

«Firmiamo!»

La casa nuova venne perfetta. I balconi e il terrazzino traboccavano di gerani in fiore, ficus e rampicanti. I pavimenti di marmo brillavano come specchi sotto ai tappeti, e nel salone venne sistemato un acquario pieno di pesci tropicali. Livia, che aveva ormai quindici anni, diede una mano a sistemare tutto, felice anche lei come una pasqua. A Maria non parve vero d'essere entrata in un luogo che aveva abitato solo nei sogni.

Il giorno del trasloco, mise in una valigia ricordi, fotografie nuove e vecchie, un po' ingiallite e mangiucchiate dall'umidità, le lettere del Brasile, le parole dolci e amare ch'erano state dette, il vecchio scatolo coi rocchetti di cotone e i bottoni colorati, gli aghi, gli spilli, i ritagli d'elastico e i pezzi di trine che l'avevano salvata dandole il lavoro.

Quando tolse i quadri dai muri le salì il pianto. Quei chiodi storti li aveva fatti entrare suo padre, uno diverso dall'altro, chiodi trovati per strada o dimenticati nei cassetti. Doveva fare tesoro di quella povertà, così avrebbe apprezzato meglio l'agiatezza che desiderava da sempre.

Alle sei del pomeriggio del 4 maggio del 1972, con l'emozione in gola e il passo sicuro, girò la chiave nella toppa per mostrare al resto della famiglia la loro nuova casa. Maria aveva portato con sé il suo ramo di mandarino, che stringeva come una reliquia che avrebbe protetto la casa e la famiglia. Dopo una ricerca attenta per la collocazione, lo infilò con cura in uno dei vasi più preziosi che aveva acquistato e lo sistemò proprio all'ingresso. Era salita anche Nunzia, portata in auto da Tonino e infilata a forza nell'ascensore, che aveva guardato come se dovesse attraversare le porte dell'inferno. Appena entrati, le loro bocche si spalancarono di meraviglia.

Maria si sentì felice, finché non si accorse che Rosaria era rimasta in fondo al corridoio, immobile e taciturna.

«Vieni su, non vuoi vedere la tua camera? È bellissima, piena di colori...»

Rosaria le strinse la mano.

«Voglio tornare a casa.»

La delusione di Maria fu grande.

«È questa la tua casa, adesso. Su, entra.»

Quegli occhi, Maria, non li avrebbe mai dimenticati. Spalancati, la inghiottirono.

«Ho paura. Non ci dormo qui.»

Maria ebbe timore di spazientirsi. Il pensiero entrò da solo: Rosaria le dava problemi pure nei momenti belli. Si vergognò, ma era ciò che sentiva. Si rese conto della difficoltà di comprendere un carattere complesso, non liquido come quello di Livia, bensì spigoloso, aspro. Era convinta che la sua esperienza di figlia e di nuora cresciuta in un mondo ostile, con due donne durissime, avrebbe dovuto forgiarla, preparare il campo anche alle battaglie famigliari. Ma non era così semplice, non con lei, non con Rosaria.

Chiamò Tonino, che prese per mano sua figlia e le aprì la porta della stanza. Il sole, all'interno, rischiarava le pareti rosa chiaro e si posava sulla tenda, che svolazzava appena. Il labbro di Rosaria tremava, il suo viso aveva l'espressione di chi vede l'invisibile.

Cercarono di calmarla, ma fu tutto inutile. Dopo cinque notti insonni, nonostante dormisse con la sorella, Maria e Tonino dovettero arrangiare un lettino nella loro camera che rimase lì per lungo, lungo tempo.

Rosaria aveva un'angoscia dentro, sottile, fastidiosa.

Indossava lo stesso vestito ogni lunedì, a inizio settimana. Era una ritualità urticante e salvifica allo stesso tempo. Quell'abito la proteggeva, era uno scudo che l'avrebbe fatta vivere ancora un'altra settimana. Altrimenti temeva di poter morire così, da un momento all'altro, com'era accaduto a Flavia. Diceva piccole bugie, cose innocenti, a scuola, alle maestre o alle compagne. Allungava il naso in cose misteriose e poi ne aveva paura. La paura le viveva dentro, ma era anche una cosa che non si poteva dire o confidare, altrimenti faceva più male. Bisognava che si difendesse da sola. Per strada camminava attenta, segnava a mente le parole nascoste, i bisbigli. Tutto per lei diventava un nascondiglio per spiare la vita. Alberi, angoli di muro, portoni. La sua città era fatata, Rosaria parlava alle capuzzelle dei morti nella chiesa delle Anime del Purgatorio, ascoltava la divinazione delle sirene del Golfo e pure i misteri dei pesci nel mare. Tutto andava bene per imparare quello che in casa non le veniva detto.

Le piaceva guardare i vecchi cartoni alla televisione, le *Silly Symphonies* più di ogni altro: brutti anatroccoli, papere dispettose e scheletri danzanti. Rosaria viveva nell'attesa che qualcuno si accorgesse che le sue labbra erano di ferro, e non per ostinazione, ma per un silenzio prudente, perché pensava che le parole pesassero, facessero male. La sua testa, invece, volava come una piuma per arrivare ovunque, aprire spazi, comprendere ciò che la circondava. Aveva poco passato alle spalle e troppo futuro davanti. Stava cercando la misura giusta per vivere, dare luce al suo buio, fare sì che respirasse.

La colpa di essere sopravvissuta a Flavia le pesava, e tanto.

Non era una figlia unica. Era una figlia sola.

52

Napoli, marzo 1975

La Pasqua di quell'anno cadeva bassa, il 30 marzo.

Maria trascorse la settimana santa a disinfettare igienici, pulire coperte, fare lavatrici, arieggiare gli armadi, spolverare i tappeti. Aveva le mani bianche di candeggina con quell'odore ammorbante tipico di un veleno. Appena ebbe finito di sistemare i fiori a bere nei vasi di vetro, messi in maniera aggraziata intorno al suo prezioso ramo di mandarino, nella quiete del dopopranzo sedette con una rivista appoggiata sulle gambe. L'aveva appena aperta, quando squillò il telefono. Con le pattine ai piedi per la cera, andò a rispondere. Dall'altro lato, una voce di donna dall'accento bolognese.

«Casa Balestrieri?»

«Chi desidera saperlo?»

Ci fu una pausa e un respiro.

«Sono Rosa, la sorella di Tonino.»

La cornetta per poco non cadde per terra. Maria ebbe la sensazione che una mano le premesse sul costato e una voce all'orecchio sussurrasse: "Non è finita, che ti credi? Mai ti libererai di loro...".

«Tu devi essere Maria, non è così?» insisté l'altra, forse comprendendo il suo silenzio. «Mi spiace disturbarti... Desideravo sentire Tonino. Non lo vedo da quando avevo vent'anni...»

Maria ricordò ciò che Tonino, a spizzichi e bocconi, le aveva raccontato di sua sorella. Anche lei era stata vittima dei Balestrieri, anche lei aveva sofferto per colpa di Severina.

«Rosa... Sì, sono Maria. Mi fa piacere sentirti, però Tonino non c'è. Lo trovi stasera, oppure in albergo.»

«So che avete due belle figlie. Come state?»

«Ci sono stati tempi bui, ma tutto passa.»

Rosa non rispose, ma era intuibile la sua amarezza.

«Che ne dici se vengo a Napoli per Pasqua?» propose all'improvviso. «Mi piacerebbe conoscere te, la tua famiglia e soprattutto rivedere mio fratello.»

La richiesta la mise in agitazione. Non aveva idea di quale potesse essere la reazione di Tonino. Rosa era sempre stata un argomento tabù.

«Per me sarà un piacere conoscerti, ma devo parlarne a Tonino, comprendimi» rispose franca. «Lasciami il tuo numero, ti faccio richiamare.»

Glielo dettò, lei lo ripeté e si salutarono.

Quella sera Maria teneva l'inquietudine tra i denti. Mordeva l'intento di parlare, ma a che pro rimandare qualcosa di così importante?

Dopo cena chiese a suo marito di raggiungerla in salotto e gli riferì della telefonata di Rosa, della sua richiesta. Per un istante temette il peggio. L'affetto, per i Balestrieri, era sempre complicato. Maria non era mai riuscita a capire dove vivesse il bene in quella famiglia e se davvero esistesse.

Invece Tonino la stupì. I suoi occhi si illuminarono e batté le palpebre in un'ingenua meraviglia.

«Davvero Rosa ha chiamato?»

«Questo è il numero. Telefona, prima che scuri notte!»

Lui corse all'apparecchio. I numeri gli scappavano dalle dita. Disse: «Rosa...» con lo stupore in bocca. Maria non aveva mai sentito la sua voce rotta, emozionata. Con la sorella parlò in tono lieve, le fece strano sentire parole d'affetto così grandi.

Erano quelle fragili, stipate come una reliquia, con un poco di vergogna dentro, ma sincere. Lui e Rosa erano entrambi vittime di un disamore.

Rosa arrivò due giorni prima di Pasqua.

Maria la trovò bella tanto quanto Silvia, solo più magra e con i capelli corti. Era vestita angelicamente di bianco e aveva classe. "Come sua madre" pensò, ma si guardò bene dal dirglielo. Si abbracciarono forte. Appena dietro di lei, comparvero un uomo e un ragazzo. Con delicatezza Rosa li spinse in avanti.

«Vittorio, mio marito, e Fausto, mio figlio.»

Tonino li abbracciò con slancio e naturalezza, nonostante li incontrasse per la prima volta. Maria fu più misurata, ma solo per timidezza. Dopo i convenevoli si accomodarono nel salotto, dove Maria aveva preparato un aperitivo prima del pranzo. Ci teneva a fare bella figura, si muoveva come una regina nella sua casa e, per un istante, pensò a quanto le sarebbe piaciuto mostrare la trasformazione a Severina. Subito inghiottì l'intenzione.

In breve si creò un'atmosfera intima e cordiale.

Vittorio faceva il medico, lui e Rosa sembravano molto innamorati. Fausto aveva tredici anni. «Quest'anno termina le scuole medie» precisò la madre. «È appassionato di baseball, prima o poi finirà col diventare un giocatore professionista e andrà lontano, magari in America!»

Con lo stesso orgoglio Maria presentò le sue figlie. Livia aveva quasi diciotto anni e s'era fatta bella. Alta, magra, bruna di occhi e di capelli. Tutta suo padre. Lo strazio subito da piccola aveva infine creato un corpo sinuoso e morbido. La gamba non aveva ormai che un mezzo, invisibile centimetro di differenza con l'altra. Solo la mano sinistra appariva piccola e chiusa, ma per la famiglia la manina di Livia era divenuta un vezzo, come un neo, o qualsiasi altra cosa rendesse speciale una figura. Studiava al liceo classico ed era brava, seria, molto attenta.

Rosaria era vitale e curiosa, con una testa di riccioli indomabili che Maria tentava di ammaestrare con scarsi risultati. Con gli altri era graziosa e gentile, ma a lei dava sempre pensiero. Pareva smaniosa, come se una mano le agitasse il cuore. Sfuggiva al suo controllo, non studiava con disciplina ed era sempre invasa da una irrequietezza che la teneva spesso fuori casa. Non dormiva mai, se non all'alba, sicché faticava ad alzarsi al mattino. Di notte, e questa cosa veniva con puntualità riferita da Livia, restava con gli occhi spalancati e la testa sollevata dal guanciale. Le volte in cui Maria aveva tentato di capire, Rosaria aveva protestato dicendo che era una bugia, che riposava. Ed ecco di nuovo il muro dietro il quale arretrava. Maria, per carattere, si tirava su le maniche e affrontava le cose concrete, ma di fronte alla smania intima restava spaesata, inerme. La verità era che non si aspettava di dover domare un figlio, non era pronta, non aveva ponderato questa eventualità. Quando si ragionava, Rosaria diceva cose da adulti. I suoi quindici anni la stupivano come se ne avesse trenta, e in quei momenti le dispiaceva non riuscire a seguirla a dovere. Ma il quotidiano la inghiottiva, e sua figlia era vittima del poco tempo e dell'incomprensione.

Rosaria accolse la nuova zia con più naturalezza degli altri. Baciò tutti, uno per uno, e versò i cocktail con attenzione.

Rosa aveva portato tanti regali preziosi per i suoi ospiti. Ciondoli d'oro con le iniziali incise, braccialetti di pietre e zirconi, una borsa di pitone per Maria, un Citizen da polso per suo fratello e, sopra ogni altro dono, tre chili di tortellini fatti in casa. Era bello averla ritrovata. La sua presenza fu un avvenimento importante, un po' come se i loro mondi famigliari si fossero finalmente riconciliati.

La Pasqua trascorse serena, così la Pasquetta.

Vittorio e Tonino la sera giocavano a carte, fumavano, bevevano qualcosa. Fausto restava con le ragazze, mentre Maria e Rosa trascorrevano gran parte del tempo nello studiolo, alle volte guardando qualche programma in televisione, altre volte chiacchierando del più e del meno.

Una sera, prima di ritirarsi per la notte, Rosa trattenne Maria in cucina e le parlò con il suo accento delicato, la voce un soffio.

«Maria, non voglio entrare nella tua vita, ma vorrei tanto sapere cos'è successo tra te e i miei genitori... Sempre se hai voglia di raccontarmelo.»

La domanda la spiazzò. Lì per lì avrebbe voluto tirare fuori il veleno instillato da sua suocera, ma si trattenne. Non voleva parlare di lei. Biascicò qualche sillaba, dalle labbra sfuggì un suono più simile a un lamento che a una parola. Sembrava una mosca sul punto di morire.

Rosa scostò una sedia dal tavolo, s'accomodò e le prese le mani tra le sue.

«Sei una brava persona, si vede lontano mille miglia. Se non ti va di raccontare, ti capisco.»

Maria tornò a respirare. Esplorò il suo profilo, le labbra schiuse, il mento che tremava. Era certa volesse parlarle di qualcosa di importante.

«Non ho mai avuto un'amica. Non mi sono mai fidata di nessuno...» le disse Rosa.

Maria pensò che anche lei di amiche ne aveva avute poche, per cui accolse quella confessione con una intimità affettiva e famigliare.

Lei continuò: «Sai che sono cresciuta in collegio?». I suoi occhi valicarono la finestra che dava sul mare. I ricordi pareva galleggiassero intorno a lei. «Avevo dieci anni e nessuna colpa. Mia madre diceva che ero come i sordomuti, chiusa, solitaria, malinconica. Minacciava che se non fossi cambiata mi avrebbe mandata via. Io mi angosciavo, dimagrivo per il nervoso e più dimagrivo più lei si irritava. Sosteneva che non mangiassi per dispetto e mi trattava male, sempre peggio...»

Mentre raccontava, in Maria nacque una sorta di sorellanza, un'intesa. Erano simili nel male subito e Rosa mostrava le sue ferite ancora aperte.

«Tuo padre non diceva niente, non aveva pena per te?»

Rosa si avvicinò ancora di più, il suo alito la sfiorò. Non voleva farsi sentire da Tonino e forse neanche da Vittorio, ma voleva parlare, ne aveva bisogno come il pane. Sibilò, questa volta, e Maria fece fatica ad afferrare le parole. Il suo viso le parve una maschera.

«Ci sono state volte in cui avrei voluto strappargli il cuore dal petto, per vedere se era uguale al mio.»

Era terribile quello che stava dicendo, però Maria sapeva bene di cosa stesse parlando.

«Conosco tuo padre. Non vuole scocciature, ma credevo che fosse così solo con gli estranei come me.»

«Non si è mai preoccupato. Se fosse intervenuto, forse la mia adolescenza sarebbe stata diversa. Mia madre fu di parola, mi chiuse in collegio a Roma, dalle monache. Veniva una volta al mese, e ogni volta che la vedevo la bocca mi si cuciva ancora di più. Una volta mi disse: "So che non ti piace tutto questo, ma per avere un altro mondo non devi andare sulla Luna... Diventa umile e ubbidiente e torni a casa. Tutto qui". Ma io la casa non l'avevo più, almeno non con lei. Una volta venne con Tonino, che era ancora piccolo. Lo sentii fuori dal parlatorio, piangeva perché voleva vedermi. Lei neanche lo fece entrare.»

Maria strinse le sue mani in un gesto sottile, non voleva interromperla, doveva capire quanto veleno era stato iniettato pure a lei.

«Per chi è solo, le feste là dentro sono una disgrazia. Natale, Pasqua, i compleanni che ho passato contando le mattonelle, intrecciando e sciogliendo le trecce alle mie compagne. Sentivo sempre freddo, avrei voluto nascere di nuovo, magari orfana, ché era meglio! Ho fatto digiuni per penitenza e sgranato rosari con le dita gelate, per avere un poco di pace, fuori e dentro di me. Ne ho dato di filo da torcere alle suore, ma in fondo ero diventata un po' come quegli uccelli domestici che anche se apri la gabbia non scappano più. Infatti, compiuti i ventun anni nel 1947, decisi di non andarmene. Mia madre non fece una piega, ma mi disse che per restare in collegio avrei dovuto prendere i voti. In alternativa, avrei potuto sposarmi. Così i miei mi proposero Fahim, un ricco egiziano che aveva collaborato anni prima con mio padre. Il velo non faceva per me, così accettai. Almeno avrei messo mare e terra fra me e loro. Solo che a quel punto per me iniziò un altro incubo...»

Si fermò a prendere fiato e coraggio. Maria le versò dell'acqua, lei s'accese una sigaretta. Fece un paio di boccate e riprese a raccontare.

«Fahim era un delinquente, sempre ubriaco e con la cinghia in mano. Passai giorni terribili, coi lividi e la paura addosso. Non ce l'ho fatta a sposarlo, Maria, non volevo un altro carcere. Così me ne scappai. E mi accorsi di essere libera solo quando sentii i morsi della fame: prima il piatto a tavola non mi era mai mancato.»

«Cos'hai fatto a quel punto?»

«Andai a Roma da una zia. Non mi chiese niente, non volle spiegazioni, fu gentile. Aveva un negozio di pellami e mi tenne come commessa. Ma suo figlio mi molestava, così una sera me ne scappai pure da lì. Presi un treno a caso e capitò Bologna. Lì, finalmente, ho ricominciato. Facevo lavoretti umili e la sera aiutavo le dame della Carità, portavo i pasti caldi a chi non aveva niente. E incontrai Vittorio. Come medico volontario aiutava i poveri, li guariva. E ha guarito anche me, le mie ferite. C'è voluto un po' di tempo e tanta pazienza, ma ora non mi manca niente, ho Fausto e adesso ho pure ritrovato Tonino... credimi, mi sento felice!»

La cosa che più sorprese Maria fu che, nonostante il male subito, c'era qualcosa nella sua voce che riparava il danno, sanava il male. Era una donna forte, una guerriera, intorno alla sua figura c'era una luce che scaldava.

«Immagino che in Brasile non sappiano niente di te» riuscì soltanto a dire.

«Niente, no. Non mi hanno voluta nella loro vita e io non li voglio nella mia.»

53

Rio de Janeiro, 7 novembre 1978

Severina pareva chiusa in una teca di vetro. Le voci le arrivavano confuse, un po' come quando si è malati e arriva all'orecchio uno strano biascicamento.

Laggiù, fin dove giungeva il suo sguardo, migliaia di tombe coprivano l'erba. Il cielo era terso, come tutti i giorni. I fiori scoppiavano di mille colori; un insulto ai suoi occhi, che vedevano nero.

Qualcuno le strinse il braccio, qualcun altro le disse parole a cui non le importava rispondere. Rigida, se ne stava come una stecca di legno a osservare quella scena che sperava fosse un incubo. Si sarebbe svegliata nel suo letto, respirando forte, perché l'attimo che stava vivendo era solo un brutto sogno...

Invece no.

Per la prima volta in vita sua, Severina provava dolore. Un dolore forte, una sofferenza intima che non aveva confini, strappava il suo corpo, usciva da lei e urlava al posto suo. Era talmente infuriata con la vita, da avere il fuoco in bocca. Se taceva, era per non incenerire con la sua rabbia la pietà di chi le diceva: «Condoglianze».

Osservò Silvia. Alfredo e la figlia Lilian tentavano di reggerla, ma lei scivolava con il corpo e con la testa all'indietro. A un tratto si inginocchiò sulla terra, nel punto esatto in cui avevano appena sepolto suo figlio Riccardo.

Non contava più niente. Quello che restava delle loro misere vite era solo disperazione.

Il prete benedisse la tomba, disse parole d'amore, di speranza, parlò di Dio. Aveva un crocifisso in una mano e il messale nero nell'altra, ma Severina non avvertì alcuna consolazione. Pensò che non poteva essere stato Dio a portarsi via Riccardo a vent'anni, in una notte sola. Non era logico sopravvivere a un ragazzo, non era giusto continuare a vivere senza di lui. E ci fu un attimo, un istante atroce in cui un pensiero subdolo si infilò nella sua testa. Ognuno di loro, in famiglia, aveva perduto un figlio, morto di quella morte muta. Senza avvisaglie, era arrivata per spegnere il respiro dei più innocenti. Così era finito Giuseppe, il suo primo bambino, poi Flavia e ora Riccardo. Un rancore torbido e morboso si insinuò in lei. Cosa c'era nel sangue dei Balestrieri? Qualcosa di venefico e malvagio che uccideva le creature giovani? Scacciò quel nuovo assillo e si riebbe. "Quello che non ammazza fortifica" pensò mentre osservava i propri piedi saldi, ben piantati a terra.

S'era alzato un gran vento, che scompigliava i capelli di Lilian e degli altri. Un vento caldo e soffocante. La terra venne coperta da una pietra sulla quale erano incise la data di nascita, quella della morte e il nome. Un atto ultimo e terribile. Lento, in fila, il gruppetto si diresse verso l'uscita. Qualcuno chiuse un cancelletto, se ne avvertì il rumore nell'aria cinguettante.

Severina prese Silvia dalle braccia di Alfredo e la strinse.

«Combatti, figlia mia. È terribile, lo so, ma si deve continuare a vivere.»

Silvia faceva fatica a stare in piedi. «Per me è impossibile continuare a vivere...» biascicò.

«Troverai il modo. Lo farai, credimi.»

Poi lasciò le sue braccia e si infilò in macchina. Tutto si era sbriciolato intorno a lei. Non riusciva a smettere di pensare a come fosse potuto accadere questo a un ragazzo come Riccardo, forte, bello come il sole, luminoso come un angelo.

Due giorni prima Riccardo aveva compiuto vent'anni. I festeggiamenti, nella loro casa di Ipanema, erano andati avanti fino a notte tarda e poi ancora in spiaggia. Veniva corteggiato e conteso, le ragazze coi *pants* scosciati passavano le mani tra i suoi capelli lunghi e biondi, qualcuna ne voleva addirittura una ciocca, qualcun'altra gli pizzicava il petto, la carne soda sopra i muscoli. Tra drink e musica e balli, si era fatta l'alba, con la sua luce chiara che dorava ogni angolo di rena. Il mare era diventato una tavola e la risacca aveva leccato le gambe dei ragazzi addormentati intorno a un falò ormai spento. Riccardo si era svegliato per primo, da una *barraca* arrivava forte il profumo del caffè.

Silvia lo aveva visto entrare, mentre lei era nel patio a fare colazione.

«Com'è andata, *meu amor*? Sei stato felice della festa?»

«Sì *mamãe*, grazie!»

Lei aveva sorriso, coi denti bianchi che splendevano al sole.

«Vai a riposare, che stasera ceniamo fra di noi e festeggiamo ancora!»

Riccardo le aveva dato una carezza e si era allontanato col suo passo aggraziato. All'improvviso, un vento freddo era soffiato sulla veranda. Silvia aveva guardato in alto e aveva scorto una nuvola nera che avanzava posandosi sui tetti, sugli alberi, sui muri. Non una goccia era uscita da quella densità, ma aveva lasciato un'ombra nell'aria intorno.

Quando era giunta la notte, profonda e calda, Riccardo era ancora in camera. Silvia aveva atteso fino alle dieci, poi era andata a chiamarlo. Lo aveva trovato steso su un fianco, nel letto. Gli aveva sfiorato i capelli. Il ragazzo era madido di sudore, un sudore freddo e terribile. Silvia lo aveva chiamato, ma Riccardo pareva inchiodato in un sonno profondo, lo stesso sonno malato che aveva preso Tonino tanti anni prima.

Col cuore che le scoppiava in petto, era uscita nel corridoio e aveva chiamato tutti, con la voce rauca della paura. Lilian era arrivata per prima. Si era inginocchiata al letto di suo fratello e aveva passato le dita sulla sua fronte che bruciava di febbre. Poi aveva ritratto la mano.

«Chiamate un'ambulanza!»

Severina e Raffaele erano vecchi ormai, la loro vita era diventata una miseria spezzettata. Raffaele aveva perso tutto giocando in Borsa. Alfredo aveva comprato la loro casa concedendogli di viverci dentro, con la figlia e i nipoti. Tutto era cambiato, svanito. La regalità, finita sotto i piedi.

Mentre Alfredo partiva sgommando verso l'ospedale con Riccardo sul sedile posteriore, loro si erano stretti nelle vestaglie assistendo alla scena dal patio, impotenti.

«Non è niente, solo un malore» aveva detto Severina ai vicini che tentavano di capire cosa stesse accadendo. Quindi si era ritirata in camera sua, aveva acceso una sigaretta e osservato il mare che emanava uno strano luccichio.

Sulla spiaggia si sentivano i canti dei neri che bruciavano incensi e gettavano petali a mare. Un triste presentimento l'aveva colta. Raffaele, accanto a lei, a stento respirava.

La mattina seguente, lo squillo del telefono li aveva trovati svegli. Dall'altro capo la voce di Lilian, tra lacrime e singhiozzi, diceva: «Riccardo è finito...».

54

L'8 novembre a Napoli arrivò il freddo. Maria se ne accorse subito perché nel letto, nel dormiveglia, cercò i piedi caldi di Tonino, che lui allontanava nel sonno, per non farseli gelare dai suoi. Dalle feritoie della persiana filtrava la luna.

Maria prese la sveglia e vide che erano le quattro. Adagio scese dal letto, e mentre andava in bagno sentì il telefono squillare. Il suono sbrecciò il silenzio. Come se fosse un richiamo antiaereo, tutti si alzarono in piedi.

«Che ore sono?» fece Tonino assonnato. Maria rispose di fretta e corse nel salotto. «Chi può essere a quest'ora?» chiese Livia con ingenuità. Se il telefono squillava di notte, una bella notizia non era mai.

Maria tremò pensando che potesse essere accaduto qualcosa ai suoi genitori. Alzò la cornetta con la gola stretta in una morsa. Dall'altro lato sentì la voce di Silvia, rotta dal pianto, impastata dall'alcol. «Riccardo... Riccardo...» diceva, e continuò a parlare in portoghese, in un fiume di parole e lacrime.

Le vennero i brividi, e non per il freddo. Tonino s'era alzato e le era accanto. Lei gli porse la cornetta fissandolo con la pietà negli occhi. Lui la prese e ascoltò. Lenta, comparve la morte nei suoi occhi. Maria vide che tentava di dire qualcosa a sua sorella, che cercava di quietare la sua angoscia, ma le labbra gli tremavano, anche a lui saliva il pianto e Maria capì che s'era aperto il pozzo fondo e nero, lo stesso nel quale era caduta Flavia, il presente che si impiglia a un passato inesorabile per modificarne il futuro.

Le figlie erano in piedi, immobili come statue di sale, con mutandine e magliette leggere e il gelo addosso. Maria le raggiunse portandole via da Tonino, che aveva diritto a un momento suo di compassione, d'intimità.

«Che è successo, mamma?» chiese Rosaria, che mai s'accontentava d'intuire.

«Ne parliamo domattina. Ora tornate a letto, sennò non vi alzate.»

«È già domani» rintuzzò lei.

«Sì, ma è ancora buio, quindi a letto, senza se e senza ma!» ordinò esasperata.

Livia filò silenziosa nella stanza, mentre Rosaria traccheggiò, mandando sguardi sottili alla porta chiusa del salotto, da dove si udivano le lacrime e, lieve, la voce affranta di suo padre.

Maria la esortò: «Va' a letto, non fare storie, ti prego, non è il momento».

«Tutto deve essere deciso da te, anche quando soffrire?» replicò Rosaria.

Per la prima volta in vita sua, Maria alzò la mano per tirarle uno schiaffo, ma poi si bloccò. La figlia aspettava, a testa alta, come a volere l'inizio di una guerra. Quello sguardo la turbò. La mano ritornò lungo il fianco e lo schiaffo se l'ingoiò. Si disse che avrebbe dovuto riflettere su come e dove aveva sbagliato, poiché, forse per presunzione, forse per ignoranza, pensava che i frutti di un albero dovessero essere sempre uguali.

Lo sguardo di battaglia di Rosaria si spense, e tornò a letto. Maria raggiunse Tonino nel salotto. Non appena apparve sulla soglia, lui si soffiò il naso sbrigativo.

«Corichiamoci, prima che schiara e viene giorno…» disse.

L'impulso di sfiorargli la schiena, di consolarlo, si accucciò. Non voleva essere toccato adesso, Maria lo sapeva da quando avevano perso Flavia: il dolore lo addomesticava così, facendo finta che non esistesse. Decise che avrebbe chiamato lei stessa Silvia il giorno dopo. Sapeva quali parole usare, in quell'inferno ci era passata per prima. Il pensiero si infilò subdolo: forse c'era una linea di sangue guasta nella famiglia Balestrieri, la morte che compariva all'improvviso lasciando i vivi nella disperazione.

Tonino entrò in cucina e prima di girare la data al calendario indugiò, come a voler imprimere quel numero nella sua testa.

Si infilarono a letto e rimasero muti fino all'alba. In quel silenzio Maria pianse di nascosto, per Silvia e per Riccardo. Pensò a Severina, all'atroce punizione che le aveva serbato il destino togliendole l'amato nipote maschio.

Dell'altro bellissimo nipote, avuto dalla figlia esiliata e abbandonata in collegio, lei non conosceva né il viso né il nome, pensò Maria. E in quella tragedia, fu l'unico pensiero in grado di strapparle un sorriso, pure se amaro.

Il giorno seguente, nella casa deserta, quando tutti uscirono tra scuola e lavoro, Maria chiamò Silvia in Brasile. Da vent'anni non le parlava, aveva tenuto una spada in mano che era scivolata, sollevandola dal peso.

«Silvia...» mormorò.

Lei pareva non respirasse. Maria la immaginò disperata tra le cose appartenute a suo figlio, guardare nei tiretti e avere tra le mani le sue maglie, il profumo, le sue fotografie.

Silvia si sfogò in un pianto che sapeva di morte, di abbandono.

«Non credevo si potesse soffrire così» disse tra le lacrime. «Come si fa a sopravvivere? Non so cosa fare, come posso andare avanti?»

«Hai tuo marito, hai Lilian, hai la tua famiglia. Aggrappati a loro, ce la farai. So che adesso può sembrarti impossibile, ma guarda me... Io sono ancora viva.»

Non trovava pace, e Maria lo capiva, perché sapeva che i figli perduti non ti lasciano mai. Compaiono nei sogni, ti senti chiamare per strada, li vedi nei tuoi stessi occhi, sono dentro di te, come se non li avessi mai partoriti.

Quando mise giù la cornetta era sudata, bagnata come se fosse caduta in uno stagno. Le era ripiombato addosso il dolore. Si sciacquò il viso e uscì in fretta. Il solo girare la chiave nella toppa le diede sollievo, così come lo fu mischiarsi alla gente, andare al mercato, scegliere la frutta, mercanteggiare per un abitino da comprare a Livia, vivere, respirare.

Nel tardo pomeriggio decise di chiamare anche Rosa. Non lo disse a Tonino, ma pensava che fosse la cosa giusta da fare, per Silvia. Erano sorelle, c'erano nipoti innocenti che andavano amati.

Rosa alla notizia fu gelida come un iceberg e Maria se ne dispiacque.

«Speravo di poterla dimenticare la mia famiglia, invece non posso, e non solo per le ragioni che immagini tu.»

Maria non comprese il suo appunto, non ci fece caso, presa com'era dall'ansia che teneva in corpo.

«Forse non te lo dovevo dire, ho sbagliato.»

Lei sospirò.

«Non ti preoccupare. È acqua passata...»

«Rosa, il numero e l'indirizzo di Silvia io te lo do. Poi vedi tu» concluse, e riagganciò.

55

Rio de Janeiro, marzo 1980

Si cenava con la testa china nei piatti, in casa Balestrieri. Raffaele non ce la faceva ad alzare lo sguardo per osservare sua moglie. Il loro mondo dorato era finito, inghiottito dai debiti. La persona più amata, morta e sepolta.

Il castello che avevano costruito era crollato miseramente. Vi erano i pezzi sparsi tra le poche parole che si rivolgevano.

Severina aveva occhi duri come pietre e non mollava il piglio. Continuava a esiliare l'umiltà, se ne fregava di non avere più soldi. Scansò il piatto, andò alla finestra e scorse Alfredo che attraversava il vialetto senza ombrello sotto una pioggia scrosciante, si infilava in auto e partiva a luci spente. Stava assistendo a qualcosa di fatale e inarrestabile, qualcosa che non riusciva e non poteva gestire. La testa le frullava e le doleva.

«Dobbiamo decidere cosa fare, questa situazione è insostenibile. Silvia è impazzita, non so come toglierle la bottiglia di mano.»

Raffaele la osservò. «Sta elaborando, lo fa a modo suo...»

«Suo marito la vuole lasciare. Ho origliato l'altro giorno, dal bagno. Qua andiamo tutti quanti in malora, se Alfredo se ne va.»

Raffaele si voltò a guardarla con occhi di rabbia.

«Ti rendi conto di quanto sei crudele?»

«Io sono realista, te l'ho sempre detto.»

«Sei un pezzo di ghiaccio! Come fai a vivere senza pentimenti, senza una coscienza?»

Severina gli si avvicinò.

«Parli proprio tu di saper vivere? Tu che hai bruciato una fortuna, la tua e anche la mia! Cervello non ne hai mai avuto, se non ci fossi stata io dietro di te, non saresti diventato l'uomo che sei. E appena ho mollato la cinghia e mi sono distratta per aiutare Silvia a crescere i ragazzi ti sei impegolato in debiti e strozzini che ci hanno tolto pure le mutande!»

«Ho lasciato sempre decidere tutto a te, e forse è per questo che i nostri figli ci odiano!»

Severina piombò sulla sedia e guardò a terra.

«Che sciocchezze vai dicendo?»

«Lo sai bene anche tu!» continuò Raffaele allargando le braccia. «Solo Riccardo ci voleva bene, perché noi ne volevamo a lui. Se non dai amore, stai sicura che non lo riceverai! Silvia ci tiene per dovere di figlia, Tonino lo hai fatto scappare e Rosa, be', lasciamo perdere...»

Il viso di Severina divenne una maschera. Ragionò, ma sempre restando ferma nei suoi principi. La sopravvivenza, quello contava. Sapeva bene d'aver creato gioie fasulle intorno a sé, ma era nella sua natura prevaricare, combattere, affrontare la vita come su un ring. Dentro si sollevò un'onda che respinse le verità sciorinate da suo marito. E ci fu un attimo impercettibile nel quale il cuore ebbe un cedimento, una frattura. Allungò la mano cercando quella di Raffaele, per ritrovare pace e silenzio, per rimettere le cose a posto. Suo marito cedette a quel comando, come sempre. E s'abbracciarono, trovando nel calore reciproco lo sfogo a una vita complice e sbagliata.

L'acqua di marzo a Rio de Janeiro ha il colore di una pioggerella argentata, sottile, che non bagna, ma lava via il male, rinfresca. Scende lenta, per ore e ore, sulle foglie dei banani facendoli luccicare sotto un cielo colore del latte, sui fiori e sui frutti che rimpolpano e si gonfiano di succo, sulle strade, pulendole dalle superstizioni, picchiando sui vetri, scivolando sui palazzi antichi e quelli nuovi, sui grattacieli, sulle catapecchie colorate delle *favelas*. È un'acqua che fa uscire dalle case i poveri che si lavano insieme ai bambini e ridono, riempiendo secchi che vanno stipati e bottiglie che andranno bevute. È un'acqua linda e pulita, che viene dalla foresta, che riempie i ruscelli. È acqua che dà la vita.

Severina rientrò a casa con il tintinnio ancora nelle orecchie. Non aveva con sé l'ombrello e si riparò alla bell'e meglio con la borsa. Le piaceva Rio, ci aveva vissuto bene e sperava di poterci restare, ma a quel punto solo un miracolo avrebbe potuto mettere a posto le cose. Il loro futuro da vegliardi era nelle mani di Silvia, che era allo sbando. Cento volte l'avevano riportata a casa ubriaca, raccolta in qualche club dove si giocava d'azzardo e ci si sbronzava di tequila.

Così come profetizzato, Alfredo aveva lasciato moglie e casa, portandosi via Lilian e, ovvio, anche i soldi.

Tutto era nel caos. Eppure Severina andava avanti con l'incoscienza, e la fortuna capita a chi vive senza rimorsi.

Appena fu nel patio, notò che la buca delle lettere era intasata di carte. La cassetta era vecchia e arrugginita, con il lembo divelto per sfilare la posta senza le chiavi, che s'erano perse chissà dove. Estrasse la corrispondenza e rincasò. Tra volantini pubblicitari e qualche cartolina, comparve una busta bianca, con l'affrancatura estera e la scritta in italiano. Severina lesse il mittente: "Rosa Balestrieri".

Tutto intorno vorticò. Sedette cercando le sigarette nella tasca dell'impermeabile, ne accese una, il fumo riempì la stanza e iniziò a leggere.

Cara Silvia,

immagino lo stupore che proverai leggendo questa mia. Non è stato facile scriverti, ma dovevo farlo, soprattutto dopo il dolore che ti ha travolta, anche se è passato più di un anno ormai.

Non ci conosciamo noi due, per niente. Siamo sorelle straniere. Avevi quattro anni l'ultima volta che ti ho vista. Correvi intorno al tavolo del soggiorno, giravi come una trottola fino a quando non sei piombata a terra, ridendo a crepapelle. Ti ho abbracciata prima di uscire e non ti ho vista mai più.

Eri una bambina bellissima, e sei bella tuttora. Nostro fratello Tonino, a Napoli, mi ha mostrato qualche foto tua e dei ragazzi, di tuo marito. Ti starai chiedendo come io l'abbia incontrato. Ebbene, qualche anno fa mi sono fatta coraggio e l'ho chiamato. Desideravo un po' d'affetto famigliare, perché si cresce in ogni luogo e con ogni gente, ma la famiglia è un'altra cosa, qualunque essa sia. Da allora, ogni anno trascorriamo insieme la Pasqua e il Natale, sua moglie Maria e le loro figlie sono affettuosissime, è una vera gioia averli ritrovati.

Silvia cara, come vedi non so come affrontare l'argomento. Ti sembrerò vigliacca, ma quello che è successo a te sono certa sia la cosa più tremenda al mondo, non ci sono parole che possano sanare una ferita così profonda.

Ho un figlio anch'io, si chiama Fausto e ha diciotto anni. È la mia vita, il mio più grande amore, per cui puoi credermi se ti dico che mi dispiace dal profondo dell'anima ciò che è successo al tuo Riccardo. Spero davvero, un giorno, di poterti riabbracciare.

So che i nostri genitori vivono con te. Dimmi, come stanno? Qualche volta parlano di me? Ne è passata di acqua sotto i ponti, e si è portata parte della mia malinconia. Ora ho una bella casa, nel centro di Bologna. Mio marito, Vittorio, è un medico, un bravo e serio professionista. Abbiamo anche un villino in collina, dove d'estate trascorriamo parte delle vacanze. Non mi manca niente e sono felice. Siamo tutti adulti ora, il tempo è passato portandosi via ogni cattiveria. Perciò, se lo volete, potete venire a trovarmi. Mi illudo vi faccia piacere vedere come ho realizzato la mia vita.

Ti abbraccio con affetto, coi baci di quando eravamo bambine,
Rosa

Ecco. Il miracolo era avvenuto. Uno spiraglio s'era aperto e bisognava spalancare la porta, dare luce e aria nuova alla vita.

«Raffaele!» gridò dal soggiorno.

Suo marito corse da lei ciabattando.

«Leggi qua» gli disse, porgendogli la lettera e spegnendo il mozzicone. Si alzò in piedi e lo guardò con gli occhi vividi e vispi, occhi che guardavano al futuro. Raffaele lesse sottovoce, quasi a se stesso, poi piegò la lettera e fissò sua moglie con durezza.

«Hai aperto la posta di Silvia?»

Severina lo osservò come se fosse pazzo.

«Non dimenticarti che tutto ciò che appartiene a mia figlia è mio prima che suo!»

Raffaele abbassò gli occhiali e si massaggiò le tempie.

«Che cosa intendi fare? Cosa ci vedi esattamente in questa lettera?»

«L'opportunità di tornare in Italia, di cambiare vita e invecchiare bene.»

Raffaele scosse impercettibile la testa. Anche in povertà Severina non perdeva la sua spocchia regale, come se tutto le fosse dovuto, ignorando il male arrecato e certa della disponibilità altrui.

Arreso, si accasciò sul divano.

«Fai come vuoi. Io non voglio entrarci in questa storia.»

«Come al solito!» esclamò stizzita. «Non eri tu che volevi tornare? Volevi anche comprare casa a Napoli.»

«Magari l'avessi fatto! Ora non dovrei chiedere l'elemosina ai figli!»

Severina aggiustò la sua faccia in un mezzo sorriso.

«Qui non si tratta di elemosina, Raffaele. I miei figli me lo devono!»

56

Bologna, giugno 1980

Rosa non riusciva a stare ferma. Controllava il tavolo preparato con la tovaglia buona, bianca di pizzo sangallo, con sotto l'appoggio in verde chiaro, che apparecchiò come nelle più belle riviste di arredamento. L'argenteria, il cristallo, i fiori al centro in un vaso di Murano.

La camera degli ospiti era stata messa a nuovo e sembrava una bomboniera. Dipinti alle pareti dai colori tenui, le tende color panna aperte sulla finestra dalla quale si vedeva piazza Verdi. Il bagno privato con creme e sali profumati, tanti ninnoli e minuzie indispensabili, come tutto il superfluo.

Affacciandosi, vide Severina e Raffaele scendere dall'auto, insieme a Vittorio e a Fausto che tenevano loro le valigie. Il cuore le batté forte in petto e si confuse con il rintocco della campana. A quel suono, i colombi volarono nell'aria scombinando i capelli di sua madre. Dall'alto, Rosa ne osservò l'aspetto segaligno, il profilo severo, quel taglio inconfondibile che per anni aveva invaso i suoi sogni, i suoi pensieri. Si accorse che non stava respirando, e chiuse le tende. Alla vista dei suoi genitori il mondo si scollava, cielo e terra non si allineavano più. Il gatto le si strusciò sulle gambe e miagolò, riportandola al suo universo.

Severina aveva chiesto e ottenuto di andare a vivere con loro. Ma questa volta era stata Rosa a decidere come e quando. O almeno così le pareva che fosse andata. Il risentimento si era tramutato in forza e determinazione, la stessa sua, come un'eredità spirituale, un retaggio.

Quando fu sull'uscio di casa Zanaro, Severina apparve come coperta dalla notte. Scura in viso, a Rosa sembrò più piccola, minuta, diversa. Forse perché non le faceva più paura. I suoi ottant'anni di durezza erano divenuti debolezza fisica, ma non di animo. Tra le due donne ci fu uno sguardo strano, come l'attesa di chi parla per prima.

Severina ruppe il ghiaccio.

«È bello rivederti» disse con una faccia di gomma.

Rosa provò ad abbracciarla come se nulla fosse accaduto, ma in cuor suo la sofferenza si riaffacciò, era viva come il giorno in cui l'aveva abbandonata.

Vittorio li fece accomodare. Raffaele era intimidito, invecchiato. Arreso alla vita stessa. Non disse una parola. Strinse sua figlia e si spostò facendo un passo indietro, poi uno di lato, tossendo un poco, stringendo il cappotto come se si sentisse più protetto nel tenerlo in mano. Severina, invece, fece il giro della casa spargendo complimenti come lo zucchero sui biscotti. Sfiorava ogni cosa, con la stessa minuzia di quand'era a casa sua e comandava.

Quando fu nella stanza che avrebbe abitato, aprì gli armadi per svuotare le valigie. Rosa, sulla soglia, la guardava ipnotizzata. L'età l'aveva avvizzita, ma la classe, i gesti e il modo di parlare erano rimasti identici.

«A cena ci saranno anche i genitori di Vittorio, sono ansiosi di conoscervi.»

«Bene» rispose lei, ma si vedeva che la cosa non le interessava più di tanto.

«Ti piace la mia casa?» incalzò Rosa, anche per aprire uno straccio di conversazione. Dentro, avrebbe voluto prenderla per le spalle, scuoterla e gridare forte: "Hai visto, mamma, cosa è nato dal tuo abbandono? Volevi punirmi, ma non mi hai fatto niente, niente!".

Invece rimase in silenzio, aspettando una risposta scialba.

Severina poggiò la camicia che stava riponendo e la fissò bucando i suoi occhi. Ciò che disse fu incredibile.

«La donna che sei e tutto quello che hai, lo devi a me. Ti ho costretta a crescere, a combattere, e tu l'hai fatto. Perciò, mia cara, il minimo che puoi fare è ringraziarmi.»

La sua espressione era talmente serena che Rosa, per un terribile istante, pensò avesse ragione lei.

57

Napoli, ottobre 1980

I pescatori di Mergellina dicono che il mare piatto e caldo fuori stagione è messaggero di guai. «'O mare nun è bbuon e fete...» sentenziano in quelle occasioni.

L'acqua del golfo di Napoli è verticale, incanta, sfama, parla, guarisce. Ma quando i marinai sostengono «ca fete», ovvero puzza, vuol dire che nasconde qualche cosa ed è furioso.

In quell'autunno caldissimo del 1980, il mare era una tavola. C'era un ristagno, solo una leggera risacca e pochissima pioggia a gonfiare le onde. Tanta era la gente che rimaneva stesa in spiaggia a prendere il sole o a fare il bagno, c'era chi vendeva bibite su quei fazzoletti di rena a via Caracciolo e nessuno che si soffermasse a pensare alla stranezza di quel tempo così immobile.

Dopo aver comprato il pesce, la mattina del 20 ottobre, Maria tornò a casa un po' disturbata. Quando i pescatori si affidavano alla divinazione del mare, a Napoli succedeva sempre qualcosa di terribile. Come l'inizio della guerra del 1939, l'invasione nazista del '43, le quattro giornate e il colera nel 1977. Il mare era una sorta d'oracolo, uguale allo scioglimento del sangue di san Gennaro, che mai sbagliava un colpo. E, infatti, il 19 settembre di quell'anno, il santo il miracolo non l'aveva fatto.

Quando rientrò, Livia le disse che Rosa aveva telefonato poco prima. La richiamò.

«Maria, non ti innervosire...»

«Se già inizi così, mi devo innervosire per forza.»

«È che mi spiace non avervi comunicato una cosa, ma ora ne sono costretta.»

Maria iniziò a sudare. «Andiamo, dimmi che è successo.»

«Mamma e papà sono qui, a Bologna. A casa mia.»

L'orecchio rimase incollato alla cornetta. Forse non aveva capito bene, di sicuro aveva frainteso.

«Come, scusa?»

Rosa respirò profondo. Maria sentì le sue narici dritte nell'orecchio.

«A marzo ho scritto a Silvia. Ti ricordi? Me lo avevi consigliato tu... A fine lettera c'era un saluto ai miei, insomma, niente di particolare. Volevo sapessero che m'ero sistemata bene e che potevano venirmi a trovare, se volevano.»

Maria tornò a respirare, e anche a sperare che la telefonata finisse in fretta. Bologna era lontana, forse Tonino poteva salire a salutarli, ma era una cosa loro, non la riguardava.

«Che dire, sono contenta che dopo tanti anni abbiate fatto pace!» disse fingendo allegrezza, ma il temporaneo silenzio di Rosa la allarmò.

«Non è solo una visita. Si sono trasferiti in Italia. Silvia mi ha pregato di tenerli con me e io inizialmente credevo fosse una buona idea, ma adesso...»

Una vocina fetente e intima disse a Maria che la botta che stava per arrivarle in fronte stava facendo il giro largo per fare più male.

«Adesso cosa?»

«Ad agosto ci siamo trasferiti nel villino di campagna, ma io sono dovuta tornare a Bologna perché ho i lavori di ristrutturazione a casa, dovevo farli da anni. Siamo ospiti dei miei suoceri, Vittorio ha il lavoro, Fausto il liceo...»

«E quindi?» la interruppe ansiosa.

«Mamma e papà li ho lasciati in campagna, ma non ci vogliono più stare! Si sentono soli, hanno freddo, i gatti entrano e sporcano ovunque, il minimarket è lontano. Insomma, fanno mille storie. Dicono che vogliono venire a vivere a Napoli. Con voi.»

Maria si sentì mancare. Mille parole salirono alla bocca e si affollavano talmente tanto che incespicava a parlare. Una sola frase sbucò acida.

«Non se ne parla proprio!»

«Mi spiace Maria, sono loro che insistono, per me potevano starsene tranquilli al villino... Posso parlare con mio fratello?»

«Tonino non ci sta, ma posso assicurarti che troverà mille peli per non farli accostare. Mi trovi nemica in questa storia, Rosa, è meglio che lo sai!»

«Io neanche ve l'avevo detto, proprio per non mettervi in ansia, ma ormai quel che è fatto è fatto, Maria.»

La terra le franava sotto i piedi come dentro le sabbie mobili.

«Ma come ti è saltato in mente?» sbraitò. «Intendiamoci, Rosa, non voglio mettere zizzania e sono fatti tuoi, ma dopo tutto quello che ti hanno fatto, non dico non vederli più, ma farli spostare dal Brasile, così di punto in bianco, mi pare una pazzia! Giuro, non so, mi viene il dubbio che tu m'abbia detto una bugia, perché non c'è un motivo logico in quello che hai fatto. E adesso mi tiri pure in mezzo. Ti rendi conto che vieni a rovinare la mia vita?»

«Non ti ho mai raccontato bugie, Maria. Anzi, forse qualcosa non te l'ho neanche detta...»

«E allora perché, Rosa, perché hai combinato questo casino?»

«L'ho fatto per Vittorio, per Fausto... Non volevo creare disagio a nessuno.»

«Cioè, per dare un nonno a Fausto hai sperduto due anziani in una campagna? È chiaro che se ne vogliono andare! Insomma, ti sei tolta la pietra dalla scarpa, hai fatto vedere a Severina e a Raffaele che tieni i soldi, che stai in una città del Nord bella e sistemata, e poi te ne sei fottuta delle conseguenze.»

«Non è così! Io l'ho fatto perché la gente qui diceva che ero un'orfana, una trovatella! Tutti lo pensavano, persino i miei suoceri! Non ne potevo più, lo capisci? Per quanto tempo ancora devo pagare la cattiveria di mia madre?»

Maria rimase muta, con la cornetta in mano. Non c'era pace, non c'era modo d'aver ragione.

«Quindi che si fa?» domandò arresa.

«Severina è irremovibile, vuole venire a Napoli e vuole vedere Tonino prima che sia troppo tardi. Bisogna che parli con mio fratello.»

Per un subdolo istante, Maria pregò che la morte se li prendesse presto e non si vergognò del pensiero cattivo. Era loro, il veleno che restituiva.

«Va bene, parlo con Tonino e ci sentiamo.»

Riagganciò con la furia in corpo. Si chiuse in camera da letto con un male alla testa feroce, le sembrava d'avere un trapano infilato nel cervello. Le sue mani febbrili scavarono nei tiretti cercando un analgesico per calmare il dolore ed essere lucida per lo scontro con suo marito, perché temeva che lui cedesse, che non ce la facesse a dire di no. La furia le faceva vedere doppio e si accorse che teneva tutto mischiato in quei cassetti, un disordine antico e urticante: canotte, mutande e calzette di Tonino, la sua scialba biancheria, le camiciole della fortuna di quand'erano nate le figlie e pure i farmaci. La cassetta con le chiavi della nicchia che avevano comprato per Flavia, le foto dolorose con lei in braccio e quelle grigie dei suoi genitori da giovani, con loro tre figli piccoli intorno, immobili e intimoriti, chiusi in cappotti che potevano appartenere a qualcun altro, tant'erano sformati. Le cose segrete, nascoste ma non buttate. Qualche poesiola stupida che aveva scritto da ragazza, le lettere ricevute dal Brasile e, in fondo a tutto, la bottiglina di Cabochard, ancora intatta.

Tonino la trovò seduta sul letto a osservarla, quando varcò la soglia.

«Livia mi ha detto che stai male.»

Si voltò a guardarlo. Aveva paura. Tutti quegli anni e il silenzio suo non erano riusciti a tenere distanti i Balestrieri. Si accorse di pensare a loro come si fa col male assoluto; non lo si nomina, lo si esilia, lo si ignora. Un passato malvagio la riconduceva a lei, a Severina, che come in un rapporto malato continuava a comparire, a starle aggrappata addosso per mordere la sua carne.

«Toni', te lo dico subito e senza girarci intorno. Tua madre e tuo padre vogliono venire a vivere qua.»

«Lo so già.»

Maria si perse a scandagliare la stanza. Si chiese se avesse compreso bene la risposta e fece scena muta. Tonino le sedette accanto.

«Mamma ha chiamato in albergo, Rosa neanche lo sapeva. Ma a te lo ha detto lei, non è così?»

Annuì come una scema, perché era così che si sentiva.

«Ho provato a dissuaderla, credimi. Ma s'è fatta anziana, lo scorso anno ha avuto anche una trombosi e papà non sta bene.»

«E quando me lo volevi dire?»

Tonino stette un attimo in silenzio. Pareva rassegnato, come sempre, così come da tutta una vita. Disarmato davanti agli eventi che gli piombavano addosso e che non faceva niente per scansare.

«Non lo so… Te ne avrei parlato stasera, forse domani. Prendiamo insieme una decisione con calma, ponderata.»

Maria si alzò e si mise a osservare dall'alto la capigliatura di suo marito appena odorosa di brillantina, i capelli neri come la pece, giovani, solo quelli e niente altro. E pensò che i sacrifici, le paure, le lotte e le rinunce, avrebbero dovuto farli procedere in avanti e invece si trovavano dopo venticinque anni al punto di partenza. Tuttavia, possedeva la saggezza e capì che era inutile iniziare una guerra persa in partenza, dove c'era solo lei a combattere e quindi a farsi male.

«Tu lo sai come la penso, è inutile che tenti di imbrogliarmi la testa con le parole. Per me è importante solo sapere se tu davvero ci tieni a questa cosa, se vuoi rivederli...»

«Mari', mi hanno fatto pena» la interruppe lui. «Ancora non ho detto niente. Non è facile neanche per me, ma mettiti nei miei panni. Nonostante tutto, sono i miei genitori, e io non riesco a essere un fetente.»

A Maria tremò il labbro, impercettibile. La testa voltata dall'altra parte. Se si fosse messa di traverso, avrebbe dovuto combattere pure con la sua coscienza.

«Falli venire» disse rassegnata, «non ne parliamo più.»

Dovette inghiottire una pillola più amara del fiele e, mentre lo faceva, era certa che il male di testa non le sarebbe passato mai più.

58

Napoli, novembre 1980

A trasportare i Balestrieri a Napoli fu il vento nebbioso del giorno dei morti.

Fuori era grigio, così come l'umore di Maria.

Il salotto era stato sacrificato per accoglierli. Due brande erano state accostate al muro, il bel tappeto al centro era stato tolto per non impicciare e se ne stava arrotolato in un angolo. Al posto della libreria, ficcata a stento nello studiolo, era stato sistemato un armadio. Quella disposizione forzata le fece rimettere piede a Villa Santa Maria, nella vecchia casa dei suoi, quando lei e Tonino avevano scombinato la loro tranquillità. Le vennero i brividi insieme a un sorriso amaro: pagava tutto, pagava anche quello.

Si guardò intorno con tristezza: il suo salotto, sempre profumato di fiori e di cera, sembrava un campo profughi. Cadde sulla poltrona e pianse. Per anni si era sforzata di cancellare da sé Severina, Raffaele e il Brasile, ma inutilmente. Esistevano, questo era il suo dramma. Avrebbe desiderato un futuro calmo, mansueto, e invece di nuovo doveva prepararsi alla battaglia.

A mezzogiorno in punto si udì la chiave girare nella toppa.

«Eccoci!» disse Tonino con un'espressione slabbrata, un misto tra riso e pianto.

Maria avanzò e le venne incontro Rosa, che aveva accompagnato i genitori. Alle sue spalle c'era Raffaele. Era molto invecchiato. Aveva radi capelli bianchi, gli occhiali spessi come fondi di bottiglia e il bastone che ne accompagnava il passo. Curvo su se stesso, come se portasse un macigno sulle spalle. Maria pensò dovesse essere il peso di tutte le cose che aveva taciuto e a cui aveva accondisceso. Severina, invece, era sempre lei. Lo sguardo fiero, i capelli folti e candidi come la neve in una perfetta messa in piega, abbigliata con pantaloni e stivaletti alla moda, un pullover a righe sottili a collo alto, il cappotto aperto e sciallato e gli immancabili guanti di pelle. Andò incontro a Maria elemosinando un abbraccio e finse di commuoversi.

«Che gioia rivederti! Sai, è un miracolo che io sia ancora viva! Dopo quello che è successo a Riccardo il mio cuore si è spezzato...»

Il cuore di Maria, invece, era di ghiaccio, poiché nessuno conosceva quella donna come la conosceva lei. L'avrebbe volentieri soffocata tra le braccia, e fu certa che sua suocera avrebbe voluto fare lo stesso con lei.

Severina entrò nel soggiorno e vide le finestre spalancate sul golfo di Napoli. Poggiò le valigie a terra e disse: «Che meraviglia!». Poi diede uno sguardo intorno, s'accorse della sistemazione e si voltò con occhi di peste.

«Ci arrangiamo qui?»

Maria non si scompose. Era finito il tempo della tracotanza. In quella annosa disputa i ruoli s'erano finalmente invertiti, e per Severina ci sarebbero stati giorni bui, se non avesse abbassato la cresta.

«Non ho una stanza per voi; la casa è grande, ma le camere sono poche.»

Lei fece quattro passi avanti e indietro. Sfiorò l'acquario con un dito e osservò suo marito che con stanchezza si appoggiava alla brandina. Accese una sigaretta, sbuffò il fumo nell'aria e guardò di traverso la nuora che sventolava una mano.

«Che c'è? Non si può fumare?» chiese acida.

Il motore di Maria cominciava a rodare. Non gliel'avrebbe resa facile la convivenza. Aveva sempre pensato che nella vita ognuno sceglie la corda a cui impiccarsi, e Severina aveva afferrato la sua.

«Preferirei di no» rispose secca. «C'è il terrazzino, puoi andare lì.»

Lei la osservò scuotendo la testa. Poi le passò accanto, sfilò la sigaretta dal bocchino e la spense nell'acquario.

Nel soggiorno freddo cominciò il pranzo. I piedi sotto il tavolo si scontravano di continuo e non per caso, ma per dispetto. Le scarpe a punta si infilavano sulle caviglie di chi le teneva scoperte, così, a casaccio. Sembrava di essere nemici in piena lotta.

Maria non rivolgeva la parola a Tonino che l'aveva costretta a quell'ingrata convivenza, lui punzecchiava Rosa per avercelo infilato.

«Qual è il tuo nuovo progetto? Portare tuo figlio in America per giocare a baseball?»

«Deciderà lui cosa fare da grande.»

«Non credo che non ci metterai lingua, tu decidi anche per gli altri...»

Sciocchezze tra loro, che però innervosivano. Pure le figlie litigavano tirando fuori rancori che Maria non credeva avessero, come per partecipare a un litigio collettivo. Erano tutti tesi come corde di violino.

Severina aveva la capacità di sembrare padrona ovunque. La sua spocchia era irritante, e il modo in cui trattava Rosa dopo pochi mesi di convivenza era imbarazzante.

«Non mangiare dolci!» le ordinava stizzita. «Ti stai rovinando i denti. Già vesti come una vecchietta, se poi tiri fuori la carie, addio!»

La riprendeva come si fa con una ragazzina, ma Rosa non rispondeva neanche, ingoiava le offese con aria serafica. Non era più una spugna che assorbiva, ma una statua di marmo su cui l'odio scivolava via come l'acqua.

Dietro quella lotta passò il giorno e venne la sera.

Rosa avrebbe dormito in hotel e la mattina dopo sarebbe partita presto per Bologna.

«Ti accompagno in albergo» fece Tonino. Severina li tallonò fino all'ingresso. Frenava e accelerava l'andatura accordandola con quella di Rosa, e Maria pensò che, nonostante le asperità, forse avrebbe voluto abbracciare un'ultima volta quella figlia ritrovata e che chissà quando avrebbe rivisto. Ma poi osservò l'aria contemplativa di sua suocera, e capì che il suo sguardo specchiava un'astuzia. Non ci fu alcun abbraccio tra le due, solo uno scarno saluto. Quando la porta si aprì e Rosa prese le scale, lei la chiamò.

«Rosa?»

Sua figlia volse appena il capo.

«Grazie del niente che ci hai offerto» le disse, con un sorriso a fior di lama. «Muta e sorda eri, e così sei rimasta.»

Rosa esiliò il suo sguardo e continuò a scendere. Parve inoltrarsi, non lungo le scale, ma in una terra di nessuno, dove era impossibile seguirla. Il disamore di sua madre le aveva insegnato la strada da prendere.

59

Da quando erano arrivati i Balestrieri, in casa si viveva un continuo ammutinamento.

Chi voleva cenare alle otto, chi alle nove, chi saltava il pranzo, chi restava in piedi fino a tardi, chi litigava, chi, dopo aver imparato a scassinare il lucchetto della rotella, restava al telefono per ore, chi si imbambolava davanti alla televisione e chi, come Rosaria, disertava la casa come e più di prima.

Maria non faceva altro che fare la spesa, cucinare, lavare piatti e rassettare.

Ma le donne non dimenticano niente, conservano oppure nascondono. Le leggi imposte a Rio de Janeiro erano ancora fresche nei suoi ricordi, per cui, con diversa modalità e tatto, ne stabilì alcune improrogabili che avrebbero dovuto salvarla dalla pazzia.

Non si poteva restare in bagno per più di quindici minuti a testa, si pranzava e si cenava tutti insieme, i piatti si lavavano a turno e la spesa si faceva nel pomeriggio, con l'auto, quando Tonino rientrava dall'hotel.

Le figlie erano grandi e avrebbero dovuto collaborare.

Ma, anche con questi paletti, la convivenza con Severina era uno strazio. Non c'erano parole tra loro, ma frecce avvelenate.

«Tu non hai rispettato le mie regole a Rio e io non rispetto le tue!»

«Sei una bugiarda, ho sempre fatto tutto quello che volevi.»

«Non mi sembra proprio, altrimenti saresti ripartita da sola per l'Italia!»

Gli occhi di Maria la fulminarono. Severina non le diede neanche il tempo di replicare e si chiuse nel bagno. Ci restò un'ora per la toletta, come tutti i santi giorni, e quando venne fuori, riempì di fumo il salone. Inoltre, s'era fatta dare le chiavi del lucchetto da Tonino per telefonare in Brasile con delle lunghe intercontinentali che sarebbero costate un occhio della testa.

Ogni sera, dopo aver detto le preghiere, Maria sospirava e, senza vergogna né pentimento, ripeteva: «Prima o poi morirà...».

Raffaele, invece, non s'avvertiva neanche. Era talmente stanco, ubbidiente e silenzioso che tutti si dimenticavano esistesse. Si stava consumando tra i dolori alle ossa e la magrezza. Maria ne provava pena. Nessuno si occupava di lui, neanche i figli, eppure non si lamentava mai, si teneva il suo modo dignitoso di invecchiare.

Una volta, tornando dal mercato, lo trovò seduto a terra, nel corridoio. Era caduto e non aveva avuto la forza di rialzarsi, né aveva chiamato nessuno, nella speranza che prima o poi qualcuno lo trovasse.

«Severina non c'è?» gli chiese Maria.

«No, è a messa.»

«Non dovrebbe lasciarvi solo. O almeno dovrebbe stare attenta che non vi manchi niente.»

Lo aiutò a sistemarsi nel letto e quando gli tirò su le coperte lui le strinse la mano e la guardò impacciato.

«Hai fatto bene ad andartene dal Brasile, figlia mia...» sussurrò, e strinse i denti in un gesto di dolore.

Il pomeriggio di domenica del 23 novembre, Gigino andò a fare visita a Maria con sua moglie Antonietta per conoscere i Balestrieri. Non li aveva mai visti, e un poco di curiosità la teneva. Elena, invece, anche questa volta aveva disertato l'incontro. Per certi versi era uguale a Nunzia. La stessa testa dura, la cocciutaggine. Inoltre, si era rinsecchita proprio come lei, solo che il suo dolore non veniva dai polmoni, ma dalla fatica di non essere riuscita ad avere figli. Lei e Giuseppe ci avevano provato per anni, erano andati avanti tra consulti medici, cure invasive e specialistiche per tentare in ogni modo, ma nulla. «Sarà stata una bestemmia!» sbottava ogni tanto. Poi tornava alla ragione. Al contrario di ciò che aveva temuto Maria, gli anni di inutile speranza e il disinganno l'avevano resa fragile. Il suo amore di madre negata s'era riversato completamente su Giuseppe. Amava quel marito silente e premuroso più di ogni altra cosa al mondo, e un poco di sentimento lo aveva trovato anche tra le braccia di Livia e Rosaria, a cui voleva bene come figlie. Aveva pianto per Flavia e ancora lacrimava, quando pensava a lei. I Balestrieri però erano un'altra cosa: per loro non c'era pietà che tenesse.

«Sono diventati vecchi...» le aveva detto Maria, per convincerla a venire. Elena l'aveva fissata di tre quarti, sorridendo a fil di labbra.

«Mari', non ti fare illusioni» aveva detto sarcastica, «chi nasce tondo nun po' muri' quadrato!» aveva aggiunto, liquidando l'invito.

Nel pomeriggio, Maria preparò un caffè. La famiglia, tra un finto sorriso e un garbo malcelato, si trattenne a conversare nel salotto, con grande soddisfazione di Severina che poteva sfoggiare la sua cultura e mettere in imbarazzo il povero Gigino e il suo lavoro di operaio.

Mentre sorbivano le bevande, Maria avvertì un lieve movimento, un dondolio, come se la sedia tenesse gambe vere e prendesse a camminare. Si alzò di scatto. La testa le girò. Dall'altro lato della casa, sentì le sue figlie urlare: «Il terremoto!».

"Non può essere" pensò, "le ragazze si sbagliano..."

Il suo era uno sguardo obliquo sulla città, la guardava come se fosse un essere umano, ed era certa di potersi sempre fidare di lei, che mai le avrebbe fatto del male.

Invece no, non quella volta.

Il pavimento iniziò a ondulare e le finestre stridettero come uccelli in fuga dagli alberi. L'acquario in parte si svuotò e Raffaele perse l'equilibrio scivolando sull'acqua.

«Mettetevi sotto gli archi delle porte!» gridò Tonino spaesato.

Un boato cupo risuonò tra le pareti, che si creparono come se fossero di vetro. I bicchieri suonavano nei mobili, i lampadari oscillavano sui soffitti, nessuno riusciva a stare in piedi. Per un minuto e mezzo la terra tremò come se una mano la scuotesse forte. Gli Imparato, i Balestrieri, tutti si guardarono, certi che qualcosa di terribile stesse accadendo. Qualcuno aprì la porta per sperare nella fuga. Fuori le scale ondeggiavano, la corrente era saltata lasciando le case al buio. I condomini erano sugli usci, incerti su cosa fare. Si temeva una seconda scossa, i lamenti passavano di bocca in bocca. Il notaio Gaeta, loro dirimpettaio, era rimasto solo. Se ne stava sul pianerottolo sulla sedia a rotelle e diceva: «Come faccio? Aiutatemi, vi prego!».

Appena la terra si chetò, la famiglia corse fuori con gli altri. In molti pensarono al Vesuvio e Maria per prima guardò dalla finestra per accertarsi che non uscissero fumo e lapilli dal cono. Scesero in fretta. Tonino prese in braccio il notaio Gaeta mentre Gigino portava giù la carrozzella.

Una volta di sotto, Tonino fece salire i suoi genitori in macchina. Gigino, veloce come un fulmine, sparì con sua moglie. Tutti insieme i motori delle auto vennero accesi e chi saliva a bordo spingeva chi faticava a entrare nell'abitacolo. Nell'aria, solo il fumo dei gas di scarico e il vociare tetro della paura. Maria si accorse che le sue figlie, nell'impeto di scappare, erano uscite senza le giacche e stavano salendo a bordo coi pullover di casa e niente altro. Inoltre, si ricordò dell'imprudenza d'avere lasciato la porta di casa aperta, coi soldi nella cassetta e gli oggetti d'oro nel tiretto del comò.

Fece dietrofront e si avviò. Alle sue spalle, comparve Rosaria. Aveva tra le mani un uccello con le ali spezzate. Con le lacrime agli occhi lo poggiò in un angolo sul muretto, in modo che non fosse calpestato da qualcuno.

«Vengo con te, mamma, non ti lascio» disse per mostrarle il suo coraggio. Maria voleva dissuaderla, ma dalla sua espressione comprese che non ci sarebbe riuscita. Nei suoi occhi sbucò un lampo di paura. Non era in difesa, pareva un'onda rovesciata che si ritira e vuole la calma, la riappacificazione. Il terremoto sbilanciava, metteva disordine, scombinava le vite, dentro e fuori.

Il portone era spalancato, con una pianta appoggiata allo stipite per bloccarne la chiusura e dare agio a tutti di uscire alla svelta. La vetrata lungo le scale vibrava e si sentivano oggetti cadere, qualche rimbombo, suoni strani delle mura stesse che pareva si lamentassero delle ferite. Le porte erano aperte, tutte, coi fondi bui e deserti. Maria arrivò al quarto piano con la paura in corpo e il fiato corto. La casa quasi non la riconobbe, pareva tetra, così abbandonata all'improvviso. Rapida andò in camera da letto e prese la cassetta coi soldi risparmiati e il sacchetto con quel poco di oro che avevano, le catenine delle prime comunioni, i regali di Rosa, il ciondolo del battesimo di Flavia.

Rosaria prese dagli armadi i cappotti e la chiamò allarmata.

«Mamma, sbrigati, c'è un'altra scossa!»

La terra tremò sotto i loro piedi. Barcollando furono fuori e veloci scesero le scale. Di sotto c'era rimasto solo Tonino con i genitori e Livia, chiusi in auto, nel buio, in un silenzio spettrale.

60

Con l'ansia generata da quella fatalità e lo smarrimento in testa, per tre giorni la famiglia dormì in strada, sulle panchine, o in macchina. Si tornava al mattino, con la luce, perché faceva meno paura. La casa pareva essere stata depredata. La fretta di uscire aveva lasciato bicchieri e piatti in mezzo, armadi e cassetti aperti, abiti sparsi ovunque. Ci si lavava e cambiava per poi tornare sul lungomare, dove c'era una fratellanza nata dalla tragedia.

Gli chalet restavano aperti anche di notte e la città, a causa del dramma, divenne più unita che mai. Si parlava con gli sconosciuti, si passavano le notizie, si divideva il tempo restando insieme, spartendo l'uno con l'altro la paura. «San Gennaro non ha fatto il miracolo, e questo è!» diceva la gente, più che mai convinta che il Santo avesse a cuore la sorte dei napoletani e li avvisasse sempre.

Come moltissime abitazioni in tutta la città, anche l'appartamento di Maria ebbe delle lesioni che andavano controllate. Ci volle del tempo affinché i geometri concludessero i sopralluoghi minuziosi, per cui Severina e Raffaele, che erano anziani, furono ospitati nell'hotel in cui lavorava Tonino.

Il terremoto aveva portato danni ovunque. Alcuni portoni antichi, in città, erano sorretti da grossi tronchi di pino. I calcinacci venivano spostati all'esterno dei palazzi e in molte strade c'erano cumuli di terra che il vento forte faceva volare via. Tonino e Maria seppero della tragedia del crollo di una palazzina in via Stadera. Si era salvato un ragazzo, vivo per miracolo. Era sceso per comprare delle bibite. Al suo ritorno, c'erano solo polvere e macerie.

Il quotidiano «Il Mattino» titolò a caratteri cubitali: FATE PRESTO!, nella speranza di salvare ancora qualche vita. Maria leggeva i giornali mangiando le parole. Il terremoto in Irpinia fu uno spartiacque politico, un miracolo economico per chi sapeva e poteva rubare soldi trasformandoli in fumo e nebbia. I soccorsi non arrivarono che dopo giorni, a causa delle difficoltà di accesso. Alcuni paesi erano franati, letteralmente spariti dalla faccia della Terra. I vivi cercavano i sepolti vivi. C'era chi scavava a mani nude, tentando di raggiungere i lamenti che salivano dalle macerie. Non c'era acqua, né cibo. I carabinieri dividevano le loro razioni con i sopravvissuti. E le migliaia di scosse di assestamento continuavano a provocare danni.

I genitori di Maria non ne vollero sapere di arrangiarsi in strada. Il 26 novembre, a casa loro, si ascoltò in silenzio il discorso del presidente Pertini.

«... Una bambina mi si è avvicinata disperata, mi si è gettata al collo e mi ha detto piangendo che aveva perduto sua madre, suo padre e i suoi fratelli... Sta piovendo, si avvicinano l'inverno e il freddo... L'infamia peggiore, per me, è speculare sulle disgrazie altrui.» Concluse dicendo: «Il modo migliore di ricordare i morti è quello di pensare ai vivi!». Tutti rimasero ad ascoltare con un nodo in gola, vergognandosi come se fossero anche loro responsabili di quella ruberia, di quel disastro. Paesi poveri, distrutti, gente morta e solo lacrime. «'O cane mozzica 'o stracciato...» disse Nunzia tirata in viso, spegnendo l'apparecchio dopo aver ascoltato la telecronaca di una tragedia di chi poco aveva e che, ora, non aveva neanche più.

Il giorno dopo la famiglia rientrò definitivamente a casa, seppur con apprensione. Si era alzato il freddo, le notti erano spazzate da un vento di tramontana. Il mare era furioso e agitato, pareva ruggisse. Le temperature calarono di quindici gradi in una notte.

C'erano continue scosse, brevi, ma intense.

Si dormiva poco e male. Maria si accorse che Rosaria si perdeva in una sorta di manie oscure, metodiche, sempre le stesse. Apriva e chiudeva i rubinetti, controllava il gas, serrava le porte, girava le chiavi mettendole tutte nella identica posizione, baciava il crocifisso all'ingresso e apriva la trina del merletto sotto al vaso con il ramo del mandarino. Ritualità mute e solitarie, difensive del suo mondo così privato e fragile. Maria non le comprendeva queste manie, ma provò a parlargliene.

«Rosaria, che sono queste fissazioni che fai tutte le sere?»

«Quali fissazioni?»

«Le chiavi, il crocifisso, i rubinetti. Ti ho vista.»

«Non so di cosa parli. E poi che fai? Non mi guardi di giorno e lo fai di notte?»

«Ma che dici? Io ti seguo passo passo.»

«Tieni la faccia tosta, lo sai, mamma? Io vengo sempre dopo Livia, infilarmi nella tua vita è faticoso!»

Presa alla sprovvista da quella reazione, Maria balbettò qualcosa. Aveva scalfito di un tantino il muro tra lei e sua figlia. Bisognava approfittarne, spiegarle. Ma lo fece alla maniera sua.

«Come puoi dire una cosa del genere? Io ho chiesto al cielo di farti vivere, ho pregato i santi per farti venire al mondo!»

«Me lo stai rinfacciando? Accidenti, mamma, se questo me lo chiami amore...»

Maria non ebbe il tempo di replicare. Le parole, se collimano, possono creare cose bellissime oppure tremende. E anche questa volta lei non era stata capace di dirle la cosa giusta.

Rosaria si voltò di spalle censurandola e si allontanò con passi vigorosi, infuriata al punto da non toccare cibo per tutto il giorno. Maria avrebbe voluto entrare nella sua testa e capire, perché si accorgeva che sua figlia era diversa e complicata, si addentrava in luoghi oscuri che per lei erano sbarrati. Aveva chiavi che tra le sue mani si spezzavano, ed era vero, c'erano volte in cui la trascurava, ma solo perché non era capace di arrivare al suo mondo, quindi indietreggiava pensando: "Lo farò domani".

Quella notte parlò con suo marito.

«Tonino, che dobbiamo fare con Rosaria? Non so capire cosa tiene in testa.»

Lui rispose con la voce impastata del sonno.

«Tiene la fantasia, devi avere pazienza. Mo' che diventa grande si scontra con la realtà e cambia.»

Maria rimase seduta sul letto, al buio. Pensò che Rosaria aveva vent'anni, era cresciuta. La sua adolescenza era passata da tempo. Voleva dirlo a suo marito, ma lui aveva ripreso a russare. Con Livia tutto era più semplice. C'erano il bianco e il nero, il giorno e la notte, orari disciplinati e una vita ordinata. Avrebbe tanto avuto bisogno dei consigli di Pupella. Di certo lei avrebbe saputo cosa dirle, suggerire cosa fare.

Tonino, in quei giorni del post-terremoto, tornava tardissimo, perché in albergo c'era stato il caos. Tutte le prenotazioni estere erano state cancellate e i turisti erano scappati lasciando improvvisamente le stanze. I Balestrieri si lamentavano di tutto, dal freddo alla solitudine, fino all'odio generico per una città in subbuglio.

Poi, come per magia, arrivò la mattina del 20 dicembre.

Al ritorno dalla spesa, Maria beccò Severina al telefono con Silvia. Piagnucolava in portoghese, per non farle capire ciò che diceva. Maria la guardò di traverso, stizzita poggiò i sacchetti sul tavolo e scartò le provviste pensando che l'ultima bolletta del telefono aveva superato le cinquantamila lire. Severina tese la mano ossuta sulla sua, che Maria d'istinto ritrasse.

«Torniamo in Brasile!» le disse trionfante dopo aver riattaccato, infilando tutto il suo odio in quegli occhi piccoli e vicini. Erano asciutti, delle lacrime che andava palesando, non c'era traccia.

Il giorno seguente Maria andò fino alla chiesa di Sant'Antonio, a piedi, per la grazia ricevuta.

61

Napoli, 1982

Con la calma familiare di cui si erano riappropriati, Tonino riprese a dipingere.

Da ragazzo nei quadri ci infilava sempre donne nude, di spalle, a bagno nei torrenti, oppure distese sopra l'erba di campagne rigogliose, femmine dai seni prosperosi o acerbi. Invece, con la maturità, prese a dipingere l'Egitto, il giallo delle dune, i tramonti infuocati, le feluche lungo il Nilo, i suk, le case di terra di Sharie Musky al Cairo, piene di piccolissime finestre, antri e caverne in lontananza. Maria era certa che cercasse rifugio in quei luoghi usando tele e pennelli. Una volta terminatele, rimaneva a contemplare le sue opere con aria nostalgica e triste.

Rosaria, spessissimo, gli chiedeva cosa o chi avesse dipinto dietro quelle dune, o dentro le caverne. Neanche lui comprendeva sua figlia e rispondeva sommariamente. Era un uomo concreto, sempre preoccupato dal quotidiano, così come Maria. Ma bisognava avere uno sguardo meno miope, soprattutto con quella figlia che seguiva traiettorie insondabili.

Una volta Maria la trovò a scrutare un quadro come ipnotizzata.

«Che guardi?»

«Chi c'è dietro la finestra.»

«Nessuno, solo la tela.»

Lei la fissò con distacco.

«Impossibile. C'è sempre qualcuno nascosto nelle finestre dei quadri, ci si infilano le anime.»

Scioccata da quella risposta, Maria si mise a ridere per smussare quel terribile convincimento. Ma l'aria seria di Rosaria la fece vergognare e rintuzzò: «Non esistono queste cose. La vita è già abbastanza dura per infilarci altro».

«Nella propria vita ognuno ci infila quello che vuole. Se mi volevi quieta, non dovevi portarmi in questa casa.»

«Questa è una buona casa, non dire sciocchezze!»

«Lo pensi perché di notte dormi. Le stanze non stanno zitte un minuto.»

A Maria venne il freddo addosso. Cosa frullava in testa a sua figlia? Cosa sentiva? Forse era stata lei a complicarle l'esistenza dopo la morte di Flavia. C'era un fantasma nella sua vita e Rosaria lo percepiva, lo temeva. Anche allora. Anche a vent'anni. Maria contò i giorni che le erano sfuggiti di mano. Le ore e i minuti in cui aveva lasciato che sua figlia crescesse con affanno. Al tempo della propria infanzia e adolescenza, Nunzia non aveva compreso lei, e lei, ora, non aveva compreso sua figlia, come una beffa, un copione che si ripete. Rosaria aveva i ricordi creati dalla fantasia e i crucci della realtà. A Maria parve di svelare gli occhi solo in quell'istante, sul bordo del precipizio. Le prese la mano e la fissò seria.

«Svegliami se senti qualcosa, stanotte. Voglio capire anch'io» disse, e la baciò teneramente, augurandosi d'avere afferrato un poco il suo tormento, d'avere detto la cosa giusta.

Lo sguardo di Rosaria si ammorbidì. Aveva aperto una fessura e Maria avrebbe dovuto guardarci dentro con più attenzione per arrivare a vedere le sue angosce. Sempre che il solco non fosse già troppo profondo.

Da quel giorno, chiese a Tonino di dipingere altro. E la punta del suo pennello divenne il mare.

La luce di febbraio era ancora cupa, i giorni brevi come il mese. Presto sarebbe arrivata la primavera e poi la bella stagione.

Mese dopo mese Maria riacquistava la serenità, seppure con una fatica enorme, poiché dentro aveva una sorta di presentimento, qualcosa di fastidioso che la faceva svegliare sudata e la costringeva a sciacquarsi il viso per riprendersi da incubi in cui non trovava mai la via di casa e si perdeva. Le strade divenivano muri e non raggiungeva la luce che vedeva in fondo.

Fu proprio in una di quelle notti che, spalancando gli occhi, vide la sagoma di Rosaria stagliata sulla porta.

«Che succede? Non stai bene?» le chiese sottovoce.

Rosaria neanche le rispose e si voltò di spalle. Maria comprese e si alzò. L'una avanti e l'altra dietro, raggiunsero la cucina. Maria accese il fuoco e preparò una tisana, nel silenzio della notte di entrambe. Rosaria tratteneva il pianto, e sua madre non sapeva da quale parte incominciare per non censurarla. Con sua figlia bisognava stare attenti e fare sempre le domande giuste, a non inspessire il muro che la teneva prigioniera. Così le si sedette accanto e strinse le sue mani.

«Cosa vedi, tesoro mio, cosa senti? Puoi dirlo, tocca a me proteggerti.»

Rosaria voltò lo sguardo ed evitò i suoi occhi.

«È una cosa strana, che ogni tanto mi sveglia. Non vedo niente, ma sento dei rumori, sopra la mia testa, e soffi, come fiati intorno. Devo tenere gli occhi spalancati, perché se li chiudo vedo le ombre passare. E poi divento gelida sotto le coperte.»

Maria si appoggiò allo schienale della sedia e cercò di rimanere lucida, per non trasmettere l'inquietudine a sua figlia. In Brasile aveva assistito a qualcosa di inspiegabile, chi era lei per poter negare cose arcane e impenetrabili? Pure, bisognava aggrapparsi alla realtà.

«Forse noi abbiamo sbagliato a parlarti di Flavia quand'eri

una bambina» disse cauta. «Io credo a ogni cosa che percepisci, ma forse gioca un poco la suggestione.»

Rosaria la penetrò con lo sguardo smarrito.

«È successo anche a casa della mia amica Lucia, l'estate scorsa a Massa Lubrense. Ho dormito sopra, in mansarda. Appena ho preso sonno sono stata svegliata dal freddo. Ho sentito le pagine di un libro che scorrevano, come se ci fosse qualcuno che le voltava. Sono rimasta sveglia e con la luce accesa. Il giorno dopo ho saputo che quella era stata la casa del vecchio curato morto tanti anni prima, e che lì in mansarda c'era la sua biblioteca, i suoi messali, ci preparava i sermoni.»

Maria trattenne il fiato. Quello era un mondo a lei ignoto, e si arrabbiò poiché, nonostante le peripezie e le difficoltà che le avevano forgiato il carattere, davanti a questo mistero era muta e ignorante. Cercò qualche parola buona, una soluzione accorta.

«Rosaria, tieni me, non sei sola. Domani sai che faccio? Compro una di quelle lucine notturne che rischiarano la stanza, così il buio non ti darà più fastidio. E poi chiamami, dal letto, a voce alta. Io vengo subito e ti faccio compagnia. Ti prometto che farò di tutto per farti stare bene.»

Rosaria parve rincuorata dalle sue parole e non volle perdere quel momento di confessione, di appoggio.

«Mamma, quando stavi male, oppure volevi sentirti sicura, cosa facevi?» le chiese col filo di voce della speranza.

Maria accolse la domanda come una preghiera d'aiuto. Non ebbe dubbi nella risposta.

«L'albero di mandarini» disse con la nostalgia in gola. «Il ramo che ho conservato, tu lo sai, anche se eri piccola quando te l'ho raccontato, apparteneva all'albero sotto al quale sono cresciuta e che mi dava sicurezza e amore. Mi proteggeva. È stata la cosa più preziosa della mia vita, e anche ora, quando osservo quel ramo nel vaso, mi sembra di sentire la sua carezza...»

Rosaria tacque. Gli occhi assorti fecero il giro della stanza e si posero nei suoi. Sorrise lieve e disse: «Grazie, mamma».

Per Maria fu già tanto. Il peso di quella figlia le premeva dentro al petto. Un fardello diverso da quelli che aveva sopportato fino ad allora, poiché impalpabile, opprimente e sconosciuto.

Quando tornarono a letto, la luce del corridoio venne lasciata accesa. Il chiarore inghiottì il buio e Rosaria si acquietò. Quella notte comprensiva mise un poco di pace nel cuore di sua figlia.

Un pomeriggio di giugno, al tramonto, Silvia chiamò dal Brasile. Quando sentì la sua voce, la guerra che aveva in corpo si riaccese.

«Papà è morto» disse.

Maria pensò che la fine fosse toccata al genitore sbagliato.

«Com'è successo?»

«Ha avuto un ictus, non ha sofferto.»

«Mi spiace davvero, Silvia. Avviso subito Tonino.»

«Non ce n'è bisogno, gliel'ho già detto, ho chiamato in albergo.»

Maria annaspò, intuì il pericolo. C'era qualcosa d'altro.

«Maria, mamma fa mille picci e io sono stanca. Li ho accuditi per tutta la vita, nonostante i dispiaceri, le difficoltà economiche e i litigi. Ho parlato anche con Rosa. Decidete dove e quando e datemi una mano, qui con me non ci può più stare...»

Di fronte al telefono all'ingresso c'era uno specchio. Maria osservò il suo viso trasfigurato, la testa fresca cotonata dal parrucchiere e l'espressione di una maschera di cera. Finse di non essere lei, e che ciò che l'aspettava non fosse cosa sua, ma di qualcun'altra. Si sentì cadere dalle braccia di Dio.

Avvilita, neanche le rispose. Silvia, intanto, aveva riagganciato, e lei sentì solo il clic della cornetta. Scivolò lungo la parete e pensò che era così che nasceva un'infelice.

Severina arrivò a novembre. Al solito, nel mese più infausto dell'anno.

Questa volta Maria andò con Tonino a prenderla all'aeroporto.

«Non ci posso credere!» gli disse, mentre superavano il casello di Capodichino. «Se non ci avesse trattato così male venticinque anni fa, mo' non era un problema rivederla e sopportarla!»

«Mari', basta, è sempre la stessa storia! Mi pari 'nu disco rotto!»

«Sfotti pure? Tanto lo so che non fa piacere neanche a te! Ti avviso, Tonino, questa è l'ultima volta che acconsento a quest'assurdità. La prossima volta te ne vai tu in Brasile!»

Tonino si girò a guardarla. La macchina per poco non sfiorò il guardrail.

«Tu lo sai bene com'è mamma: fa i capricci, resta un mese e poi riparte!»

Maria alzò le spalle e guardò fisso la strada. Teneva un brutto presentimento. Sentiva che sua suocera, da Napoli, non sarebbe mai più andata via.

Quando scese dall'aereo, Severina andò loro incontro con gli occhi a terra, come se avesse perso qualcosa e la cercasse. Era furba, voleva impietosire. Fingeva una sottomissione che non le apparteneva.

«Figli miei!» esclamò. A Maria venne il voltastomaco. «Mi sento persa senza Raffaele... Ma con voi starò in pace, lo so, lo sento!»

Tese le braccia, la strinse e le piazzò la valigia in mano, mentre s'allontanava sotto il braccio di Tonino. Maria non disse niente. Pensò che s'era fatta grande, aveva cinquant'anni, tanti quanti ne aveva Severina quando l'aveva strapazzata per bene in Brasile.

Salirono in macchina mentre Napoli scoppiava in pioggia e tuoni.

Come sempre, la città piangeva al posto suo.

Quando tornarono a casa, Severina vide la solita branda sistemata in salotto e iniziò a frignare.

«Vi prego, non posso dormire da sola, non me la sento, non ce la faccio...»

Maria guardò Tonino impietrita e lo esortò con un cenno della testa a risponderle. Lui, in modo lugubre e commosso, le parlò.

«Vedi, mamma, non c'è modo di farti dormire in compagnia. Le ragazze, tu lo sai, stanno già strette, non saprei come accontentarti...»

«Dormo con voi!» li fulminò. «Spostiamo la brandina ai piedi del vostro letto. Non potete dirmi di no. È solo per il tempo che mi è concesso di vivere...»

Il respiro di Maria divenne pesante. Le girava talmente la testa che la casa intorno si muoveva. Si chiese se non fosse di nuovo il terremoto e stabilì che Severina, nel suo cuore, era una minaccia decisamente peggiore. Tonino, come un fesso, acconsentì. Maria si attaccò allo stipite per non cadere e rimase muta, rispondendo a monosillabi se proprio necessario.

Si allontanò come una furia, andò in soggiorno e da sola trascinò la brandina lungo il corridoio. Le figlie si tapparono le orecchie per il rumore, Tonino la guardò storto.

«Maria, un po' d'accortezza per favore!»

«Va' a quel paese!» gli disse tra i denti.

Mentre usciva da quella che non era più la sua camera da letto, vide Severina sorridere di nascosto davanti allo specchio, con quel pizzico di malvagità che la beava.

62

Napoli, dicembre 1982

Maria cominciò a credere di impazzire.

La casa non le apparteneva più. Tonino, vigliacco, dopo i primi giorni di convivenza si era trasferito in albergo, poiché diceva che di notte il russare di sua madre gli impediva di dormire e che le sue chiacchiere, di giorno, lo stordivano.

Era divenuta una vedova bianca con un serpente al posto del marito in camera da letto. Severina la mattina si alzava, faceva colazione, accendeva la sua prima sigaretta, andava in bagno, si lavava e si vestiva con lo scaldino acceso che ogni dieci minuti consumava corrente come un boiler da cento litri. Dopo, in cucina, prendeva carta e penna e listava la spesa con quello che voleva per pranzo e per cena, poi chiamava Silvia in Brasile e, infine, si sistemava in salotto ad ascoltare musica o a guardare i programmi in televisione. Anche le sedie di paglia, sotto di lei, pareva divenissero un trono.

Una mattina, prima che si ritirasse in salotto a leggere e a fumare, Maria le chiese con una nota di sarcasmo: «Mi sembra ti sia rimessa in fretta. Del resto è come se vivessi in albergo».

Lei continuò a scartare riviste e giornali senza guardarla.

«Sto elaborando» fece secca, «ho il mio modo e il mio tempo.»

«E certo, c'hai la mangiatoia bassa! Al posto tuo non solo elaborerei, ma mi farei pure una bella risata!»

E infatti Severina rise, le rise in faccia come a sfotterla. Si era ripresa in un battibaleno. Raffaele, Tonino, Silvia, Rosa e forse anche Riccardo, non erano più contemplati nel suo paradiso. Era servita come una principessa, davanti a sé aveva la prospettiva di passare gli ultimi anni in una bella città e in una casa piena di vita.

Maria taceva, ma dentro la rabbia si ispessiva come se qualcuno vi buttasse cemento su cemento. La cosa che la fece oltremodo irritare fu notare che a Rosaria piaceva stare con sua nonna. Ascoltava con attenzione ogni sua singola parola. Le teneva compagnia, fumavano insieme qualche sigaretta e prendevano il caffè.

Maria avrebbe voluto cacciare gli artigli e impedirle di dare affetto a quella donna. Una volta le chiese cosa ci trovasse in lei.

«Vedo una vecchia sola che rimbalza da un figlio all'altro.»

«Ha commesso un mondo di errori, è bene che tu lo sappia.»

«Sì, ma li ha commessi in un mondo che adesso non esiste più.»

Maria la guardò storto. L'argomento era sempre spinoso per lei.

«Rosaria, sai quanti sacrifici ho dovuto fare per tenere salda la famiglia? Economicamente e anche affettivamente. Se lei ci avesse aiutati, tutto sarebbe stato più semplice.»

«Mamma, ma tu e la nonna avete mai parlato? Seriamente, intendo, vi siete mai ascoltate? O avete solo e sempre discusso in malo modo? Perché c'è differenza tra una cosa e l'altra. Cosa ne sai di Severina, della sua infanzia, delle sue infelicità?»

Maria guardò ovunque tranne che nei suoi occhi. Non aveva nulla sulle labbra, le parole erano mute. Nemmeno Tonino le aveva mai raccontato, forse addirittura non sapeva. Fece per replicare, ma sua figlia la fermò: «La nonna, da bambina, ha sofferto molto. Era poverissima, viveva in campagna in un casolare e raschiava la terra per riuscire a tirare fuori una radice da mangiare. Erano tre sorelle, figlie femmine cresciute senza madre. A vivere in quel modo, il cuore si indurisce. I bambini sono come scatole vuote. Quello che ci infili è quello ci ritrovi, pure dopo cento anni. Nonna voleva essere un uomo, per avere più occasioni di salvezza, ma questo era impossibile. Quando suo padre vinse al bancolotto, tutto cambiò. Ma solo intorno a lei. Dentro la ferita c'era, e c'è ancora. Devi guardare meglio, mamma, un poco oltre il tuo naso».

Maria teneva le braccia incrociate e lo sguardo duro.

«Mi spiace per lei, credimi, ma non puoi immaginare, oltre al suo disamore nei miei confronti, cosa io abbia subito nella vita. La guerra, la fame, le privazioni, sono cose che conosco anch'io. Non te l'ho raccontato per non trasferire il dolore addosso a un figlio, ma sbagliavo. Tu devi sapere, per crescere e imparare a vivere. Una volta, tanto tempo fa, una persona che mi voleva bene assai mi disse che nella vita bisogna cadere e farsi male, per abituarsi al dolore. Ed è così, è la sacrosanta verità. Io, con tua nonna, sono caduta mille volte, e mi fa sempre male...»

«Io non dico amarvi» aggiunse Rosaria comprensiva. «Questo non accadrà mai, non è possibile... Ma almeno tu, che dici d'aver ingoiato ogni crudeltà, cerca di capirla. Adesso non è altro che una vecchia sola.»

«Non voglio risponderti con una bugia. Però ci penso a quello che mi hai detto, giuro che ci penso.»

Rosaria sollevò un sopracciglio, quindi tirò fuori un mezzo sorriso.

«Fallo per me» concluse.

Maria tentò così di entrare nel loro mondo, e iniziò a spiarle.

Un pomeriggio trovò lei e Severina in soggiorno mentre ascoltavano alla radio una sinfonia di Beethoven.

«A me piace l'opera!» disse. «La musica, così, senza canzoni, non la capisco.»

«La musica non si capisce, si ascolta» rispose Rosaria.

Maria, messa in imbarazzo dinanzi alla suocera, si voltò di scatto per tornarsene in cucina.

«Resta, mamma» le disse la ragazza. «Ascolta pure tu, e immagina tutte le cose belle che la musica ti ispira.»

Maria scosse la testa e sorrise lieve.

«Un'altra volta, magari, mo' tengo da fare» rispose.

Un'altra sera, invece, carpì una conversazione tra loro.

«Bisogna nascere uomini per contare qualche cosa a questo mondo. Sono sempre loro che decidono cosa dobbiamo fare. Ci concedono di essere femministe, di lavorare, di essere spregiudicate, ma nei fatti non c'è ancora parità. Hai voglia a lottare!»

«Non sono d'accordo» rispose Rosaria. «Ti sembrerà un modo visionario di vedere la vita, ma credo che adesso ci sia un buon amalgama tra maschile e femminile. Non credo che il Sessantotto sia passato invano...»

«L'importante è che tu ci creda. Fai bene a credere in qualcosa. Ma tra il vero e il falso c'è lo spazio di un capello, non lo dimenticare mai. E poi ricordati d'avere sempre dubbi. La certezza appartiene agli ignoranti.»

Maria rimase di sasso e tornò a piegare tovaglie e tovaglioli.

Una sera Rosaria organizzò una cena con alcuni amici e tutti rimasero stregati da Severina, che tenne banco. Era entrata in salotto con la scusa di aver dimenticato le sigarette e poi si era trattenuta fino a mezzanotte a raccontare le sue avventure. L'Egitto, i viaggi tra le dune in groppa a un cammello, la guerra vissuta a Berlino col Führer, le cene con i vari ambasciatori in Brasile e, durante i soggiorni a Rio de Janeiro, le sue frequentazioni con il presidente americano Eisenhower, del quale suo marito Raffaele era stato lo chef personale. Si mise seduta al centro, con i ragazzi che le facevano da corona come i ballerini di Wanda Osiris. Era vecchia e cadente, ma catturava ancora l'attenzione. Fumava, beveva whiskey e raccontava le sue favole ipnotizzando il gruppo. Maria provò odio e invidia allo stesso tempo. Pensò che oltre a rammendo e cucito, non aveva nulla da raccontare agli amici di sua figlia. Le si contorse lo stomaco a pensare che Severina, ancora una volta, la stava mettendo sotto i talloni. La vedeva mentre occhieggiava verso di lei come a dire: "Non sei nessuno, neanche per tua figlia...".

Maria teneva duro, stringeva i denti fino a scorticarli. In quell'ultimo periodo, per tentare di ammorbidirsi e accettare la sua presenza, si era offerta di accompagnarla a messa e anche dal parrucchiere. Severina, però, non cedeva di un millimetro.

La misura, infine, si colmò quando accadde un fatto.

Da qualche giorno vedeva Rosaria cupa. Un pomeriggio passò davanti alla sua stanza mentre spazzava in corridoio e la trovò sul letto, stesa sul fianco. Sua suocera era in piedi, davanti a lei. Aveva i pugni alzati e le diceva: «Ti prego, combatti, Rosaria... Alzati da questo letto e combatti, altrimenti quando non ci sarò più verrò a tirarti i piedi tutte le notti!».

Quella frase le perforò il cervello. Non conosceva la paura ancestrale di sua figlia?

Maria posò la scopa ed entrò come una furia.

«Severina, puoi venire un attimo di là?» le chiese secca.

Lei manco la guardò.

«Vengo fra poco.»

«No, ora, subito!»

Severina la seguì controvoglia fino alla cucina. Maria chiuse la porta e la penetrò con lo sguardo. Scostò due sedie dal tavolo e pensò di serrare anche la finestra, ché sentiva il bisogno di urlare e non voleva vergognarsene con i vicini.

«Sentimi bene, non voglio assolutamente che tu dica cose del genere a mia figlia, siamo intesi?»

Lei non si sedette neanche e versò in una tazzina l'ultimo goccio di caffè dalla caffettiera.

«Di cosa parli?» chiese indifferente.

«Di quello che mo' mo' hai detto a Rosaria, che le tiravi i piedi dopo morta!»

Severina rise con le labbra sottili e tese come un filo di rasoio.

«Sei un'ignorante Maria, lo sei sempre stata. Hai una figlia storta, non lo vedi? Se non ne sei capace, te la raddrizzo io.»

La furia le insanguinò gli occhi. Le venne l'istinto di chioccia e avrebbe voluto beccarla a sangue.

«Come ti permetti di dire una cosa del genere? Non c'è niente di storto in mia figlia!»

La sua espressione di beffa non mutò.

«Lo dico e lo ripeto: sei un'ignorante! Rosaria ha paura dei morti, è vero, ma anche dei vivi! Pensi che vestirla e sfamarla sia l'unica cosa da fare con lei? Ti sbagli. Bisogna capire e ascoltarla. Tu hai una figlia che non piange. Ti sei accorta almeno di questo?»

Maria rimase muta. Ci rifletteva solo ora. Non aveva mai visto una lacrima sul viso di Rosaria. Ma non aveva intenzione di dargliela vinta, non su questo argomento.

«Senti chi parla! Hai fatto un disastro coi figli tuoi! Li hai cresciuti come estranei e sono tre disamorati.»

«Li ho partoriti io, li conosco come le mie tasche e ho sempre saputo cosa fare per loro. Anche per Rosa, che ti credi! Senza il collegio sarebbe rimasta una stupida bamboccia. Si doveva responsabilizzare e io l'ho aiutata a farlo! Non come te, che pensi di essere perfetta, mentre sei sempre stata solo una presuntuosa arrogante!»

Mentre parlava e la offendeva, riusciva a non muovere un muscolo. Pareva una pietra da cui usciva uno sputo di fuoco.

«Non me ne frega un accidente di quello che pensi di me, ma non t'azzardare a parlare delle mie ragazze! Le ho seguite passo passo. Livia col problema del braccino, a Flavia, poi...»

«E Rosaria?» la interruppe lei. Maria la guardò. «Lo vedi? I figli non sono tutti uguali e non sono soldatini! Rosaria è la figlia che avrebbe avuto più bisogno di attenzione. Esce dalle righe, guarda oltre, ha dubbi, è curiosa, fa domande, e soprattutto non giudica. C'ha le sue idee e a te ti dà fastidio! È l'unica in questa casa che mi rivolge la parola!»

A Maria la stanza parve all'improvviso sbilenca. La faceva imbestialire il fatto che Severina la facesse riflettere. Ma non voleva ragionare dietro un suo consiglio e continuò a testa china a darle addosso.

«Non ti azzardare a farmi la predica! Io mi sono tolta il pane da bocca per loro, e anche per tuo figlio! Seguo tutto io, la casa, la scuola, i conti, le spese, i miei genitori, e adesso anche te, che non ci hai neanche aiutato quando potevi! Vergognati!»

Severina scuoteva la testa come un bambolotto a molla. La sua espressione perfida le gelò il sangue.

«Non ce la fai con me ad averla vinta, Maria, e sai perché? Perché per me sei zero. L'ultima parola l'avrò sempre io, ricordatelo.»

«Non questa volta! Te lo dico in faccia che mi fai schifo, ti ho sempre odiata, come tu odi me!»

Severina si avvicinò puntando un dito con gesto di minaccia.

«Eri una sartina e non avevi niente, solo pezze! Venisti in Brasile senza amore, con l'intento di portarmi via soldi e figlio!»

«Io ho tentato di farlo uomo, tuo figlio. È debole e pieno di incertezze, lo era allora e lo è anche adesso. Dei tuoi soldi me ne sono sempre fregata!»

«Bugiarda, io le conosco quelle come te. Invece di stare qui a tirare fuori il tuo rancore, va' a parlare con tua figlia e vergognati per non essere intervenuta prima!»

«L'ho fatto! Tu che accidenti ne sai delle cose nostre?»

Severina si voltò di spalle, alzò un braccio come per mandarla a quel paese e le chiuse la porta in faccia. Maria osservò il dondolio dei mestoli di fianco, poi prese la caffettiera e la tirò contro la porta chiusa.

Rosaria, di nascosto, nell'ombra, aveva ascoltato. Lenta indietreggiò e si chiuse in camera sua.

La mattina seguente, per prima cosa Maria chiamò Silvia in Brasile.

«Tua madre se ne deve andare. La mia vita è un inferno, Tonino non dorme più a casa e, quando c'è, lui e Severina si evitano per non litigare. Ci abbiamo provato a tenerla qui, non funziona. Il mio matrimonio è a pezzi. Vedete tu e Rosa cosa fare.»

Attaccò la cornetta senza darle il tempo di replicare. L'aveva anche svegliata. Si accorse che se per lei erano le nove del mattino, a Rio erano le cinque.

La seconda telefonata la fece a Tonino. Lui si accorse subito del tono furioso di sua moglie, ed essendo impegnato con un gruppo di turisti tentò di liquidarla in fretta.

«Ti chiamo più tardi» disse sbrigativo, «mo' non posso ascoltare.»

Maria sentì la furia salirle peggio che mai. Persino i capelli le si drizzarono in testa.

«Ascoltami bene Toni', in questo momento me ne frego dei turisti. Mi sono scocciata della tua latitanza! Qua la famiglia va a rotoli e devi assumerti le tue responsabilità, di figlio, di padre e di marito! Te ne ho perdonate tante, mo' non ce la faccio più! Per me non è tollerabile la presenza di tua madre in questa casa. Mette naso ovunque, mi tratta come se fossi una cretina, e qualsiasi sforzo io faccia per ingoiare il rospo, lei me ne propina un altro. Mi ha sempre considerata un'estranea? Va bene, me ne frego, ma è madre a te, quindi è una tua responsabilità. Ho già chiamato Silvia. Sentitevi tra fratelli e decidete, altrimenti in albergo, per me, ci puoi rimanere pure per tutta la vita!»

Tonino con un dito si allentò il collo della camicia e cercò una risposta. Quando la trovò, Maria aveva già riagganciato.

63

Napoli, 12 dicembre 1982

Maria guardava il profilo di Rosa, la sua tinta bionda un po' scolorita, il naso appena pronunciato, la bocca piccola col rossetto scuro. Dall'altro lato della scrivania un tizio dall'età indefinita, con le mani che parevano chele di granchio, trascriveva i dati anagrafici di Severina. Gli occhiali scivolavano sul suo naso sottile.

Tonino era sul divano grande insieme a sua madre che s'era vestita a lutto, tutta di nero. Maria si era messa in disparte, infossata su una poltrona molle sotto la finestra. Nessuno fiatava. Si sentiva solo il frusciare delle carte e la penna che scorreva sul foglio.

Villa Serena era a Posillipo: vicino a casa, ma non vicinissimo.

Dopo la telefonata con Silvia e Tonino, c'era stato un conclave di famiglia.

Rosa non voleva sua madre a Bologna e, a dire il vero, neanche Severina ci teneva a vivere con lei. Silvia aveva lasciato la casa a Ipanema e s'era sistemata con il nuovo compagno in un piccolo bilocale a Recife, lontano da Rio, e lo spazio bastava a malapena per loro due. Tonino si era deciso a mettere in chiaro le cose e salvare il salvabile. Rischiava di rompere un matrimonio, a causa di quelle liti furibonde. Sicché la decisione fu unanime. Avrebbero messo Severina in una casa di riposo.

La vecchia non si ribellò alla legge. Quando Tonino e Rosa

le comunicarono che l'avrebbero sistemata in un pensionato di prestigio, disse solo: «Vi auguro che i vostri figli facciano lo stesso con voi» e si andò a coricare.

Qualche giorno prima del trasferimento, tutta la famiglia andò a visitare i locali. Severina osservò con totale indifferenza le aree comuni, il grande ristorante, il salone per le feste, la sala musica, la cappella. Fu quando vide la sua stanza che la sua faccia cambiò, assumendo l'aria smarrita di chi non sa dove si trova. La camera era ampia e luminosa. Aveva ogni comfort, il letto grande, la camera da bagno e un angolo aggraziato, tipo salottino, con la poltrona e il televisore. Il balconcino affacciava su un giardino curato, coi lecci e i pini, viali illuminati e siepi tutto intorno. In giro passeggiavano gli altri ospiti, qualcuno col bastone seguiva un sentiero, qualcun altro leggeva un libro seduto su una panchina. Tramontava quasi, il cielo terso era strappato qui e là da nuvole sottili.

Lo sguardo di Severina si perse nel verde, scavalcò il muretto di cinta e osservò lo spicchio di mare. L'aria fredda le entrò forte nei polmoni e sui denti. Gli occhi le scivolarono sulle mani e fece rigirare le fedi all'anulare. Per la prima volta Maria percepì in lei una frattura, un cedimento, una tristezza, e ne ebbe quasi pena.

«È bello qui» fece Rosa alle sue spalle. «Ti piace?»

Severina si voltò a guardarla con astio. Chiuse il balcone, poi la osservò incolore. «Ti ho chiusa in collegio quarant'anni fa e tu ora stai chiudendo me. È giusto così, ti sei vendicata.»

Il gelo di dicembre penetrò nella carne di Maria, in quella di Rosa e pure in quella di Tonino, ma nessuno di loro disse una parola.

Al rientro a casa, trovarono Rosaria in agitazione. Era pronta per uscire, ma si tratteneva per avere notizie. Maria, seppure a fatica, comprese l'affetto verso quella nonna assente. Sapeva che sua figlia vedeva oltre: di sicuro aveva scorto in quella donna qualcosa di misterioso, accessibile solo per lei.

Sedettero in soggiorno e Maria preparò il caffè. Tra lei e Severina non c'era stato più dialogo, una parola, niente.

«Com'è questo posto, nonna?» le chiese Rosaria.

Lei allungò la mano ossuta sulla sua e la strinse con tenerezza.

«Ah… è bellissimo e pieno di vecchi!» esclamò, e aggiunse sorridendo ironica: «Non ti preoccupare, decido io dove finire, non credo ci andrò!».

Maria avvertì una fitta alla pancia, ma non disse niente.

Rosaria, invece, si fece scura in volto e l'abbracciò, affondando il viso tra i suoi capelli bianchi. Per la prima volta, i suoi occhi erano pieni di lacrime.

64

La morte di Severina arrivò il giorno dopo.

Maria se ne accorse per caso. Trovò la suocera immobile nella branda ai piedi del suo letto.

Fece un mezzo giro e la osservò. Pareva un ramo di foglie secche che lei con gli occhi sfrondò. La luce ambrata del mattino cadeva sul lenzuolo teso sulle ginocchia ossute. Il naso aquilino sporgeva a comando sul viso bianco come il gesso. L'unico respiro, nella stanza, era il suo.

Aveva deciso lei quando morire. L'ultimo dispetto, la parola finale che doveva essere sempre la sua.

Se n'era andata portandosi via una guerra inutile, lasciando ai figli uno sterminio di parole, di rimorsi e incomprensioni. Tutto era iniziato con lei e finito con lei, come a chiudere un anello, un cerchio perfetto.

Incomprensibile la sua vita, così come misteriosa e incredibile pareva la sua fine. Aveva combattuto in un gioco al massacro, e infine era venuta a morire accanto al suo nemico.

Maria scostò il lenzuolo e la guardò. Ebbe il coraggio di sfiorarle i capelli, e si rese conto che dopo trent'anni di battaglia sfiancante quella era la prima volta che la toccava.

Il chiarore che ora invadeva la stanza illuminò il suo pensiero.

Chi aveva vinto, fra Severina e lei?

Guardò sul comò per accertarsi che non avesse preso nessun farmaco.

Non c'era nulla, se non il suo bocchino, gli occhiali a farfalla e un paio di guanti di pelle.

Questo era rimasto di lei. Tre inutili cose.

Epilogo

Napoli, settembre 2010

Il sole, al tramonto tra le due collinette, pareva un calice di bronzo. Il verde generoso induceva tranquillità allo sguardo. I campi si scavalcavano l'uno con l'altro fino a mare, mostrando i colori delle coltivazioni di frutta e degli orti. Nell'aria il suono delle cicale e i canti rustici dei contadini che tornavano a casa sotto il peso di una giornata faticosa.

Rosaria, seduta sotto il porticato, mise il libro sulle ginocchia e fece scivolare gli occhiali in una mano. Appoggiò la testa alla persiana napoletana e le vennero i brividi, forse per il fresco che arrivava, o forse per i pensieri mischiati ai ricordi.

Dal golfo di Napoli saliva quella brezza odorosa e umida, liquida come la città intera, piena di magia, di voci buone e cattive. Col tempo Rosaria aveva imparato a vivere seguendo il proprio istinto, a cadere e farsi male per abituarsi anche al dolore. Questo le aveva insegnato Maria, sua madre, come Pupella tanto tempo prima aveva fatto con lei.

Severina, invece, le aveva insegnato a combattere. Molti anni erano trascorsi da allora, stagioni intere che avevano lasciato polvere sugli accadimenti inutili ed evidenziato le parole buone, le stille importanti che l'avevano aiutata a superare le asperità.

Mille dubbi, poche certezze e le ritualità costanti che per anni l'avevano fatta sentire un po' santa e un po' strega. Poi era diventata madre, e tutto aveva assunto un senso diverso.

Ora stava insegnando alla sua unica figlia la differenza tra il bene e il male, che per lei erano dorso e palmo della stessa mano. E pure la forza che deve avere una donna per difendersi, allearsi con le sue pari, creare luoghi della mente nei quali rifugiarsi nei momenti oscuri. Ma, soprattutto, qualcosa che desse serenità, che proteggesse.

Tra i mille oggetti che erano affiorati tra le parole, quella sera lontana, nella cucina della vecchia casa, l'immagine di un albero amico aveva scavato in lei mettendo radici e aiutandola a trovare la pace. Così aveva piantato un mandarino nel piccolo orticello della sua casa a Marechiaro. Era cresciuto vigoroso e forte, con le fronde verdi che esplodevano di zagare e di frutti color del sole. Mille volte l'aveva consolata, quell'albero, e ancora lo faceva.

Lo guardava proprio adesso, mentre sua figlia, Giuliana, ci girava intorno e s'allungava a staccarne una foglia, che poi strofinava tra le mani odorandosi le dita. Pure il vento portava il profumo dei mandarini, poggiato sul riso dolce della sua bambina.

Ringraziamenti

Grazie

Al lettore, che ha tra le mani il mio romanzo.

A Silvia Meucci, il mio agente letterario, per averci creduto, perché se il libro è nato lo devo a lei, alla sua intuizione e alle stille preziose sfilate per me dal suo entusiasmo.

Ad Arianna Curci, la mia editor, per aver voluto bene al mio romanzo dal momento in cui lo ha letto e, soprattutto, per la passione per il suo lavoro.

Alla mia responsabile editoriale, Gemma Trevisani, alle sue parole belle, alla sua accoglienza.

A Michele Rossi, alla sua forza, ai suoi progetti. Alle nostre splendide telefonate della vigilia di Natale!

A mia sorella, Giuliana, al bene che ha per me.

A Grazia Ippolito, per i suoi "scatti d'amore".

A Wanda Marasco, perché siamo due anime sbucciate che si vogliono bene assai!

A Carmen Pellegrino, alla nostra preziosa amicizia.

A Odette Orlando, il mio faro nel buio. Alla sua presenza costante e amorevole.

Ad Adriana Ricci, lettrice raffinata e amica carissima.

Ad Antonio Pascotto, a Fabio De Martino, a Raffaele Scotto e a Vincenzo Di Martino. I miei Angeli Custodi.

A Fabio Geda, alla sua luce, al suo mondo fantastico!

A mia madre, che ripete: «Che peccato ninne', ti lascio poco e niente...» e a me che rispondo: «Mi lasci una storia, mamma, una storia...».

Finito di stampare nel mese di marzo 2021
presso Elcograf S.p.A. – Stabilimento di Cles (TN)
Printed in Italy